AGATHA CHRISTIE EDITOR'S CHOICE

TOWARDS ZERO

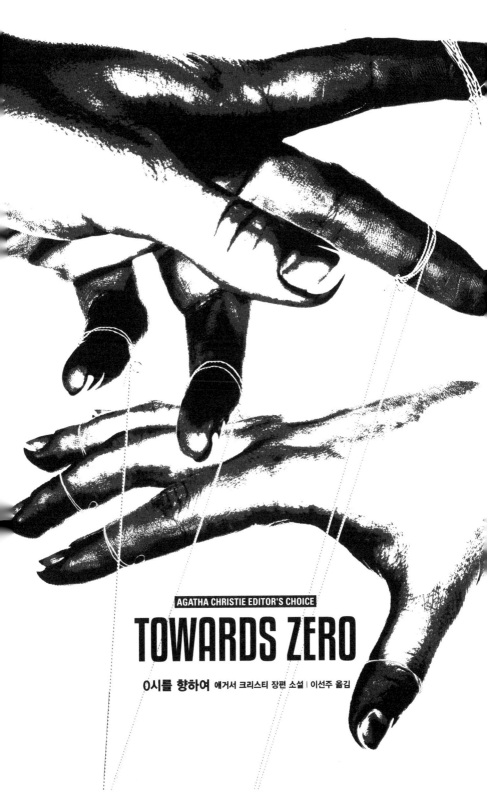

AGATHA CHRISTIE EDITOR'S CHOICE

TOWARDS ZERO

0시를 향하여 애거서 크리스티 장편 소설 | 이선주 옮김

TOWARDS ZERO
by Agatha Christie Mallowan

정식 한국어 판 출간에 부쳐

나는 한국에서 우리 할머니의 작품을 정식으로 출간한다는 소식을 듣고 무척 기뻤다. 할머니가 1920년부터 1970년 무렵까지 오랜 세월에 걸쳐 집필한 작품들은 21세기인 지금 읽어도 신선하고 재미있다. 등장 인물들이 워낙 자연스러워서 요즘 사람들과 다를 바 없고 이들이 등장하는 상황과 장소가 전 세계 사람들의 애정과 향수를 자극하기 때문이다. 한국 독자들은 이번에 새로 나온 정식 한국어 판을 통해 그 동안 접하지 못했던 애거서 크리스티의 일부 작품들을 읽을 수 있을 것이다. 덕분에 한국에 새로운 세대의 애거서 크리스티 팬들이 탄생할지도 모르겠다는 생각을 하면 가슴이 벅차다.

애거서 크리스티는 대표적인 두 명의 주인공으로 기억되는 작가이다. 14권의 작품에 등장하는 마플 양은 영국의 작은 시골 마을에서 평온한 나날을 보내며 뜨개질과 수다로 소일하는 미혼의 할머니이지만, 놀라운 기억력과 날카로운 두뇌 회전으로 주변에서 벌어진 살인 사건을 해결한다.

그리고 마플 양과 상반되는 성격을 지닌 에르퀼 푸아로는 자신만만하고 콧수염을 포함한 자신의 외모와 벨기에라는 국적에 대한 자부심이 상당하다. 그는 이집트와 이라크를 비롯한 세계 각지에서 수수께끼를 해결하며 『오리엔트 특급 살인 *Murder On The Orient Express*』, 『나일 강의 죽음 *Death On The Nile*』, 『애크로이드 살인 사건 *The Murder Of Roger Ackroyd*』 등 애거서 크리스티의 여러 대표작에 모습을 드러낸다.

황금가지의 대담하고 참신한 표지와 전반적인 디자인 덕분에 작품의 성격이 잘 살아난 것 같아 기쁘다. 또한 한국 독자들이 할머니의 원작이 지닌 참된 묘미를 느낄 수 있도록 충실한 번역을 위해 애써 준 점도 높이 사고 싶다.

할머니의 작품이 20세기의 그 어떤 작가들보다 많이 팔리고 있는 이유는 나이와 국적에 상관없이 읽을 수 있는 재미와 감동을 갖추었기 때문이다. 모쪼록 한국 독자들도 황금가지에서 선보이는 애거서 크리스티 작품들을 즐겁게 감상하기를 바란다.

매튜 프리처드

애거서 크리스티의 손자

ACL 이사장

로버트 그레이브스에게

친애하는 로버트
　내 작품을 좋아한다고 말해 줄 만큼 친절한 당신이기에, 이 책을 당신
에게 바칩니다. 부탁하고 싶은 것은, 당신의 비평적 감식안(최근 비평가
로서 당신의 활약상을 보면 분명 더욱 날카로워졌겠지요!)을 여기 적용
하지 말아달라는 것뿐입니다.
　이 작품은 당신의 즐거움을 위한 것이지 비평가 그레이브스의 문학적
조롱의 대상이 아니니까요!

당신의 친구
애거서 크리스티

차례

프롤로그, 11월 19일

난로 주위에 모인 사람들은 모두 변호사이거나 법조계와 관련이 있는 사람들이었다. 사무 변호사 마틴데일 씨, 왕실 고문 루퍼스 로드 씨, 카스테어스 사건으로 명성을 얻은 젊은 다니엘스, 법정 변호사 몇 사람, 클리버 판사, 루이스 2세와 트렌치, 그리고 이제는 많이 늙은 트레브스 씨가 있었다. 여든을 눈앞에 둔 트레브스 씨는 평생에 걸쳐 많은 경험을 쌓은 매우 원숙한 노인이었다. 그는 한 유명한 변호사 협회의 회원인 동시에 그중에서도 가장 유명한 회원이었으며, 영국에서 법정 비사를 가장 많이 알고 있는 인물로 통했다. 그는 범죄학 전문가이기도 했다.

생각이 없는 사람들은 트레브스 씨가 회고록을 쓸 때가 되었다고 말했다. 트레브스 씨는 그럴 만큼 아둔한 사람이 아니었다. 그는 자신이 너무 많이 안다는 것을 알고 있었다.

일선에서 물러난 지 오래되었지만, 영국의 법조계에서 그만큼 권위를 갖고 의견을 내놓을 수 있는 사람은 아무도 없었다. 나직하지만 명확한 목소리로 그가 입을 열 때마다 사람들은 존경 어린 침묵에 잠겨 경청했다.

지금 대화의 주제는 이날 중앙 형사 재판소에서 공판이 끝난 사건이었다. 세인들 사이에 많은 관심을 끌었던 이 살인 사건의 공판에서 피의자는 무죄 판결을 받았다. 모인 사람들은 제각기 사건을 재심리하면서, 기술적 용어들을 동원한 비평을 하고 있었다.

증인의 말을 믿었던 것이 검찰의 실수였다. 늙은 검사 디플리치는 자신이 변호인 측에 얼마나 큰 허점을 내줄 것인지 알았어야 했다. 젊은 아서는 이 하녀 계집애가 제시한 증거를 거의 완벽하게 활용했다. 벤트모어는 기소 내용을 요약하면서 그 증거를 다른 사실들에 비추어 그리 중요하지 않은 것으로 다루었는데, 이것은 아주 잘한 일이었다. 하지만 이미 일은 그릇된 방향으로 가버린 후였다. 배심원단은 그녀의 말을 믿었던 것이다. 배심원들은 예측을 불허한다. 어떤 말을 믿고 어떤 말을 안 믿을 것인지 전혀 알 수가 없다. 하지만 무엇이든 일단 믿기 시작하면 그 믿음을 포기하는 일도 없다. 배심원들은 그녀가 끌망치에 대해 했던 이야기가 사실이라고 생각했고, 그걸로 끝이었다. 의학적 증거라는 것은 이들이 이해할 수 있는 범위를 벗어나 있었다. 그 긴 어휘와 전문 용어들은 늘 변죽만 울릴 뿐이지 아주 단순한 문제에도 똑떨어지는 대답을 하지 못했다. 늘 '어떤 정황에서는 발생 가능'하니 뭐니 하는 식이다. 어려운 말만 쓰려 드는 사람들은 증인으로서는 최악의 부류이다.

모여 있던 사람들은 서서히 할 말을 잃어가기 시작했다. 이야기의 흐름이 뚝뚝 끊기고 맥락이 흐트러지면서 이들은 뭔가 부족하다는 느낌이 들었다. 한 사람씩 트레브스 씨가 앉아 있는 쪽으로 고개를 돌렸다. 아직까지 트레브스 씨는 한마디도 꺼내지 않고 있었다. 모인 사람들 모두 가장 존경하는 동료로부터 최종적인 판결을 기다리고 있는 게 분명했다. 의자 등받이에 기대어 앉은 트레브스 씨는 뭔가에 골몰한 채 안경을 닦고 있었다. 침묵 속의 무엇인가가 그로 하여금 번쩍 고개를 들게 했다. 그가 말했다.

"뭐라고? 뭐라고 했지? 나한테 뭘 물었나?"

젊은 루이스가 입을 열었다.

"우리는 라몬 사건에 대해 이야기하던 중이었습니다, 선생님."

그는 기대에 찬 표정으로 트레브스 씨를 바라보았다.

"그렇지, 그렇지. 나도 그 생각을 하고 있었네."

트레브스 씨가 대답했다.

좌중은 경의를 표하며 숨을 죽였다.

트레브스 씨가 여전히 안경알을 닦으며 말을 이었다.

"그런데 말이야, 나는 공상을 하고 있었네. 그래, 공상이라고 하면 될 거야. 나이를 많이 먹다 보면 이렇게 되는 게 아닐까 싶어. 내 나이쯤 된 사람들은 자기만 좋다면 얼마든지 공상에 잠기는 특권을 누릴 수 있으니까."

"아무렴요, 선생님."

대답은 이렇게 했지만 루이스는 어리둥절한 표정이었다.

"내가 생각하고 있던 건 말이야, 여기서 제기되는 다양한 법률적 관점들은 아닐세. 이것들도 매우 흥미로운 사항이긴 하지만 말이야. 맞아, 다른 방향으로 판결이 났다면 항소를 할 만한 근거가 충분할 테니까. 하지만 이 문제에 대해선 지금 이야기하지 않는 것이 좋겠네. 내가 말했듯이, 내가 생각하고 있던 건 법률적 관점이 아니라, 그 사건에 연루된 사람들의 관점이었어."

모두 놀란 표정이었다. 이들은 연루된 사람들이 하는 말을 얼마나 신뢰할 수 있는가의 관점에서, 또는 이들이 증인이라는 관점에서만 그들을 보았던 것이다. 피의자가 유죄인지 또는 법정에서 선고된 바와 같이 무죄인지에 대해서는 아무도 생각해 보지 않았다.

트레브스 씨가 생각에 잠겨 말했다.

"자네들도 알다시피, 인간이란 존재는 온갖 종류에 온갖 형색을 하고 있어. 평범한 사람들이 더 많긴 하지만, 특출나게 머리가 좋은 부류도 있어. 출신 지역은 또 얼마나 다양한가. 스코틀랜드의 랭커셔 출신이 있어. 그 식당 주인은 이탈리아 출신이고, 그 학교 여선생은 미들 웨스트 어디 출신이라지. 이 모든 사람들이 하나의 사건에 휘말려 마침내 11월의 어느 흐린 날 런던의 법정에서 함께 마주치게 된걸세. 여기 휘말린 사람들에겐 모두 각자의 역할이 있네. 모든 요소가 결합하여 살인 사건 공판이라는 정점을 이룬 게야."

그는 말을 멈추고 자신의 무릎을 가볍게 한번 쳤다.

"나는 잘 쓴 탐정 소설을 좋아하네. 그런데 말이지, 탐정 소설이란 게 대개 시작부터 잘못되어 있어! 살인에서 시작을 한다고. 하지만 살인은 그 결말일세. 이야기는 살인 사건이 있기 훨씬 전부터 시작되네. 때로는 수년 전부터 시작되지. 어느 날 몇 시, 어떤 장소에 어떤 사람들이 모이게끔 하는 원인과 사건들에서 시작하는 거란 말일세. 그 하녀 계집애의 증언을 놓고 보자고. 만일 이 부엌데기가 자기 애인을 들들 볶지만 않았다면, 그렇게 곤란한 지경에 빠지지 않았을 거고 라몬에 갈 필요도 없었을걸세. 그렇다면 피고 측 주요 증인이 될 필요도 없었겠지. 그 쥐세페 안토넬리라는 청년은 한 달 동안 자기 형을 대신하려고 온 것이지? 이 형이란 인물은 앞뒤가 꽉 막힌 답답한 사람이야. 이 사람은 동생이 그 날카로운 눈으로 보았던 것을 보지 못했을걸세. 또한 만일 그 경관이 48번지에 있는 식당의 요리사와 허튼수작을 벌이지 않았더라면, 그 경관은 자기 순찰 구역에 늦게 도착하는 일이 없었을걸세……."

그는 조용히 머리를 끄덕이며 말을 이었다.

"이 모든 정황이 하나의 지점을 향해 가는 거야. 그리고 정해진 시각이 되었을 때 정점으로 치닫는 거지. 0시라고 해 두세. 그렇지, 모든 것이 0시를 향해 모여드는 거야……."

그는 자기 말을 반복했다.

"0시를 향해……."

그러고는 문득 몸을 떨었다.

"추위를 타시는가 봅니다, 선생님. 여기 난로 쪽으로 가까이 오십시오."

"아니야, 아니야. 내가 죽을 때가 다되어서 그래. 이럴 게 아니라 집으로 가야겠네."

상냥한 고갯짓으로 작별 인사를 한 그는 천천히, 하지만 머뭇거리지 않고 방문을 나섰다. 망설임이 섞인 침묵이 잠시 흐른 다음, 왕실 고문 루퍼스 로드는 트레브스 씨가 과연 노쇠하고 있다고 말했다.

윌리엄 클리버 경이 덧붙였다.

"아주 머리가 좋고 대단히 명석한 노인이지만 나이는 어쩔 수 없는 게지."

"심장이 몹시 약해졌다고 들었네. 쓰러지는 건 시간 문제일 거야."
로드가 말했다.

"건강 관리를 아주 잘하시는 분인걸요."

젊은 루이스가 말했다.

이때 트레브스 씨는 승차감이 부드러운 자신의 다임러 승용차 안으로 조심스럽게 들어가고 있었다. 다임러는 어느 조용한 주택가의 집 앞에 그를 내려놓았다. 충실한 집사가 외투 벗는 일을 도와주었다. 트레브스 씨는 석탄 난로가 빨갛게 타오르고 있는 서재로 들어갔다. 침실은 서재와 이어져 있었다. 약한 심장 때문에 그는 2층으로 올라가는 일이 없었다. 그는 난로 앞에 앉아 자기에게 온 편지들을 앞으로 끌어당겼다. 머릿속으로 그는 클럽에서 간략히 제시했던 자기 생각에 여전히 몰두하고 있었다.

'바로 지금 이 순간에도 말이지. 어떤 드라마가, 살인의 형태로 나타날 어떤 드라마가 준비되고 있어. 피와 범죄가 등장하는 흥미로운 이야기를 내가 한 편 써야 한다면, 나는 늙은 노인이 난로 앞에 앉아서 편지를 열어 보는 장면으로 시작할 거야. 그 노인은 모르고 있겠지만, 모든 것이 0시를 향해 가는 것이지…….'

그는 옆선을 따라 찢어 봉투를 열고는 거기서 꺼낸 편지지를 멍하니 들여다보았다. 그의 표정이 갑자기 바뀌었다. 그는 공상에서 현실로 돌아왔다.

"이럴 수가, 참으로 곤란한 일이군! 아니, 어찌 이런 일이 있을 수 있단 말인가. 그처럼 오랜 세월이 흘렀는데! 내 계획을 모두 바꿔야 하게 생겼군."

문을 열자 사람들이 있었다

1월 11일

병원 침대에 누워 있던 남자는 몸을 조금 비틀면서 터져 나오는 신음을 억눌렀다. 병실 담당 간호사가 탁자에서 일어나 그에게 다가왔다. 그녀는 베개의 위치를 바꾼 다음 남자가 좀더 편안한 자세로 눕도록 도와주었다.

앵거스 맥휘터는 고맙다는 말 대신 앓는 소리를 한 번 내뱉었을 따름이다. 지금 그는 쓰라린 심정으로 세상을 향한 격렬한 거부감을 느끼고 있었다.

이 시각이면 모든 것이 끝나 있어야 마땅했다. 그 모든 고통에서 벗어나 있어야 마땅한 것이다! 절벽의 경사면에 뿌리를 박고 나온 나무가 있을 줄 누가 알았으랴! 우습고도 슬픈 일이다! 밀회를 즐기려고 추운 겨울 밤 벼랑 끝에 나와 있던 주제에 친절한 척 도와주던 그 연인들에게도 저주를 퍼붓고 싶다.

그 연인들, 그리고 그 나무만 없었어도 만사가 끝났을 것이다. 얼음처럼 차가운 깊은 물속에 빠져서, 잠깐 고통을 느끼며 허우적대다가 망각을 얻었을 것이다. 오용되고 쓸모없고 이룰 것도 없던 인생이 끝났을 것이다.

그런데 지금 그는 어디 있는가? 어깨가 부러져 병원 침대에 누워있는 우스꽝스러운 꼴에다가 자살 미수 혐의로 경찰 법정에 출두하라는 명령까지 받아놓은 상태다.

지옥에나 가라지. 그건 다른 누구도 아닌 바로 그의 목숨이었다. 아닌가? 만일 그가 자살에 성공했다면, 사람들은 그가 미친 상태에서 목숨을 끊은 거라며 경건한 자세로 매장해 주었을 것이다!

미쳤다고? 세상에! 그보다 더 정신이 말짱했던 적은 없었다! 그리고 자살은 그런 상황에 있는 사람이 할 수 있는 가장 논리적이며 분별 있는 행위였다.

건강은 회복이 불가능할 만큼 손상되었고, 아내는 다른 남자를 쫓아 그를 떠났다. 그의 심신은 완전히 망가졌다. 직장도 잃고 사랑도 잃고 무일푼에 건강도 희망도 사라졌으니, 목숨을 끊는 것이야말로 단 하나 가능한 해결책이 아니었을까?

그리고 지금 그는 어처구니없는 곤경에 빠져 있었다. 며칠 후면 그는 법정에 불려가 독실한 신앙인인 척하는 판사에게서 제대로 된 분별력이 있는 사람이라면 누구라도 했을 일을 했다는 데 대해 훈계를 들어야 하는 것이다. 내 목숨을 가지고 내가 죽겠다는 데 무슨 난리람!

그는 화가 나서 씩씩거렸다. 열기가 파도처럼 그를 덮쳤다. 간호사가 다시 곁으로 다가왔다.

젊고 머리카락이 붉은 간호사는 친절하지만 어딘가 멍청해 보이는 얼굴이었다.

"많이 아프세요?"

"아, 아니요."

"잠들 수 있는 약을 드릴게요."

"그런 거라면 그만둬요."

"하지만……."

"내가 좀 아픈 것도, 잠을 좀 못 자는 것도 참지 못하는 사람처럼 보입니까?"

간호사는 부드럽지만 어딘가 자기보다 못한 사람을 대하는 듯한 표정으로 웃었다.

"의사 선생님이 약을 좀 드리라고 하셨는데요."

"의사가 뭐라든 알 바 아닙니다."

그녀는 이불을 반듯하게 펴주고 레모네이드 한 잔을 그의 옆에 가져다놓았다. 그는 자신이 조금 염치 없었음을 깨닫고 말했다.

"무례했다면 미안해요."

"괜찮아요."

자신의 짜증과 투정에 그녀가 아무런 영향도 받지 않는다는 사실이 그를 불쾌하게 했다. 짜증이건 투정이건, 그녀가 간호사로서 걸치고 있는 친절한 무관심의 갑옷을 관통하지 못할 것이다. 그녀에게 그는 사람이 아니라 환자니까.

그는 말했다.

"남이야 죽든 말든 무슨 상관이란 말인가, 젠장."

간호사가 나무라는 투로 말했다.

"아니 그건 무슨 말씀이세요. 좋은 이야긴 아닌데요."

"좋은?"

그가 기막혀하며 되물었다.

"세상에, 내가 듣기 좋은 소리를 골라서 해야 한다는 말입니까?"

간호사가 나직하게 말했다.

"아침이 되면 기분이 한결 좋아질 거예요."

그는 침을 삼켰다.

"간호사들도 마찬가지군! 당신 간호사들은 인간도 아냐, 그거나 알아 둬요!"

"우리는 당신에게 꼭 필요한 게 무엇인지 정확히 알고 있는 사람들이에요."

"그게 나를 화나게 하는 겁니다! 당신, 병원, 세상. 이 모든 것들이 한시도 나를 가만두지 않는단 말이에요! 다른 사람에게 꼭 필요한 게 무엇인지 알고 있다는 사람들. 나는 자살을 하려고 했어요. 알고 있지요, 그렇죠?"

그녀는 고개를 끄덕였다.

"절벽에서 내가 몸을 던지든 말든 그건 내가 알아서 할 일이란 말입니다. 내 인생은 끝장났어요. 나는 더 이상 잃을 것도 없이 만신창이였단 말입니다!"

그녀는 조그맣게 혀를 차는 소리를 냈다. 분명하지 않은 연민의 표시였다. 그는 환자였다. 그녀는 그가 마음껏 화를 내도록 내버려 둠으로써 그를 가라앉히고 있었다.

"내가 그러고 싶은데 왜 자살하면 안 된다는 거죠?"

그가 요구하듯 물었다.

이 질문에 간호사는 상당히 진지한 투로 대답했다.

"그건 잘못이니까요."

"그게 왜 잘못인데요?"

그녀는 미심쩍은 표정을 하고 그를 보았다. 믿음 자체에는 아무런 흔들림이 없었지만, 자기 생각을 조리 있게 설명하기에는 말솜씨가 너무 없었다.

"제 말은, 목숨을 스스로 끊는 것은 사악한 짓이에요. 좋든 싫든 인생은 살아나가야 하는 것이니까요."

"왜 그래야 하는 거지요?"

"다른 사람도 생각해야 하잖아요. 남아 있는 사람들. 안 그래요?"

"내 경우엔 안 그래요. 내가 죽었다고 해서 괴로워할 사람은 이 세상에 한 사람도 없어요."

"친척도 없나요? 어머니도 없고, 여동생이나 아무도 없나요?"

"없어요. 한때 아내가 있었지만 그녀는 나를 버리고 떠났어요. 그래야 마땅한 일이었지요! 내가 아무 짝에도 쓸모 없는 인간이란 걸 그녀도 알아본 거죠."

"하지만 친구는 있지 않아요, 아니에요?"

"아니요. 한 사람도 없어요. 나는 친구를 사귀는 유형의 인간이 아니에요. 이봐요, 간호사. 그러니까 그게 이런 겁니다. 나도 한때는 행복한 사람이었어요. 좋은 직장도 있었고 예쁜 아내도 있었어요. 교통 사고가 났는데, 내 상사가 운전하고 있었지만 나도 그 안에 있었어요. 상사는 나보고 사고가 났을 당시 자신이 시속 47킬로미터 이하로 달리고 있었다고 말해 달라고 했죠. 사실이 아니었어요. 그는 거의 시속 80킬로미터로 달리고 있었으니까. 이 사고로 누가 죽었다거나 그런 건 아니에요. 상사는 그저 보험 회사 직원들과 상대할 때 무리가 없게끔 내가 거짓말해 주기를 원했던 거였죠. 그런데 나는 그가 하라는 대로 말하고 싶지 않았어요. 그건 거짓말이었으니까. 나는 거짓말을 하는 사람이 아닙니다."

간호사가 말했다.

"그렇다면 옳은 일을 하신 거네요. 거짓말을 해서는 안 되지요."

"그래요, 그래요. 그런데 이 멍청한 짓 때문에 나는 직장을 잃어야 했어요. 상사는 무척 화가 났지요. 그는 내가 다시는 직장을 얻지 못하게끔 손을 썼어요. 내 아내는 내가 아무 일도 찾지 못하고 빈둥거리는 걸 지긋지긋해했죠. 그러다가 내 친구였던 놈과 도망을 쳤어요. 그 녀석은 제법 성공해서 출세의 사다리를 막 올라가던 놈이었어요. 나는 이리저리 떠돌면서 계속 밑바닥으로 내려가고 있었고요. 술도 조금씩 마시기 시작했죠. 그러니 직장이라고 구해 본들 오래 버틸 수가 없었던 겁니다. 결국 몸이 완전히 축나고 말았어요. 의사는 내가 앞으로 다시는 건강한 몸이 되지 못할 거라고 하더군요. 어쨌든 그쯤 되자 나에게는 살아 봐야 보람을 느낄 만한 것이라곤 하나도 남지 않게 되었던 겁니다. 망설일 것 없이 목숨을 끊는 게 가장 쉽고 가장 깨끗한 해결 방법이었어요. 내 인생은 나한테건 누구에게건 아무 소용이 없는 거였으니까."

간호사가 작은 목소리로 말했다.

"그걸 누가 알 수 있느냔 말이에요."

그는 소리 내어 웃었다. 어느새 기분이 좋아졌다. 간호사가 갖고 있는 순진한 완고함이 그를 즐겁게 했다.

"이봐요, 내가 누구에게 무슨 소용이 될 수 있겠어요?"

그녀는 혼란스럽다는 투로 말했다.

"그건 정말 알 수 없는 일이지요. 언젠가, 어쩌면 누군가에게는 그럴 수 있……."

"언젠가? 그 언젠가라는 건 없을 겁니다. 다음번에는 확실히 성공할 테니까."

그녀는 단호히 고개를 내저었다.

"아니에요. 그런 일은 없을 거예요."

"왜죠?"

"자살 미수로 살아난 사람들은 다시 자살을 시도하지 않거든요."

그는 그녀의 얼굴을 바라보았다. 자살 미수로 살아난 사람들은 다시 자살을 시도하지 않는다고? 이제 그는 자살 시도자 범주에 속하는 인물이 되어 있었다. 거세게 항의를 하기 위해 입을 열려고 했지만, 내면의 정직한 목소리가 그를 막았다.

'나는 다시 자살을 시도할 수 있을까? 아니 진짜로 죽기를 원했던 것인가?'

그렇지 않다는 것을 그는 불현듯 깨달았다. 이유는 없었다. 간호사가 전문 지식을 바탕으로 내놓은 것이 아마도 맞는 대답일 것이다. 한번 자살을 시도했다가 살아난 사람들은 다시 자살을 시도하지 않는다. 그럼에도 그는 윤리적 측면에서 그녀의 인정을 받아내고 싶은 강한 충동을 느꼈다.

"어쨌든 나한테는 내 목숨을 놓고 무엇이든 할 수 있는 권리가 있는 겁니다."

"아니에요. 아뇨, 그렇지 않아요."

"아니 왜 그렇지 않다는 건데요? 이봐요, 왜 그런가요?"

그녀는 얼굴을 붉혔다. 그녀는 손가락으로 목에 걸린 조그만 금십자가를 매만지며 말했다.

"당신은 이해 못하실 거예요. 신께는 당신이 필요해요."

그는 기막혀하며 그녀를 바라보았다. 그녀가 갖고 있는 아이 같은 순수한 신앙을 공격하고 싶지는 않았다. 그는 놀리듯 말했다.

"그러니까 내가 어느 날 미쳐 날뛰는 말을 잡아 세우고 금발의 아이를 죽음으로부터 구해 낼 수도 있다, 이런 겁니까? 그래요?"

간호사는 머리를 가로저었다. 머릿속에서는 무척 선명하지만 혀끝에 걸려 나오지 않는 생각을 표현하기 위해 애쓰면서 그녀는 열

띤 어조로 말했다.

"반드시 무슨 일을 해서가 아니라, 어떤 시각에 어떤 장소에 있는 것만으로도……. 아, 저는 제가 하고 싶은 말을 제대로 표현할 수가 없어요. 그러니까 당신은 언젠가 어느 날 어떤 길을 따라 걸어가기만 했는데도, 바로 그것만으로도 아주 중요한 무엇인가를 이뤄낼 수 있어요. 아마 그게 무엇인지도 모르는 채로."

머리카락이 붉은 이 간호사는 스코틀랜드의 서부 해안 출신이었고, 그녀의 가족 중에는 '운명을 꿰뚫어보는 능력'을 가진 사람들이 있다고 했다.

아마도 그녀의 눈에는 9월의 어느 날, 밤길을 걸어가다가 단지 그행동만으로도 한 인간을 끔찍한 죽음으로부터 구원하는 한 남자의 영상이 희미하게 보였던 것인지도 모른다.

2월 14일

방에는 단 한 사람만이 있을 뿐이었고, 들려오는 소리는 그 사람이 든 펜이 종이 위를 지나가며 한 줄 한 줄 문장을 적을 때마다 들리는 긁히는 소리뿐이었다. 그 문장들을 읽을 사람은 아무도 없었다. 만일 있었다면, 그게 누구든 자기 눈을 의심했을 것이다. 지금 종이 위에 적히고 있는 것은 명확하고 상세하게 짜여진 살인 계획이었기 때문이다.

육체가 자신을 통제하는 정신을 의식하는 때가 있다. 이럴 때 육체는 자신의 행위를 통제하는 이 낯선 무엇인가에 복종한다. 그런가 하면 정신이, 자신이 육체를 소유하고 통제하고 있으며 또한 육체를 이용해 목적을 성취할 수 있음을 의식하는 때도 있다.

앉아서 글을 쓰고 있는 사람은 후자의 상태에 있었다. 그것은 냉정하고 통제된 지성을 소유한 정신이었다. 이 정신은 단 하나의 생각, 단 하나의 목적만을 갖고 있었다. 다른 한 인간의 파괴. 이 목적이 달성될 수 있도록 종이 위에 완벽하게 꼼꼼한 계획이 짜여지고 있었다. 모든 우발적 변수, 모든 가능성이 고려되었다. 계획은 전적으로 허점이 없는 것이라야 했다. 좋은 계획이 언제든 그렇듯, 이 살인 계획은 완전히 정해진 지침만으로 구성된 것은 아니었다. 어떤 지점에서는 특별한 대안이 있었다. 더군다나 계획을 짜고 있는 정신에는 빈틈이 없었고, 예측하지 못한 상황이 발생했을 경우를 대비한 현명한 대비책이 있어야 한다는 점도 놓치지 않고 있었다. 그러나 계획의 뼈대 자체는 분명했고 면밀한 검토가 끝난 후였다. 시간, 장소, 방법, 그리고 죽을 사람!

그 사람은 고개를 들었다. 계획을 써내려 간 종이를 집어든 그 사람은 처음부터 끝까지 다시 한 번 계획을 읽어나갔다.

'좋아, 모든 것이 분명해.'

진지하게 가라앉은 얼굴 위로 미소가 떠올랐다. 정신이 온전한 사람의 것이라고는 볼 수 없는 미소였다. 그 사람은 깊이 숨을 들이쉬었다. 창조주의 형상을 본떠 인간이 만들어졌다고 하지만, 이 사람이 느끼는 창조의 기쁨은 창조주가 느꼈을 그것에 대한 끔찍한 희화였다. 그렇다, 모든 일이 계획되었다. 모든 사람의 모든 반응이

예측되고 감안되었다. 각자가 갖고 있는 선한 면과 악한 면이 감안되었고 이 사악한 하나의 계획 속에서 조화를 이루었다.

'하나 아직 남은 게 있다…….'

미소를 머금은 채 그 사람은 날짜를 적었다. 9월의 어느 날이었다. 웃음소리와 함께, 종이는 조각조각 찢어졌다. 그 사람은 방을 가로질러 타오르는 불길 한가운데에 찢어진 종이 조각들을 내던졌다. 종이 조각은 하나도 남김 없이 모아져 소실되었다. 살인 계획은 이제 그 창조자의 두뇌 속에만 존재하게 되었다.

3월 8일

배틀 총경은 아침 식사 식탁에 앉아 있었다. 화난 듯 턱을 일그러뜨린 채 그는 방금 아내가 눈물을 흘리며 건네준 편지를 천천히, 그리고 꼼꼼히 읽고 있었다. 얼굴에서는 표정을 읽을 수가 없었다. 그의 얼굴은 아무 표정도 떠올리지 않고 있었다. 세상에 나무를 깎아 만든 얼굴이 있다면 바로 이런 얼굴이었을 것이다. 단단하고 표정의 변화가 없어서 어떤 점에서는 강한 인상을 남기는 얼굴이었다. 배틀 총경은 천재성을 내비치는 사람은 아니었다. 분명히 말해서 그는 천재적인 사람은 아니었다. 하지만 그에게는 다른 장점이, 뭐라 규정하기는 어렵지만 힘이 느껴지는 그 무엇이 있었다.

배틀 부인이 흐느끼며 말했다.

"믿어지지가 않아요. 실비아가……."

실비아는 총경과 배틀 부인 사이의 5남매 중 막내딸이었다. 이제 열여섯 살이었고 메이드스톤 근처에 있는 학교를 다니고 있었다.

편지의 발신인은 앰프리 여사, 실비아가 다니는 학교의 교장이었다. 편지는 명료하고 친절하며 대단히 세련되게 씌어진 것이었다. 편지는 흰 바탕에 검은 글씨로 최근 얼마 동안 자잘한 도난 사건이 빈번히 발생해 학교 당국을 혼란스럽게 하던 중 실비아 배틀이 범행 사실을 자백함에 따라 문제가 해결되었으며, 이에 따라 배틀 씨 내외가 가능한 한 빠른 시일 내에 학교로 앰프리 여사를 방문해 이 문제에 대해 논의할 수 있기를 바란다고 말하고 있었다.

배틀 총경은 편지를 접어 주머니 속에 넣은 다음 말했다.

"이 문제는 나한테 맡겨 둬, 여보."

자리에서 일어난 그는 식탁을 따라 아내 쪽으로 걸어가서 아내의 뺨을 가볍게 매만지며 말했다.

"걱정하지 말고. 아무 일도 없을 테니까."

그는 아내를 위로하고 안심시킨 다음 방을 나갔다.

이날 오후 현대적이며 개인 집무실처럼 꾸며진 앰프리 여사의 접대실에서, 배틀 총경은 매우 당당한 자세로 의자에 앉아, 커다란 나무 토막 같은 손을 무릎에 얹은 채 앰프리 여사를 상대하고 있었다. 그의 모습은 평소보다도 훨씬 더, 어느 모로 보나 경찰다웠다.

앰프리 여사는 대단히 성공한 교육자였다. 그녀는 개성이 아주 강한 사람이었고, 유식한 데다가 시대의 변화를 재빨리 받아들이는 사람이었다. 그녀는 규율을 강조하며 동시에 '자기 결정'이라는 현대적 개념을 교육에 적용하고 있었다.

그녀의 접대실은 미드웨이 학교의 교육 정신을 그대로 반영한 분위기였다. 모든 물건이 차가운 오트밀 색깔이었고, 수선화가 꽂힌 항아리와 튤립, 히아신스가 꽂힌 꽃병이 있었다. 고대 그리스 예술의 잘 만든 모사품이 한두 점 있었고, 초현대 조각이 두 점 있었으며, 벽에는 르네상스 이전의 이탈리아 화가가 그린 그림이 두 점 걸려 있었다. 이것들 한가운데에 감색 옷을 입고 앉아 있는 앰프리 여사는 충실한 그레이하운드 개를 연상시키는 의욕에 찬 얼굴이었다. 두꺼운 안경알 너머로 보이는 맑고 푸른 두 눈은 진지했다. 그녀는 분명하고 잘 조절된 음성으로 말을 꺼냈다.

"중요한 건 말이지요. 올바른 방식으로 이 문제에 접근해야 한다는 것입니다. 우리가 생각해야 하는 건 아이 자신입니다, 배틀 총경님. 실비아 자신이란 말이지요! 가장 중요한 것은 실비아의 인생에 어떤 식으로든 타격이 가지 않도록 하는 것입니다. 죄책감이라는 짐을 지게 해서는 안 된다는 것입니다. 아이를 야단치실 때 조금씩, 아주 조금씩 야단치셔야 합니다. 사실 별것 아닌 일입니다. 훔쳤다고 해 봐야 자잘한 물건들일 뿐이에요. 우리가 알아내야 하는 건 실비아가 이런 짓을 하게끔 만든 배후의 이유입니다. 그건 아마도 열등감이 아닐까요? 총경님도 아시겠지만, 실비아는 운동을 잘 못합니다. 다른 영역에서 자신을 돋보이고 싶은 막연한 욕구, 자신의 자아를 주장하고 싶은 욕망이 있었던 게 아닐까요? 우리는 매우 조심스런 태도를 취할 필요가 있습니다. 제가 우선 총경님을 혼자서만 뵙자고 한 것이 바로 그 때문입니다. 실비아에게 대단히 조심스런 태도를 취할 필요가 있다는 것을 총경님께 알려드리고자 한 것이지요. 다시 말씀드리지만, 이런 행동의 배후에 무엇이 있는가를 알아내는 것이 대단히 중요합니다."

"앰프리 선생님, 그게 바로 제가 학교에 온 이유입니다."

배틀 총경이 말했다.

그의 목소리는 침착했고 얼굴엔 감정이 드러나 있지 않았다. 그의 두 눈은 여교장을 평가하듯 훑어보았다.

"저는 실비아에게 아주 너그럽게 대했습니다."

앰프리 여사가 말했다.

배틀 총경은 짧게 대답했다.

"고맙습니다, 선생님."

"아시겠지만, 저는 이 어린 학생들을 진심으로 사랑하며 이해하고 있습니다."

총경은 대답 대신 이렇게 말했다.

"선생님이 괜찮으시다면 이제 제 딸을 보고 싶군요."

앰프리 여사는 총경에게 조심스런 태도를 취할 필요가 있음을 다시 한 번 힘주어 강조했다. 이제 막 처녀로 자라나는 아이의 적대감을 자극해서는 안 된다, 다그치지 말고 부드럽게 대해야 한다. 배틀 총경은 전혀 조바심을 내비치지 않았다. 그는 다만 무표정했다.

그제야 앰프리 여사는 총경을 자신의 서재로 안내했다. 가는 도중에 두 사람은 복도에서 한두 명의 학생과 마주쳤다. 공손한 자세로 가만히 서 있었지만 눈에는 호기심이 가득했다. 여사가 총경을 안내한 조그만 방은 아래층의 접대실만큼 그녀의 강한 개성이 풍기는 분위기는 아니었다. 앰프리 여사는 문밖으로 나가면서 실비아를 보내겠다고 말했다. 여사가 방을 나서려고 하는 순간, 배틀 총경이 그녀를 멈춰세웠다.

"잠깐, 선생님. 어떻게 실비아가 이 사소한 도난 사건의 범인이라고 지목할 수 있었습니까?"

"제가 사용한 방법은 심리학적인 것입니다, 총경님."

앰프리 여사가 전문가다운 위엄을 내비치며 말했다.

"심리학적이라고요? 흠. 증거는 있었나요, 선생님?"

"아, 그렇군요. 이해합니다, 총경님. 총경님이라면 그렇게 생각하실 겁니다. 직업 의식 같은 것이겠지요. 하지만 지금 범죄학에서는 심리학적 접근의 중요성이 새롭게 인식되고 있습니다. 제 판단에는 조금의 착오도 없었음을 분명히 말씀드릴 수 있습니다. 실비아 자신이 스스로 사태의 전말에 대한 책임을 인정했습니다."

"그렇겠지요, 그럴 겁니다. 저도 알겠습니다. 제가 여쭤 본 것은 어떻게 그게 실비아인 줄 아셨느냐는 겁니다."

"배틀 총경님. 학생들의 사물함에서 물건이 도난당하는 일이 빈번해지고 있었지요. 저는 학생 전원을 소집하고 이 사태에 대해 사실대로 말했습니다. 학생들에게 이야기를 하는 동시에, 저는 조심스럽게 아이들의 표정을 살펴보았지요. 실비아의 얼굴을 보자마자 전알 수 있었습니다. 죄책감이 어린 혼란스러워하는 표정이었어요. 바로 그 순간에 저는 누가 범인인 줄 알 수 있었던 겁니다. 저는 실비아를 불러다 책임을 직접 추궁하기보다는 실비아가 스스로 잘못을 인정하기를 원했습니다. 그래서 저는 간단한 테스트를 실비아에게 해보았습니다. 단어 연상 테스트였지요."

배틀 총경은 이해한다는 뜻으로 고개를 끄덕였다.

"그리고 결국 실비아는 모든 잘못을 인정했습니다."

"그랬군요."

총경이 말했다.

앰프리 여사는 잠깐 머뭇거리더니 밖으로 나갔다.

문이 다시 열렸을 때 배틀 총경은 창가에 서서 밖을 내다보고 있었다. 그는 천천히 몸을 돌리고 자신의 딸을 바라보았다. 실비아는 들어와 문을 닫고 바로 문 앞에 서 있었다. 키가 크고 가무잡잡한 피부에 비쩍 마른 아이였다. 우울한 얼굴에 눈물 자국이 남아 있었다. 실비아는 아버지를 정면으로 쳐다보지도 못하면서 겁먹은 듯 머뭇거리며 말했다.

"저 왔어요."

배틀 총경은 잠시 생각에 잠겨 딸아이를 살펴보았다. 그리고 한숨을 내쉬었다. 그가 말했다.

"너를 이 학교에 보내는 게 아니었다. 저 여자는 바보야."

이 말에 깜짝 놀란 실비아는 자기가 왜 여기 와 있는지를 잊고 말했다.

"앰프리 선생님 말씀이세요? 아니, 선생님은 아주 훌륭하신 분이에요. 저희 모두 그렇게 생각하고 있어요."

"음, 자기가 그런 사람이라고 아이들에게 주입시킬 수 있는 사람이라면 아주 바보는 아니겠군. 하지만 미드웨이 학교는 네가 있을 곳이 못 된다. 물론, 이런 일이 여기서만 일어나는 건 아니겠지만."

실비아는 두 손을 마주잡고 비틀었다. 그리고 바닥을 내려다보았다.

"아빠, 죄송해요. 정말 죄송해요."

"그럴 것 없다."

배틀 총경이 짧게 말했다.

"이리 와 보렴."

실비아는 천천히 내키지 않는 걸음으로 방을 가로질러 배틀 총경에게 다가왔다. 총경은 크고 네모진 손을 실비아의 턱에 갖다대고 딸아이의 얼굴을 가만히 들여다보았다.

"마음 고생이 심했겠구나, 그렇지?"

그가 부드러운 어조로 말했다. 실비아의 눈에 눈물이 차 오르기 시작했다. 배틀 총경은 천천히 말했다.

"자, 보자. 네가 어떤 아이인지 아빠는 줄곧 알고 있었어. 종류야 다르지만 사람들에게는 어떤 약점이 있단다. 대개 그건 아주 단순해. 어린애를 보고 그 아이가 욕심이 많은 애인지, 심술꾸러기인지, 말썽 대장이 될 것인지, 알 수 있는 것처럼 말이지. 너는 항상 착한 아이였어. 아주 조용하고 아주 상냥하고, 어떤 쪽으로든 문제를 일으킬 성싶지 않은 아이였지. 그래서 나는 때때로 걱정을 했단다. 너 자신이 모르는 약점이 있다면, 그 약점이 시험에 들게 되는 경우 아주 곤란한 지경에 빠지는 수도 있거든."

"바로 이번 일처럼요!"

"그래, 바로 이번 일처럼. 너는 긴장을 견디지 못하고 무너진 거야. 그것도 아주 이상한 방식으로 말이다. 참으로 이상한 일이긴 하다만. 아빠도 전엔 이런 경우를 보지 못했다."

갑자기 실비아는 자기도 알 만큼은 안다는 투로 말했다.

"저는 아빠가 늘 도둑들을 상대할 거라고 생각했어요!"

"아, 그렇지. 나는 도둑이 어떤 인간들인지 속속들이 알고 있어. 그건 네 아빠라서가 아니야. 아버지들은 자기 자식에 대해 별로 아는 게 없단다. 순전히 내가 경찰이기 때문에 네가 도둑이 아니라는 걸 확신할 수 있는 거야. 이 학교에서 네가 훔친 건 아무것도 없다. 도둑에는 두 가지 종류가 있어. 하나는 갑자기 압도하듯 찾아오는 유혹에 굴복하는 부류야. 그런데 이런 부류는 아주 드물지. 보통의 평범하고 정직한 인간이 어지간한 유혹은 모두 물리칠 수 있다는 사실은 참 놀랍다. 또 다른 부류는 자기 물건이 아닌 것을 으레 그래도 된다고 생각하고 가져가는 사람들이야. 너는 그 어느 쪽에도 속하지 않는다. 너는 도둑이 아니야. 너는 아주 드문 유형의 거짓말쟁이일 뿐이지."

실비아가 입을 열었다.

"하지만……."

배틀 총경은 다시 하던 말을 계속했다.

"네가 모든 사실을 인정했다고? 그래, 나도 그렇게 들었다. 옛날에 한 성녀가 있었어. 자기 빵을 가져다가 가난한 이들에게 나누어 주던 여인이었지. 남편은 아내가 하는 짓을 못마땅해했지. 빵을 나눠 주러 나간 아내를 붙잡아 세우고 남편은 그 바구니에 든 게 뭐냐고 물었어. 그녀는 겁을 먹고 장미라고 대답했어. 남편이 바구니를 낚아채고 열어 보니까 거기 장미가 있지 않겠니. 기적이었던 거야! 네가 엘리자베스 성녀였고 장미가 든 바구니를 들고 나갔다고 치자. 남편이 와서 거기 든 게 뭐냐고 물었다면, 너는 겁을 먹고 빵이라고 대답했을 거야."

총경은 말을 멈추고 상냥하게 물었다.

"네 자백이란 게 그런 식으로 됐던 걸 거야, 그렇지?"

조금 긴 침묵이 흐르고 나서 실비아는 갑자기 고개를 푹 수그렸다. 배틀 총경이 말했다.

"말해 봐라. 정확히 무슨 일이 있었던 거지?"

"선생님이 저희 모두를 모아 세우고 훈화를 시작하셨어요. 선생님의 두 눈이 절 보고 있는 걸 봤어요. 그래서 선생님이 제가 범인이라고 생각한다는 걸 알았던 거예요! 저는 점점 얼굴이 빨개졌고, 절 쳐다보는 애들이 있다는 걸 알았어요. 무서웠어요. 그러고 있는데 다른 애들도 저를 쳐다보기 시작하더니 구석에서 저희들끼리 소곤거리는 거예요. 애들이 모두 제가 그랬다고 생각한다는 걸 알 수 있었어요. 그러다가 저녁 때 앰프리 선생님이 저하고 다른 애들 몇 명을 이리 불렀고, 여기서 저희는 단어 게임 같은 것을 했어요. 선생님이 단어를 말씀하시면 저희가 거기 답을 하는 것이었어요."

배틀 총경은 역겹다는 투로 끙 하고 신음을 내뱉었다.

"저는 그게 무슨 뜻인지 알 수 있었어요. 그래서, 그래서 저는 마비된 것 같았어요. 저는 틀린 단어를 답하지 않으려고 애쓰면서 아무런 상관이 없는 단어들, 그러니까 다람쥐나 꽃 같은 단어를 생각해 내려고 애썼는데, 앰프리 선생님은 거기 서서 그 나사 송곳 같은 두 눈으로 저를 바라보고 있는 거예요. 아빠도 아실 거예요, 그 파고드는 듯한 눈 말이에요. 그래서 저는 점점 더 긴장했어요. 그러고는 며칠 후 앰프리 선생님이 저에게 아주 상냥하게, 그리고 모든 것을 정말로 잘 이해한다는 듯이 말을 건네오는 거예요. 그래서, 그래서 저는 어쩔 수 없이 제가 그랬다고 말했어요. 아, 아빠, 그러고 나니까 얼마나 마음이 편했는지 몰라요!"

배틀 총경은 턱을 쓰다듬고 있었다.

"알겠다."

"이해하시겠어요?"

"아니, 이해하지는 못하겠다. 아빠는 그런 사람이 아니라서 말이다. 만약 누가 나보고 내가 하지 않은 일을 했다고 하라고 한다면, 얼굴을 한 대 갈겨 버렸을 거다. 하지만 네 경우에 어떻게 이런 일이 일어난 건지는 이해하겠다. 송곳 눈초리를 하고 있는 앰프리 선생은 심리학적 접근이니 뭐니 떠들기야 하지만 이 사건이 보여 주듯 평범하지 않은 인간의 심리에 대해서는 숙맥이었던 게지. 제대로 소화도 하지 못한 이론을 제멋대로 떠들고 있을 뿐이야. 이제 할 일은 사건을 말끔히 마무리하는 것뿐이구나. 앰프리 선생은 지금 어디 있니?"

유능한 교육자답게 앰프리 선생은 근처에서 두 사람의 이야기가 끝나기를 기다리고 있었다. 배틀 총경이 무뚝뚝한 어조로 다음과 같이 말하자, 동정에 찬 미소를 머금고 있던 그녀의 얼굴이 얼어붙었다.

"제 딸에 대한 부당한 판결을 바로잡기 위해서, 선생님이 이곳 경찰서로 출두해 주시기를 부탁드리는 바입니다."

"하지만, 총경님. 실비아 자신이……."

"여기서 실비아가 자기 물건이 아닌데 손댄 것은 아무것도 없습니다."

"이해할 수 있습니다. 아버지로서……."

"저는 지금 아버지로서 이야기하는 게 아니라 경찰로서 이야기하는 것입니다. 경찰에 연락하셔서 이 문제에 대한 해결을 요청하십시오. 친절한 도움을 얻을 수 있을 겁니다. 도난당한 물건들은 어딘가에 숨겨져 있을 것이고, 거기엔 범인이 누구인지 말해 주는 지문이 있을 겁니다. 좀도둑들은 장갑을 낄 생각은 못하는 법이지요. 제 딸은 이제 제가 데리고 가겠습니다. 경찰이 제 딸이 도난 사건에 연루되어 있다는 진짜 증거를 찾는다면, 저는 딸아이를 법정으로 데려갈 준비가 되어 있는 사람입니다. 딸아이가 받을 처벌도 기꺼이 받아들일 겁니다. 하지만 저는 그런 일이 있을 거라고는 생각할 수 없군요."

5분쯤 후 실비아를 옆에 태우고 학교 교문을 빠져나가면서 총경은 물었다.

"머리가 금발이고 보들보들한 분홍색 뺨에다가 턱에 점이 있는 애, 눈이 파랗고 눈 사이가 많이 떨어져 있는 그 애가 누구니? 복도를 지나가다가 봤는데 말야."

"올리브 파슨스 같네요."

"그러냐. 그 아이가 이 사건의 범인이라고 한다면 나는 전혀 놀라지 않을 거다."

"겁먹은 것처럼 보였나요?"

"아니지. 아주 당당해 보였다! 그렇게 침착하고 당당한 표정은 즉결 재판소에서 수백 번도 넘게 봤을 게다! 그 아이가 바로 도둑이라는 데 돈을 걸 수도 있다. 하지만 그 애는 자백을 하거나 그럴 유형이 아니야. 아니고말고!"

실비아는 한숨을 내쉬며 말했다.

"악몽을 꾸다가 깬 것 같아요. 아빠, 죄송해요! 어떻게 그런 바보 같은 짓을 할 수 있지요? 정말 바보 같은 짓이었어요. 제가 왜 그랬는지 도무지 모르겠어요."

"음, 글쎄다."

배틀 총경은 운전대를 잡고 있던 손 하나를 들어 딸아이의 팔을 다독이면서 말했다. 그러고는 그가 상대를 위로할 때 꼭 써먹는 말을 딸에게 들려주었다.

"걱정하지 말거라. 이런 일이 일어나는 건 우리를 시험하기 위해서지. 아무렴, 우리를 시험하기 위해서란다. 최소한 나는 그렇게 생각해. 그게 아니라면 무슨 이유로 이런 일들이 일어나는 것인지 나는 모르겠다……."

4월 19일

하인드헤드에 있는 네빌 스트레인지의 집 위로 햇빛이 가득 쏟아지고 있었다. 4월이면 한 번씩은 있게 마련인, 6월의 여느 날보다 더 햇볕이 뜨거운 날이었다.

네빌 스트레인지는 계단을 내려오고 있었다. 그는 하얀색 플란넬 바지를 입고 한쪽 겨드랑이에 테니스 라켓 네 개를 끼고 있었다. 영국 남자들 중에서 더 이상 바랄 것이 없도록 완벽한 행운을 타고난 사람을 뽑아야 한다면, '선발 위원회'는 네빌 스트레인지를 선택할 것이다. 그는 영국 대중에게 널리 알려진 유명 인사로 1급 테니스 선수이자 만능 운동 선수였다. 윔블던 결승에 진출한 적은 없지만, 예선 경기에서 몇 차례나 우승을 거두었고 혼합 복식에서는 두 차례 준결승에 진출했다. 어쩌면 그는 지나치게 만능이다 보니 테니스 선수권을 획득하지 못하는 것일지도 몰랐다. 그는 골프에 능했고 수영 실력도 뛰어났으며 알프스에서는 몇 차례 상당한 등반 솜씨를 보여 주기도 했다. 지금 그는 서른세 살이었고, 완벽한 건강, 잘생긴 외모, 넉넉한 재산에다 최근에 결혼한 대단히 아름다운 아내도 있었으니 어느 모로 보나 바랄 것도 걱정할 것도 없는 사람이었다.

그런데도 이 화창한 날 아침 계단을 내려올 때, 네빌 스트레인지의 얼굴에는 어떤 그림자가 드리워져 있었다. 그 아닌 누구도 알아채지 못할 그림자였다. 그는 자기 얼굴에 드리워진 그림자를 의식했다. 그것에 대한 생각으로 그의 미간은 찡그려졌고 얼굴에는 불안과 근심의 표정이 서렸다.

그는 복도를 지나면서 심적 부담을 단호히 떨치려는 듯 어깨를 쫙 폈다. 그러고는 거실을 통과해서 유리로 지붕을 댄 베란다로 나갔다. 그의 아내 케이가 다리를 끌어당긴 자세로 쌓아 놓은 쿠션에 기대어 오렌지 주스를 마시고 있었다.

스물세 살의 케이 스트레인지는 보기 드문 미인이었다. 마른 듯하면서도 어딘지 모르게 육감적인 몸매, 풍성한 붉은색 머리카락, 최소한의 화장으로도 더없이 아름다운 완벽한 피부, 그리고 붉은색 머리카락과는 어울리는 때가 거의 없지만 어울린다면 아찔할 정도로 아름답게 보이는 검은 눈동자와 눈썹의 소유자였다.

그녀의 남편은 다정하게 말했다.

"우리 집 미녀께서 일어나셨군. 아침 식사는 뭐지?"

케이가 대답했다.

"당신 식사는 살짝 익힌 콩팥 요리, 버섯과 베이컨 롤이에요."

"괜찮군."

네빌이 말했다.

그는 케이가 말한 음식들이 차려진 식탁으로 가서 커피 한 잔을 따랐다. 어색하지 않은 침묵이 몇 분 동안 흘렀다.

"아아."

케이가 발가락을 꼼지락대며 관능적으로 말했다. 발톱에는 진홍색 매니큐어가 칠해져 있었다.

"햇빛이 너무 좋지 않아요? 영국도 그렇게 나쁘지 않네요."

두 사람이 프랑스 남부 여행에서 돌아온 건 바로 얼마 전의 일이었다. 네빌은 신문의 머리기사를 쓱 훑어보고는 스포츠 면으로 넘어가면서 "음." 하고 중얼거릴 뿐이었다.

그는 신문을 옆으로 밀어놓고 토스트와 마멀레이드를 먹으며 편지를 뜯어 읽기 시작했다. 편지는 많았다. 그러나 그는 대부분의 편지를 반으로 찢어버렸다. 회보라든지 전단, 인쇄되어 오는 종류의 것들이었다.

케이가 말했다.

"거실의 색상 배합이 마음에 들지 않아요. 네빌, 실내 장식을 새로 해도 되겠지요?"

"당신이 하고 싶다면 마음대로 해."

"공작 깃털 같은 푸른색에 상앗빛 새틴 쿠션을 놓아야지."

케이가 꿈을 꾸는 듯한 목소리로 말했다.

"원숭이를 데려다 키울 생각인가 보군."

네빌이 말했다.

"당신이 원숭이 노릇을 하면 되지요."

케이가 응수했다.

네빌은 다른 편지를 열었다.

"아, 그리고요. 셔티가 우리보고 6월 말에 노르웨이로 요트 여행을 가자고 하네요. 못 갈지도 모른다고 생각하니 몸이 다 아픈 거 같아요."

케이가 말했다. 그녀는 조심스레 곁눈질로 네빌을 보면서 동경이 담긴 목소리로 덧붙였다.

"너무나 좋을 것 같은데."

이름 붙이기 힘든 무엇, 구름처럼 불확실한 무엇이 네빌의 얼굴에 감도는 듯했다.

케이가 대들 듯이 물었다.

"우리가 꼭 그 카밀라 할머니 집에 가야만 하는 건가요?"

네빌이 얼굴을 찌푸렸다.

"당연히 가야지. 케이, 이 얘긴 이미 끝난 거잖아. 매튜 경은 내 후견인이었어. 그분과 카밀라 아주머니가 나를 보살펴 준 거라고. 걸즈 포인트는 나한텐 고향 같은 곳이야. 고향이라고 할 만한 곳이 내게 있다면 말이지."

"아, 알았어요. 알았어요."

케이가 말했다.

"그래야 한다면 그래야지요. 어쨌든 그 할머니가 죽으면 돈은 다 우리에게 오게 되어 있는 거니까. 조금씩은 아부를 해 둘 필요가 있겠죠."

네빌이 화가 난다는 듯 말했다.

"이건 아부의 문제가 아니라고! 카밀라 아주머니는 돈에 대해 아무 권한도 없어. 매튜 경은 그녀가 살아 있는 동안만 그 돈을 맡겨

둔 것이고 그 다음에 그 돈은 나와 내 아내에게 오도록 되어 있는 거야. 이건 애정의 문제야. 왜 그걸 이해 못하지?"

잠깐 아무 말 없이 있던 케이가 말했다.

"내가 왜 이해를 못하겠어요. 그냥 한번 말해 본 것뿐이에요. 왜 냐하면 거기 사람들이 관대한 척 나를 허락할 뿐이라는 걸 알고 있으니까요. 거기 사람들은 나를 미워한다고요! 정말이에요! 트레실리안 부인은 그 긴 코를 내려뜨리면서 나를 깔보고 메리 올딘은 나한테 말을 할 때도 내 눈을 보는 게 아니라 내 어깨 너머를 봐요. 당신한테야 아무렴 어떻겠어요. 당신은 무슨 일이 일어나는지 알지도 못하는걸요."

"내가 보기엔 다 당신에게 깍듯이 대해 주던걸. 그렇지 않다면 내가 가만있지 않을 거란 걸 당신도 잘 알잖아."

케이는 검은 속눈썹을 깜박이며 이상하다는 듯 네빌을 쳐다보았다.

"물론 예의야 바르지요. 하지만 거기 사람들은 어떻게 하면 나를 불쾌하게 할 수 있는지 잘 알고 있어요. 거기 사람들은 내가 주제넘게 끼어든 건방진 여자라고 생각하고 있다고요."

"글쎄, 어쨌든 그건 자연스러운 게 아닌가? 안 그래?"

그의 목소리는 미묘하게 바뀌어 있었다. 그는 몸을 일으키고는 케이에게서 등을 돌려 바깥 풍경을 바라보았다.

"그래요, 그게 자연스러운 거라고 나도 말이야 할 수 있어요. 그 사람들은 오드리를 아주 좋아했으니까요, 안 그래요?"

그녀의 목소리는 조금 떨리고 있었다.

"예쁘고 잘 자란 데다가, 냉정하고 창백한 오드리! 카밀라는 내가 그녀 자리를 빼앗았다고 아직도 나를 용서하지 않고 있어요."

네빌은 돌아보지 않았다. 그의 음성은 생기가 없이 단조로웠다.

"어쨌든 카밀라 아주머닌 노인이야. 일흔이 넘었다고. 카밀라 아주머니 같은 할머니 세대의 사람들은 이혼을 용납하지 못해. 당신도 알잖아. 전반적으로 보면 그분은 우리 상황을 아주 잘 받아들이신 거야. 그러니까 그분이 오드리를 얼마나 아꼈던가를 생각하면 말이지."

오드리라는 이름을 말할 때 그의 음성엔 약간의 변화가 있었다.

"거기 사람들은 당신이 그녀에게 잘해 주지 못했다고 생각해요."

"사실이잖아."

네빌은 속삭이듯 말했지만, 그의 아내는 이 말을 놓치지 않았다.

"네빌, 무슨 바보 같은 소리예요. 그녀가 아무리 야단 법석을 떨었다고 해도 당신이 그렇게 생각하면 안 돼요."

"그녀는 그러지 않았어. 그녀는 한 번도 그런 적이 없어."

"아니에요. 당신도 내가 무슨 말을 하는지 알 텐데요. 당신과 헤어지고 나서 그녀는 친척 집인가에 가더니 앓기 시작했지요. 그러고는 상심한 얼굴을 하곤 안 간 데가 없었다고요. 내가 보기엔 그런 게 바로 야단법석을 떠는 거예요! 오드리는 지고 나서 당당하거나 꿋꿋한 사람이 아니에요. 내가 생각하기로는 만약 아내가 남편을 붙잡아 둘 수 없다면, 우아하게 남편을 포기할 줄도 알아야 한다고요! 당신네 두 사람 사이에는 어떤 공통점도 없었어요. 그 여자는 운동도 전혀 하지 않았고, 빈혈기가 있어서 마치 행주처럼 창백하고 맥없는 여자였죠. 그 여자에겐 생기도 활력도 없어요. 그 여자가 당신을 진심으로 생각했다면, 당신의 행복을 먼저 생각하고 당신이 자기보다 더 맞는 사람과 행복하게 살 거라는 사실에 기뻐했어야 한다고요."

네빌이 몸을 돌렸다. 깔보는 듯한 미소가 희미하게 입가에 감돌고 있었다.

"당신 무슨 운동 선수처럼 말하는군. 사랑과 결혼 생활에도 운동 경기처럼 규칙이 있단 말이지?"

케이는 소리 내어 웃고는 얼굴을 붉혔다.

"글쎄, 내 말이 좀 심한지도 모르겠네요. 하지만 어쨌든 일이 일단 그렇게 되었으면, 어쩔 수가 없는 거예요. 이런 일은 받아들여야만 하는 거라고요!"

네빌은 나직하게 말했다.

"오드리는 받아들였어. 나와 이혼했잖아. 내가 당신과 결혼할 수 있도록 그랬던 거야."

"그래요, 나도 알아요……."

케이가 머뭇거렸다.

네빌이 말했다.

"당신은 한 번도 오드리를 이해한 적이 없어."

"맞아요. 한 번도 이해한 적 없어요. 뭐라고 해야 할까, 오드리를 보면 때로는 소름이 끼쳐요. 그게 무엇 때문인지는 나도 몰라요. 속으로 무슨 생각을 하고 있는 건지……, 알 수가 없잖아요. 그 여자는, 그 여자는 무서워요."

"말도 안 되는 소리야, 케이."

"당신에겐 아닌지 몰라도 나한테는 무서워요. 어쩌면 그 여자가 머리가 좋기 때문일지도 모르겠어요."

"케이, 이런 바보!"

케이는 웃었다.

"항상 저렇게 부른다니까!"

"당신이 바보니까 그렇지!"

두 사람은 서로를 바라보며 웃었다. 네빌은 그녀에게 다가가 고개를 숙이고 목 뒤에 입을 맞췄다. 그러고는 중얼거렸다.

"사랑스러운, 사랑스러운 케이."

"케이는 착하기도 하죠. 그 멋진 요트 여행을 포기하고 대신에 남편의 깐깐한 빅토리아식 친척들에게 당하러 가길 선택하다니 말이에요."

케이가 말했다.

네빌은 자기 자리로 돌아가 탁자 옆에 앉았다.

"그런데 말이야. 당신이 그렇게 가고 싶다면 셔티와 함께 그 여행을 가지 못할 이유는 없을 것 같은데."

케이는 놀라며 몸을 일으켜 세웠다.

"솔트크리크에다 걸즈 포인트에 가는 건 어쩌고요?"

네빌은 좀 부자연스러운 목소리로 말했다.

"거긴 9월 초에 가면 되니까."

"아, 하지만 네빌, 그렇다면……."

그녀는 말을 멈추었다.

"토너먼트가 있어서 7월과 8월 중에는 갈 수가 없어. 하지만 경기는 8월 마지막 주에 세인트 루에서 끝날 거고, 그렇다면 거기서 곧장 솔트크리크로 가는 것이 일정으로 봐도 꼭 맞아."

"물론 날짜로만 보자면 잘 맞지요. 하지만 내가 알기론, 그녀가 9월이면 항상 거기 오잖아요. 아닌가요?"

"오드리를 말하는 건가?"

"그래요. 물론 오드리가 일정을 늦추도록 할 수도 있겠지만, 그렇지만……."

"왜 오드리가 일정을 늦추도록 해야 하지?"

케이는 뭔가 의심스럽다는 듯 남편의 얼굴을 바라보았다.

"당신 말은, 그러니까 우리가 거기 같이 있자는 건가요? 참 엉뚱한 생각이네요."

네빌은 답답하다는 투로 말했다.

"그게 왜 엉뚱해. 요즘은 많은 사람들이 그렇게들 하고 있어. 우리가 다 친구가 되지 못할 이유가 어디 있지? 그렇게 지내면 만사가 아주 단순해질 거야. 아니, 그러고 보니 당신이야말로 바로 며칠 전에 그런 얘기를 했는데."

"내가 그랬다고요?"

"그래, 기억 안 나? 하위즈네 부부에 대해 이야기하던 중이었잖

아. 당신은 그렇게 하는 것이 합리적이고 교양 있는 접근일 거라고 말하지 않았어. 또 당신은 레너드의 새 아내와 전 부인이 서로 아주 친한 친구 사이라는 얘기도 했지."

"아, 나야 괜찮아요. 나는 그게 합리적이라고 생각해요. 하지만 오드리가 이 문제에 대해 그렇게 생각할 것 같지 않은걸요?"

"말도 안 돼."

"말도 안 된다니요. 네빌, 생각해 봐요. 오드리는 당신을 정말 끔찍이도 좋아했어요……. 나는 오드리가 당신과 함께 있는 것을 단 1분이라도 견뎌낼 수 있을 것 같지 않아요."

"당신이 잘못 생각하는 거야, 케이. 오드리는 그게 좋은 기회가 될 거라고 생각하고 있어."

"오드리가 그렇게 생각한다니 그게 무슨 말이죠? 오드리가 무슨 생각을 하고 있는지 당신이 어떻게 알아요?"

네빌은 약간 당황한 듯했다. 그는 조금 의식적인 태도로 목청을 가다듬었다.

"사실은, 어제 런던에서 우연히 오드리를 만났어."

"그 얘긴 안 했잖아요."

네빌이 귀찮다는 듯 말했다.

"지금 얘기하고 있잖아. 전적으로 우연이었어. 하이드 파크에서 걷는데 그녀가 내 쪽으로 오고 있더군. 당신이라면 내가 그녀를 보고 도망이라도 가길 바라겠어, 그래?"

"아니, 그럴 리가요."

케이가 말했다.

"계속 얘기해 봐요."

"우리는 멈춰섰지. 나는 방향을 바꿔서 그녀와 함께 걷기 시작했어. 나는 그것이 최소한 그녀에 대한 도리라고 생각했거든."

"계속해 봐요."

케이가 말했다.

"걷다가 의자가 있기에 앉아서 이야기를 했어. 오드리는 아주 상냥했어. 정말 아주 친절했다고."

"기쁘셨겠군요."

케이가 말했다.

"하다 보니 이것저것 여러 가지를 이야기하게 됐어. 오드리는 아주 자연스럽게 굴었고 전혀 이상한 데가 없었어."

"대단하군요!"

"당신 안부도 묻던데……."

"친절하기도 하지!"

"그래서 잠깐 당신 이야기도 했어. 정말이야, 케이. 오드리는 더할 나위 없이 상냥했어."

"사랑스런 오드리니까!"

"그래서 그런 생각이 들었던 거야. 우리가, 당신하고 오드리 두 사람이 친구가 될 수 있다면, 그래서 우리 세 사람이 함께 모일 수 있다면 얼마나 좋을까 하고 말이야. 그리고 이번 여름에 걸즈 포인트에서라면 그런 일을 해낼 수 있을 거라는 생각이 떠올랐던 거야.

걸즈 포인트라면 자연스럽게 그렇게 할 수 있지 않을까 하고 말야."

"당신이 그런 생각을 했단 말이에요?"

"나? 그렇지, 당연히 내가 그런 생각을 했지. 그건 전적으로 내 생각이야."

"당신은 한 번도 나한테 그런 생각이 있다고 말한 적이 없어요."

"바로 그때 떠오른 생각이라니까."

"알겠어요. 어쨌든 당신이 그런 제안을 하자 오드리는 어쩌면 그리 탁월한 생각을 할 수 있느냐며 감탄하던가요?"

이때 처음으로 케이의 태도의 어떤 면이 네빌의 의식을 파고든 듯했다.

"당신, 뭐가 못마땅한 모양이군?"

"아, 아니에요. 그럴 리가요! 아무것도 아니라니까요! 당신이나 오드리나, 내가 어떻게 생각할지는 관심도 없었을 텐데요."

네빌은 그녀를 빤히 바라보았다.

"하지만 케이, 당신이 꺼리는 이유가 뭐지?"

케이는 입술을 깨물었다.

네빌이 말을 이었다.

"당신 자신이 바로 일전에 그런 얘길 했잖아……."

"그 얘기는 다시 하지 마세요! 나는 다른 사람들 이야기를 하고 있었던 거예요. 우리 이야길 했던 게 아니라고요."

"하지만 당신의 바로 그 얘기가 부분적으로는 내가 그런 생각을 하게 된 이유야."

"그래요. 내 탓을 하시라고요. 내가 당신 말을 믿을까 봐서요?"

네빌은 실망스러운 표정으로 케이를 바라보았다.

"하지만 케이, 당신이 망설일 이유가 어디 있지? 내 말은, 당신이 속상해할 건 아무것도 없잖아!"

"없다고요?"

"내 말은, 질투니 뭐니 그런 게 있다면 그건 우리 쪽 문제가 아니지 않냐는 거야."

그는 말을 멈추었다. 그의 목소리는 변해 있었다.

"봐, 케이. 당신과 나는 오드리에게 끔찍한 짓을 한 거야. 아냐, 그게 아니지. 그건 당신하고는 아무 상관없는 일이니까. 내가 오드리에게 끔찍한 짓을 했어. 어쩔 수 없었다는 변명도 아무 소용 없을 거야. 우리가 친구로 지낼 수 있게 된다면, 내가 했던 모든 일에 대해 훨씬 떳떳해질 수 있을 것 같아. 훨씬 더 행복해질 거야."

케이가 천천히 물었다.

"그렇다면 지금까지는 행복하지 않았다는 말인가요?"

"무슨 그런 바보 같은 말을 해. 그게 무슨 뜻이야? 물론 나는 계속 행복했어. 늘 나도 모르게 웃음이 히죽히죽 나오도록 행복했다고. 하지만……."

케이가 말을 잘랐다.

"하지만! 바로 그거예요. 이 집에는 언제나 '하지만'이 있다고요. 이 집에는 뭔가 저주받은 그림자 같은 것이 떠다니고 있어요. 오드리의 그림자예요."

네빌은 그녀를 바라보았다.

"그건, 당신이 오드리를 질투한다는 뜻인가?"

그가 물었다.

"질투하는 게 아니에요. 나는 그녀가 무서워요, 네빌……. 당신은 오드리가 어떤 여자인지 몰라요."

"8년이나 결혼 생활을 함께한 여자를 내가 모른다고?"

"당신은 몰라요."

케이가 다시 말했다.

"오드리가 어떤 여자인 줄 모른다고요."

4월 30일

"터무니없군!"

트레실리안 부인이 말했다. 부인은 베개에 기댄 몸을 일으켜 세우고 무섭게 빛나는 눈으로 방 안을 둘러보았다.

"아주 터무니없는 소리야! 네빌이 미친 게 분명해."

"좀 이상하긴 해요."

메리 올딘이 말했다.

트레실리안 부인은 보는 이를 압도하는 풍모의 소유자로, 가늘면서도 날이 선명한 긴 코를 내려뜨리고 있을 때면 범접할 수 없는 근엄한 분위기를 풍기는 여자였다. 이제 일흔이 넘었고 몸이 매우 쇠약해졌음에도, 태어날 때부터 갖고 있던 정신의 활력은 식을 줄 몰랐다. 반쯤 눈을 감고 누워 있는 동안에는 삶과 거기에서 수반되는 감정들로부터 오랜 시간 동떨어져 있는 것이 사실이었지만, 이러한 비몽사몽 상태가 지나고 나면 그녀의 날카로운 통찰력이 통렬한 말솜씨와 함께 되살아나곤 했다. 방 한구석에 놓인 커다란 침대에 베개를 괴고 기댄 채, 그녀는 마치 프랑스 여왕처럼 자신의 왕실을 지배했다. 먼 친척인 메리 올딘이 이 집에 살면서 시중을 들었다. 두 여인은 매우 사이가 좋았다. 메리는 서른여섯 살이었지만, 세월이 흘러도 거의 변하지 않는 선이 부드러운 얼굴의 소유자였다. 서른 살로도, 마흔다섯 살로도 볼 수 있는 얼굴이었다. 몸매가 좋은 데다 교육을 잘 받은 분위기를 풍겼고 머리카락은 까맸다. 그 까만 머리와 이마 사이에 난 한 움큼의 흰머리가 독특한 매력을 풍겼다. 한때 이런 식의 부분 염색이 유행이었지만 메리의 흰머리는 염색한 것이 아니었다. 그것은 소녀 시절부터 있던 것이다.

그녀는 골똘한 표정으로 트레실리안 부인이 건네준 네빌 스트레인지의 편지를 내려다보았다.

"그렇네요. 정말 좀 이상해요."

"딱 봐도 알겠지? 이건 절대로 네빌이 생각한 게 아니야! 누군가 그 아이 머릿속에 그런 생각을 집어넣은 거라고. 아마 새로 얻은 안사람이겠지."

"케이 말씀이시죠. 그게 케이의 생각이라고 생각하세요?"

"아주 어울리지 않나? 번지르르하지만 천박한 여자야! 부부가 자기들 문제를 다른 사람들 앞에서 보란 듯 과시하고 이혼이니 뭐니 하면서 떠들 양이면, 최소한 품위 있게 헤어질 줄 알아야지. 첫째 부인과 둘째 부인이 친구 사이로 지낸다? 구역질나는 일이야. 요즘엔 도대체 법도란 게 없어!"

"요즘 사람들은 흔히들 그런다고 하더군요."

메리가 말했다.

"내 집에선 절대 일어날 수 없는 일이야. 발톱에 시뻘건 칠을 하는 그런 여자를 내 집에 오라고 한 것만으로 나는 내 할 일을 다했다고 생각해."

트레실리안 부인이 대꾸했다.

"그래도 네빌의 안사람인데요."

"그래, 바로 그거야. 그래서 나는 매튜도 그렇게 하길 바랄 거라고 생각했어. 네빌을 끔찍이도 아꼈고 늘 그가 여기를 자기 집처럼 생각하길 바랐으니까. 그 안사람이 오는 걸 거절하면 대놓고 매튜의 뜻에 거역하는 것이나 마찬가지였을 거야. 그래서 내가 진 셈 치고 그 여자를 여기 오라고 초청했던 거지. 나는 그 여자가 마음에 들지 않아. 네빌한테는 전혀 어울리지 않는 여자야. 집안이라고 어디 내세울 게 조금이라도 있어야 말이지!"

"그만하면 좋은 집안 출신이에요."

메리가 달래듯 말했다.

"태생이 글러먹은 집안이야!"

트레실리안 부인이 말했다.

"내가 말했잖은가, 그 아버지는 도박으로 크게 망하고 나서 클럽이란 클럽에서 죄다 회원 자격을 박탈당했어. 그러다 금방 죽은 게 그나마 다행이지. 그 어머니는 리비에라에서 아주 악명 높은 여자였다고. 그런 부모 밑에 자라면서 뭘 배웠겠나. 이 호텔 저 호텔 다니는 것 말고는 아무것도 안 하고…… 게다가 그런 어머니까지 말이야! 그러다 테니스장에서 네빌을 만나서는, 잘 보이려고 무진 애를 쓰면서 이혼하겠다는 말이 나올 때까지 네빌을 꽉 물고 놔주지 않았던 게야. 네빌이 오드리를 얼마나 사랑했는지 너도 알겠지. 이혼을 하고 자기한테 오라고 네빌을 계속 꾀었던 게야! 이게 다 그 여자 잘못이라고 나는 생각해!"

메리의 얼굴에 희미한 미소가 떠올랐다. 트레실리안 부인에게는 옛날 사람들이 으레 그러듯 여자를 비난하고 남자에게는 관대한 특징이 있었다.

"엄밀하게 말하자면, 저는 네빌도 똑같이 잘못했다고 생각해요."

메리가 넌지시 말했다.

"네빌도 잘못을 하긴 했지."

트레실리안 부인도 인정했다.

"자기를 그처럼 변함 없이 사랑하는 예쁜 아내가 있었는데. 너무 사랑했다고 할 수도 있겠지. 하지만 그 여자가 집요하게 유혹하지 않았더라면, 나는 결국 그 아이가 정신을 차렸을 거라고 생각해. 네빌하고 어떤 수를 써서라도 결혼을 하겠다는 게 그 여자 속셈이었던 거야! 그래, 나는 전적으로 오드리를 편들 수밖에 없어. 오드리가 어디 보통 아이인가?"

메리가 한숨을 내쉬었다.

"이 모든 일들이 너무나 힘들었을 거예요."

"그래, 그랬을 거야. 그처럼 어려운 상황에서는 뭘 어떻게 해야 할지 모를 수밖에. 매튜는 오드리를 아꼈고, 그건 나도 마찬가지였지. 오드리가 네빌에게 아주 훌륭한 아내였다는 건 아무도 부정하지 못해. 물론 오드리가 네빌이 좋아하는 운동을 그만큼 좋아하지 못했던 건 안된 일이야. 오드리는 한 번도 운동을 즐긴 적은 없었으니까. 하지만 이 모든 일이 내겐 너무 고통스러울 따름이야. 내가 어렸을 땐, 결코 이런 일이 없었어. 그때도 남자들은 바람을 피웠지, 그게 남자들 속성이니까. 그래도 결혼 생활을 파기할 순 없었어."

"세상이 변했으니까요."

메리가 무뚝뚝하게 말했다.

"맞아. 너는 세상 돌아가는 사정을 훤히 꿰뚫고 있다니까. 지나간 세월을 생각해 봐야 뭐하겠어. 요새야 이런 일이 다반사지. 케이 모티머 같은 여자들이 멀쩡히 마누라가 있는 남자들을 낚아채지만 사람들은 요만큼도 나쁘게 생각하지 않아!"

"카밀라 아주머니는 예외지요!"

"내가 무슨 상관이 있나. 케이라는 그 여자는 내가 자기를 인정하든 않든 전혀 개의치 않아. 그저 재밌게 사는 것만으로도 바쁘지. 네빌이 그 여자를 데리고 와도 어쩔 수 없어. 사실 나는 그 여자의 친구들을 보고 싶기까지 해. 아, 매일 그 여자 곁을 따라다니는 아주 가식적으로 생긴 젊은 남자는 호감이 가지 않지만. 그런데 그 남자 이름이 뭐랬지?"

"테드 라티머요?"

"맞아. 리비에라 시절에 알았던 친구라지. 도대체 그러면서 어떻게 먹고 사는 녀석인지 궁금하기도 해."

"나름대로 잔재주가 있지 않을까요?"

메리가 말했다.

"그렇다면 오히려 봐줄 만하지. 내가 보기엔 얼굴로 먹고 사는 것 같아. 네빌의 안사람이 사귀고 다닐 만한 사람이 전혀 아닌 게지! 작년 여름에는 두 내외가 여기 와 있는 동안 따라와서 이스터헤드 베이 호텔에 있었지. 그게 도대체 뭐하자는 겐가."

메리는 열려 있는 창밖을 내다보았다. 트레실리안 부인의 저택은 테른 강을 내려다보고 있는 가파른 낭떠러지 위에 있었다. 강 건너편에는 새로 생겨난 여름 휴양지 이스터헤드 베이가 있었다. 널따란 모래 해변, 현대적으로 지은 여러 채의 방갈로, 이것이 바다에 면한 곳 위에 세워진 이스터헤드 베이 호텔이 휴양지의 전모였다. 솔트크리크는 언덕 위에 드문드문 집들이 흩어져 있는, 그림처럼 아름다운 어촌이었다. 예전의 방식을 지키는 보수적인 마을이었기 때문에 사람들은 이스터헤드 베이와 그곳을 찾는 여름 휴양객들을 매우 경멸했다.

이스터헤드 베이 호텔은 트레실리안 부인의 저택과 거의 마주보고 있었다. 메리는 좁다랗게 흐르는 강물 너머로 새로 지었다는 걸 뽐내기라도 하듯 요란하게 서 있는 호텔 건물을 바라다보았다.

트레실리안 부인이 눈을 감으며 말했다.

"참으로 다행이야. 매튜가 저 천박한 건물을 보지 않아도 되니 말이야. 그가 살아 있을 때만 해도 여기 해안이 저렇게 망가지지는 않았어."

매튜 경과 트레실리안 부인이 걸즈 포인트로 온 것은 30년 전의 일이었다. 열렬한 요트광인 매튜 경이 타고 있던 소형 요트가 전복되면서 바로 아내가 보는 앞에서 익사한 것이 벌써 9년 전의 일이었다.

누구나 트레실리안 부인이 걸즈 포인트의 집을 팔고 솔트크리크를 떠날 것이라고 생각했지만, 부인은 그렇게 하지 않았다. 부인은 계속 저택에서 살았다. 남편의 죽음 이후 달라진 게 있다면, 보트를 모두 처분하고 보트장을 없애 버린 것뿐이었다. 걸즈 포인트를 찾아오는 손님들이 쓸 수 있는 배는 한 척도 없었다. 배를 타려면 선착장까지 걸어가서 전세업자로부터 배를 한 척 빌리는 수밖에 없었다.

메리가 잠시 주저하다 말했다.

"그럼 제가 그런 제안이 우리 계획과는 맞지 않겠다고 네빌에게 편지를 쓸까요?"

"오드리의 방문에 대해서는 이러쿵저러쿵할 생각이 전혀 없어. 오드리는 매년 9월마다 왔잖아. 그 애에게 계획을 바꾸라고 할 생각은 없어."

편지를 내려다보며 메리가 말했다.

"오드리가…… 저기, 자기 생각에 찬성한다고 네빌이 적은 것은 아주머니도 보셨지요? 오드리도 케이와 함께 있고 싶어 한다고요?"

"나는 그 말을 믿지 않아. 여느 남자들처럼, 네빌도 자기가 믿고 싶은 것을 믿을 뿐이야!"

"실제로 오드리와 의논해 보았다고 말하고 있는걸요."

"그게 얼마나 이상한 일이냔 말이야! 아니야, 그렇지 않아. 어쨌거나, 그렇지 않을 거야!"

메리가 그게 무슨 뜻이냐고 묻는 표정으로 부인을 쳐다보았다.

"헨리 8세처럼 말이지."

메리는 어리둥절한 표정을 지었다. 트레실리안 부인이 설명했다.

"양심이라는 거야! 헨리 8세는 캐서린에게 자신들의 이혼이 합당한 일이라고 설득하기 위해 무척 애를 썼지. 네빌은 자기가 몹쓸 짓을 했다는 걸 알고 있어. 그리고 양심의 가책에서 벗어나고 싶은 거야. 그래서 결국 억지를 부려서 오드리가 다 잘된 일이며, 여기 와서 케이를 만나도 아무 상관없다고 말하게 만든 거야."

"제 생각으로는……."

메리가 천천히 말했다.

트레실리안 부인이 날카로운 표정으로 메리를 보았다.

"무슨 생각을 하고 있는데?"

"제 생각으로는……."

그녀는 잠시 말을 멈추었다가 다시 입을 열었다.

"이건 전혀 네빌답지 않아요. 이 편지 말이에요! 이유가 어찌됐든, 오드리가 세 사람이 함께 모이는 데 오기를 원한다고 생각하지는 않으시죠?"

"그럴 이유가 어디 있는가?"

트레실리안 부인이 날카로운 어조로 말했다.

"네빌이 떠나고 나서 오드리는 자기 숙모, 로이드 부인네에 가지 않았어? 목사관 말이야. 그리고 완전히 무너졌지. 예전의 그 애는 죽고 유령만 남은 것 같은 꼴이었어. 누가 보더라도 엄청난 타격을 입은 게 분명했지. 오드리는 여리고 감성이 풍부하지만 겉으로는 차분하고 자제력이 강한 아이야."

메리가 거북해하며 몸을 움직였다.

"맞아요, 오드리는 감성적인 면이 있어요. 여러 면에서 기이한 데가 많지요……."

"많은 고통을 치렀어……. 이혼 절차가 끝나고 나서 네빌은 그 여자와 결혼을 했고 오드리도 조금씩 회복되었지. 지금은 거의 예전의 모습을 되찾았어. 설마 오드리가 옛 기억을 다시 끄집어내고 싶어할 리가 있겠나?"

메리는 부드럽지만 완고하게 말했다.

"네빌 말로는 그러고 싶어 한다는군요."

노부인은 미심쩍다는 표정으로 메리를 보았다.

"메리, 이 일에 대해서 유난히 고집을 부리는구나. 그건 왜지? 세 사람이 여기 다 모이기를 바라고 있기라도 한 거야?"

메리 올딘은 얼굴을 붉혔다.

"아닙니다. 절대 그럴 리가요."

트레실리안 부인이 날카롭게 물었다.

"혹시 네가 네빌에게 이렇게 하라고 제안한 건 아니겠지?"

"아니, 어떻게 그런 터무니없는 생각을 하세요?"

"여하튼 나는 그게 정말로 네빌의 생각이라고는 생각하지 않아. 그건 전혀 네빌답지 않은 일이야."

잠시 말을 멈추었던 그녀의 얼굴이 환하게 펴졌다.

"내일은 5월 1일이지, 그렇지? 오드리가 에스뱅크에 있는 달링턴 가문 사람들을 방문하기로 한 것이 3일이야. 그 집은 여기서 32킬로미터밖에 떨어져 있지 않아. 우리 집에 와서 점심 식사를 함께하자는 편지를 오드리에게 쓰라고."

5월 5일

"스트레인지 부인이 오셨습니다."

오드리 스트레인지는 노부인의 넓은 침실에 들어와 방을 가로질러 침대 곁에 섰다. 그녀는 상체를 숙이고 노부인에게 입맞춤한 다음 준비되어 있던 의자에 앉았다.

"다시 보게 되어 반갑구나, 얘야."

트레실리안 부인이 말했다.

"저도 기뻐요."

오드리가 답례를 했다.

오드리 스트레인지에게는 어딘지 비현실적이고 불가해한 분위기가 있었다. 중간 키에 손발은 매우 작았다. 머리카락은 잿빛이 섞인 금발이었고 얼굴에는 혈색이 거의 없었다. 간격이 넓게 벌어진 두 눈은 맑았고, 눈동자는 옅은 회색이었다. 자그마하면서도 단정한 생김새였고, 달걀형의 조그만 얼굴 위에 반듯한 코가 오똑 서 있었다. 무척 창백한 데다, 예쁘다고 할 수는 있어도 아름답다고는 할 수 없는 얼굴이었다. 그러나 그녀에게는 보는 이의 시선을 끄는, 부정하거나 무시할 수 없는 어떤 특성이 있었다. 어떤 면에서 그녀는 유령 같았지만, 그런 인상과 동시에 유령이 살아 있는 인간보다 더욱 진정한 실체를 가질 수도 있다는 느낌을 주는 사람이었다.

그녀는 보기 드물게 아름다운 목소리를 가지고 있었다. 은으로 된 작은 종처럼 부드러우면서도 맑고 깨끗한 목소리였다.

잠깐 동안 그녀와 노부인은 서로 알고 있는 친구들, 그리고 근황에 대한 이야기를 나누었다. 그러다 트레실리안 부인이 먼저 말을 꺼냈다.

"보고 싶었던 것도 있지만, 다른 할 이야기도 있어서 오라고 했다. 네빌에게서 좀 이상한 편지를 받았거든."

오드리가 고개를 들어 노부인을 보았다. 커다란 두 눈은 침착하고 평온한 표정이었다.

"아, 그러셨어요?"

"뭐라고 씌어져 있느냐면 말이다. 정말 가당치도 않은 제안이야! 글쎄, 케이하고 같이 9월에 여길 오겠다는구나. 케이하고 네가 친구가 되길 바란다면서. 아니, 네가 그게 좋은 생각이라고 동의했다는 구나?"

노부인은 오드리가 뭐라고 대답하기를 기다렸다. 곧 오드리가 예의 그 부드럽고 침착한 목소리로 말했다.

"그게 그렇게 어처구니없는 제안인가요?"

"얘, 너 진심으로 그러기를 바라니?"

오드리는 다시 입을 다물었다. 잠시 후, 입을 연 그녀는 부드러운 어조로 말했다.

"아주머니도 아시겠지만, 저는 그게 잘하는 일이라고 생각해요."

"너 정말로 그 케이라는 여자를 만나고 싶은 거냐?"

"카밀라 아주머니, 저는 그렇게 하는 게 상황을 훨씬 수월하게 만들어줄 거라고 생각해요."

"상황을 수월하게 한다고!"

트레실리안 부인은 어쩔 줄 몰라 하며 같은 말을 되뇌었다. 오드리가 아주 상냥하게 말했다.

"카밀라 아주머니, 아주머니는 여태껏 그 사람에게 참 잘해 주셨잖아요. 만일 이게 네빌이 원하는 거라면……."

트레실리안 부인이 버럭 말했다.

"네빌이 원하건 말건 무슨 상관이란 말이냐! 네가 뭘 원하는지가 중요한 것 아니겠니?"

오드리의 뺨에 엷은 기운이 떠올랐다. 바다 조개가 반짝일 때처럼 부드럽고 섬세한 빛이었다.

"예, 저도 바라는 일이에요……."

"음……."

트레실리안 부인은 아무 말도 하지 않았다.

"물론 이 일은 전적으로 아주머니가 결정하실 일이에요. 여긴 아주머니 집이고 또…….'

노부인은 눈을 감았다.

"나는 이제 늙은이야. 나는 이제 도대체 아무것도 이해할 수가 없구나."

"아무래도 제가 다른 때에 와야 할까 봐요. 저는 아무 때나 좋아요, 아주머니."

"늘 하던 대로 9월에 오도록 해."

트레실리안 부인이 딱 잘라 말했다.

"그때 네빌과 케이도 오겠지. 내가 노인네이긴 하지만, 다른 사람들 다 하듯이 새로운 세상 물정의 변화에 적응할 줄이야 알겠지. 더이상 왈가왈부하지 않도록 하자. 이제 이야기는 끝났어."

부인은 다시 눈을 감았다. 잠시 후, 반쯤 감긴 눈으로 곁에 앉아 있는 오드리를 바라보며 부인은 말했다.

"그래, 네가 원하는 대로 되었느냐?"

오드리는 흠칫했다.

"아, 예. 그럼요. 고맙습니다."

"얘야."

트레실리안 부인이 말했다. 그녀의 음성은 나직했고 근심이 서려 있었다.

"이 일로 상처를 입지 않을 거라고 자신할 수 있니? 알다시피, 네가 네빌을 얼마나 사랑했니. 옛 상처를 다시 헤집는 것이나 아닌지 모르겠다."

오드리는 장갑을 낀 자신의 자그마한 손을 내려다보았다. 그녀가 한 손으로 침대 가장자리를 꽉 움켜쥐고 있는 것을 트레실리안 부인은 보았다. 오드리는 고개를 들었다. 두 눈은 침착했고 아무런 동요도 없었다.

"이제 다 끝난 일이에요. 모두 끝난 일이에요."

트레실리안 부인은 한층 힘겨워하며 베개에 몸을 기댔다.

"그래, 그 문제는 네가 잘 알겠지. 피곤하구나. 이제 나가보거라. 메리가 아래층에서 기다리고 있을 게다. 배레트를 올려 보내라고 전하렴."

배레트는 트레실리안 부인의 나이 많고 충직한 하녀였다. 그녀가 들어왔을 때 노부인은 눈을 감고 누워 있었다.

"내가 이 세상을 뜨든지 해야지, 원."

트레실리안 부인이 말했다.

"도무지 뭐가 어떻게 되어가는 건지, 다들 무슨 생각들을 하는 건지 알 수가 없어."

"어머나! 무슨 말씀이세요. 마님, 단지 지금 피곤하실 뿐이에요."

"그래, 피곤하구나. 저 발밑에 깃털 이불 좀 치우고 강장제를 갖다줘."

"스트레인지 부인 때문에 심려가 크셨나 보네요. 참 좋은 분이기는 한데, 그분이야말로 강장제를 드시는 게 좋을 것 같아요. 몸이 약하잖아요. 늘 다른 사람들 눈에는 안 보이는 것들을 보는 것 같아요.

하지만 아주 독특하신 분이죠. 마님도 그렇게 말씀하시겠지만, 그분이 있으면 누구라도 그분의 존재를 잊어버릴 수 없어요."

"정말 그래, 배레트. 아무렴, 그렇고말고."

"쉽게 잊혀지지 않는 사람이기도 하죠. 저는 네빌 씨가 가끔씩 그분 생각을 할까 궁금해하곤 했어요. 새로 얻은 스트레인지 부인은 정말 아주 아름다우신 분이지만, 오드리 양은 곁에 없더라도 기억하게 되는 그런 분이잖아요."

갑자기 킬킬대는 웃음 소리와 함께 트레실리안 부인이 말했다.

"그 두 여인네를 한 자리에 모이게 하고 싶다니, 네빌이 바보지 뭐야. 이 일을 후회할 사람은 다름 아닌 네빌일 거야!"

5월 29일

토머스 로이드는 입에 파이프를 문 채 손끝 매운 말레이 소년이 바쁘게 짐을 꾸리고 있는 걸 바라보았다. 이따금 그의 시선은 드넓게 펼쳐진 농장으로 향했다. 지난 7년 간 이토록 친숙해진 광경을 앞으로 6개월 간 보지 못할 터였다. 다시 영국에 가는 건 기이한 경험일 것이다.

동업자인 앨런 드레이크가 문을 열고 들여다보았다.

"이보게, 토머스. 잘 되어가나?"

"이제 다 됐네."

"여기 와서 술 한잔하지, 이 나쁜 친구. 지금 나는 샘이 나서 죽을 지경이네."

토머스 로이드는 천천히 침실을 빠져나와 친구와 합류했다. 그는 말을 하지 않았다. 토머스 로이드는 괴상하다 할 만큼 말을 아끼는 사람이었다. 친구들은 침묵의 특징에 따라 그의 속마음이 무엇인지 판단하는 법을 터득하고 있었다.

다부진 체격에 반듯하고 엄격해 보이는 얼굴이었고, 두 눈은 사려 깊으면서도 눈초리가 매서웠다. 걸음걸이는 게처럼 약간 옆으로 치우쳐 있었다. 지진이 일어났을 때, 문 틈에 끼는 사고를 입어 그렇게 된 것이다. 이런 걸음걸이 때문에 그의 별명은 '숨어 사는 게'가 되었다. 가뜩이나 부자연스러운 걸음걸이에 사고 후유증으로 오른쪽 팔과 어깨까지 부분 마비가 되자 사람들은 그가 어색해하고 쑥스러워한다고 착각할 때가 많았다. 하지만 실제로 그는 그 어느 쪽의 감정도 느끼지 않았다. 앨런 드레이크가 술을 준비했다.

"아무튼 다 잘되길 비네!"

로이드는 "으음."이라고밖에 들리지 않는 말을 중얼거렸다. 드레이크는 신기하다는 듯 친구를 바라보았다.

"늘 그렇듯이 무덤덤하구먼. 어떻게 그처럼 한결같이 무덤덤할 수 있는지 모르겠네. 자네, 고향에 가는 게 얼마 만이지?"

"7년. 거의 8년이지."

"긴 세월일세. 완전히 여기 사람이 된 건 아닌가 싶어."

"아마 그럴지도."

"자네는 늘 제대로 된 인간들이 아니라 '우리 멍청이들'하고만 어울렸지! 떠날 준비는 제대로 된 건가?"

"음, 그래. 어느 정도는."

구릿빛의 무표정한 얼굴 위에 갑자기 홍조가 떠오르며 얼굴이 벽돌색으로 물들었다.

앨런 드레이크가 깜짝 놀라며 말했다.

"거기 여자가 있는 게로군! 어허, 이것 보게. 자네 지금 얼굴이 빨개지고 있어!"

토머스 로이드가 쉰 듯한 목소리로 말했다.

"무슨 바보 같은 소릴!"

그는 낡은 파이프를 몹시 세게 빨았다. 그러고는 묻지도 않은 이야기를 꺼냈다. 유례가 없는 일이었다.

"어쨌거나 상황이 조금은 바뀌어 있겠지."

앨런 드레이크가 이상하다는 투로 말했다.

"지난번에 자네가 왜 갑자기 집에 가는 걸 취소했는지 늘 궁금했네. 그것도 출발 직전에 가서 말이지."

로이드는 어깨를 으쓱했다.

"사냥 여행이 재미있을 거라고 생각했어. 집에서도 안 좋은 소식이 있었고."

"그렇지, 참. 잊고 있었네. 자네 동생이 죽었지. 교통 사고였다고 했지."

토머스 로이드는 고개를 끄덕였다.

드레이크는 생각했다. 이러니저러니해도, 사냥 여행은 집에 가는 것을 취소하는 이유로는 적당치 않았다. 집에는 어머니가 있었고,

보아하니 여동생도 있는 것 같았는데. 가족이 죽는 비극이 있을 때라면 당연히……. 그러다 그는 또 다른 사실을 기억했다. 토머스가 고향 방문을 취소한 것은 동생이 죽었다는 소식이 오기 전이었다. 앨런은 기이하다는 표정으로 친구를 바라보았다. 속을 알 수 없는, 의뭉한 토머스! 3년이 지난 후에야 그는 물어볼 수 있었다.

"자네, 동생하고 사이가 좋았나?"

"에이드리언? 뭐, 별로. 각자 제 갈 길을 갔지. 에이드리언은 변호사였어."

'그렇군. 인생이 다를 수밖에 없지. 런던의 변호사 사무실이며 파티며, 날카롭게 혀를 놀리는 대가로 화려한 삶을 살아가는 게 변호사니까.'

그는 에이드리언 로이드가 조용한 토머스와는 아주 다른 인간일 것이라고 생각했다.

"어머니는 살아 계시지?"

"어머니? 그렇지."

"여동생도 있지 않은가?"

토머스는 고개를 가로저었다.

"아닌가? 나는 그런 줄 알고 있었는데. 왜 그 사진 속에……."

로이드는 중얼거렸다.

"여동생이 아니야. 먼 친척뻘 되지. 고아여서 우리 집에서 같이 자랐네."

구릿빛 얼굴 위에 다시 한 번 엷은 홍조가 천천히 떠올랐다. 드레이크는 생각했다.

'오호라?'

"결혼은 했나?"

"응, 했지. 네빌 스트레인지라는 녀석이었어."

"그 테니스인가 뭔가 한다는 친구 말이지?"

"그래. 하지만 이혼했네."

'이번에는 그녀와 어떻게 잘될 수 있지 않을까 해서 집에 가는 거로군.'

드레이크는 친구를 무안하게 만들지 않기 위해 화제를 바꾸었다.

"낚시나 사냥을 갈 계획도 있나?"

"일단 집부터 가야지. 다음엔 솔트크리크에서 요트를 좀 탈까 생각 중이네."

"솔트크리크라면 나도 알지. 조그만 마을이지만 아주 근사한 데야. 멋진 옛날 호텔이 하나 있지?"

"그래. 밸모럴 코트라고. 거기 묵을지도 모르겠네. 근처에 사는 친구가 있으면 그 집에 묵든가."

"괜찮은 생각이군그래."

"으음, 솔트크리크는 평화롭고 아늑한 곳이지. 귀찮게 하는 사람도 없고."

"나도 아네. 세월이 가 봐야 아무 일도 일어나지 않는 그런 곳이 아닌가."

5월 29일

트레브스 씨가 말했다.

"이거 정말 성가시게 만드는군. 리헤드에 있는 마린 호텔을 이용한 지 벌써 25년이나 되었는데. 그런데 말이야, 이 호텔 건물을 모조리 철거해 버린다지 뭔가. 이게 말이 된다고 보나? 전방을 확대한다든가 뭐라나 그런 말도 안 되는 소리들을 하고 있더군. 도대체 왜 여기 해안 건물들을 가만 내버려 두지 않는 것인지 모르겠네. 리헤드는 늘 독특한 매력을 지켜 왔던 곳인데 말야. 섭정기 양식, 순수하게 섭정기 때의 양식을 고수하는 곳이었지."

루퍼스 로드가 위로하듯 말했다.

"그래도 묵을 만한 데가 거기 말고도 있지 않은가?"

"리헤드에 갈 수나 있을지도 사실 잘 모르겠네. 마린 호텔에 묵을 때면 매케이 부인이 내 요구 사항을 완벽히 이해해 줬지. 매년 갈 때마다 똑같은 방에 묵었고, 서비스는 늘 변함이 없었어. 음식도 훌륭했지. 아주 훌륭했어."

"솔트크리크는 어떤가? 밸모럴 코트라고, 오래되긴 했지만 썩 괜찮은 호텔이 하나 있네. 주인장이 누구냐면, 로저스 씨 내외인데 말야. 그 안사람이 마운트헤드 경의 요리사였어. 그 집이 바로 런던에서 최상급의 저녁 식사를 대접하던 집 아닌가. 안사람이 거기 집사하고 결혼하고 나서 지금은 호텔을 경영하는 거라네. 얘길 들어 보니까 자네가 아주 좋아할 만한 곳이더군. 조용하고 재즈 밴드 따위도 없다네. 요리나 서비스도 1급이고."

"괜찮은 아이디어군. 썩 괜찮을 거 같아. 차양을 씌운 테라스도 있는가?"

"그럼. 지붕이 달린 베란다가 있고 뒤편에는 테라스가 있네. 자네 좋을 대로 일광욕을 할 수도 있고 그늘에서 쉴 수도 있어. 근방에 누가 사는지도 가르쳐 줄 수 있다네. 트레실리안 부인이라고, 호텔 옆 저택에 살고 있는 노부인이 있어. 근사한 집이지. 몹시 허약해서 집 밖으로 거의 나오지는 못하지만 그 부인도 무척 매력적인 사람일세."

"판사 미망인을 말하는 건가?"

"그렇지."

"나도 매튜 트레실리안은 알고 지냈네. 그러고 보니 부인을 만난 적도 있는 것 같아. 매력적인 여자였어. 아, 물론 그것은 아주 옛날 일이지. 솔트크리크는 세인트 루 근처가 아닌가? 거기에도 친구가 몇 사람 있구먼. 자네 말대로 솔트크리크로 가는 것이 아주 좋은 생각인 것 같네. 편지를 보내서 구체적인 사항을 알아봐야겠어. 8월 중순에 갈까 하는데. 8월 중순부터 9월 중순까지 머물 계획이니 말이지. 차를 넣어 둘 차고는 있겠지? 전속으로 운전사를 고용할 수도 있나?"

"아, 물론이지. 완전히 요새 방식을 따르고 있는 곳이라네."

"그러니까, 자네도 알겠지만 오르막길을 다닐 때는 조심을 해야해서 말일세. 방도 1층에 있는 것으로 예약해야겠지. 승강기가 있겠지만."

"아, 물론일세. 그런 걸 모두 다 갖추고 있다네."

"그렇다면 내 문제는 완벽하게 해결되는 셈이군. 트레실리안 부인과 다시 안면을 트는 것도 즐거운 일이 되겠구먼."

7월 28일

반바지에 얇은 노란색 모직 스웨터를 입은 케이 스트레인지는 상체를 앞으로 내민 채 테니스 경기를 관람하고 있었다. 세인트 루 토너먼트의 남자 단식 준결승 경기였고, 네빌의 상대는 테니스계의 떠오르는 신예 메릭이었다. 그의 뛰어난 기량에는 이견의 여지가 없었다. 되받아치기 힘든 서브를 여러 번 구사하기도 했다.

그러나 간혹 풍부한 경험에 바탕을 둔 선배 선수의 노련한 경기 운영에 맞서 맥을 못 추는 모습을 보이고 있었다. 스코어는 마지막 세트에서 3대 3이었다.

케이의 옆자리로 슬그머니 다가와 앉은 테드 라티머는 천천히 비꼬는 듯한 투로 말했다.

"헌신적인 아내, 남편의 압승 장면을 지켜보다!"

케이가 흠칫하며 놀랐다.

"어쩜, 사람을 이렇게 놀라게 하는 법이 있어. 오는 줄도 몰랐네."

"나는 언제나 당신 곁에 있잖아. 이제는 알 때도 되지 않았어?"

테드 라티머는 스물다섯 살이었고 대단히 잘생긴 청년이었다. 그러나 그에게 그다지 호감을 갖지 않는 노인들은 버릇처럼 이렇게 말하곤 했다.

"스페인 계통의 피가 섞였을 게야!"

알맞게 햇빛에 그을은 가무잡잡한 피부의 소유자인 그는 타고난 춤꾼이었다. 그는 검은 눈동자만으로도 아주 많은 말을 할 줄 알았고, 목소리에는 배우 같은 자신감이 담겨 있었다. 케이는 열다섯 살 때부터 그와 친구였다. 두 사람은 후안 르 팽에서 함께 오일을 바르고 일광욕을 했으며, 함께 춤을 추고 테니스를 쳤다. 두 사람은 단순히 친구이기만 한 게 아니라 동지였다.

메릭이 코트 왼쪽에서 서브를 넣었다. 그러나 그는 네빌이 거세게 받아쳐 반대쪽 구석으로 날린 공을 막아 내지 못했다.

테드가 말했다.

"네빌은 백핸드가 좋아. 포핸드보다 낫지. 메릭은 백핸드가 약한데 네빌도 그걸 알고 있어. 자기가 잘 알고 있는 대로 그쪽을 집중 공략할 거야."

게임이 끝났다.

"4대 3. 네빌이 앞서고 있습니다."

네빌의 서비스로 다음 경기가 시작됐다. 메릭은 거칠게 받아쳤다.

"5대 3."

"네빌에게 유리해지는걸."

라티머가 말했다.

그때 메릭이 다시 기운을 내기 시작했다. 경기 운영이 신중해졌고, 샷의 속도에 변화가 생겼다.

테드가 말했다.

"메릭이 네빌보다 키가 머리 하나는 더 크지. 게다가 발놀림도 일품이야. 이거 볼 만한 경기가 되겠는걸."

서서히 메릭은 스코어를 5대 5까지 따라잡았다. 다시 스코어는 7대 7이 되었고, 결국 9대 7의 스코어로 메릭이 승리를 거두었다. 네빌은 네트 쪽으로 걸어가 유감이라는 듯 고개를 흔들면서도 웃음을 잃지 않은 채, 메릭과 악수를 했다.

테드 라티머가 말했다.

"젊다는 게 좋긴 좋군. 서른세 살이 열아홉 살을 못 이기는 거야. 하지만 케이, 왜 네빌이 결코 선수권을 못 따는지 그 이유를 내가 말해 줄까? 깨끗하게 질 줄 안다는 것, 패배에 연연하지 않는다는 것, 그게 바로 이유야."

"말도 안 돼."

"아니야. 네빌은 운동 선수로서 언제든 완벽하고 훌륭해. 가증스럽기까지 하지. 경기에 졌다고 화를 내는 걸 한 번도 본 적이 없어."

"당연하지. 그런 선수가 어디 있어?"

"무슨 소리야. 다른 선수들은 늘 그래! 당신도 알면서 왜 그래. 테니스 스타는 관중이 지켜보는 앞에서 신경질을 부려. 경기 중에는 기회가 닿는 대로 상대 선수의 약점을 공략해. 하지만 네빌은 늘 이의 없이 판정을 받아들이고 싱긋 웃을 줄 알지. 가장 뛰어난 선수가 승리를 거두어야 한다, 뭐 그런 거겠지만 말야. 세상에, 그런 사립 학교 정신 정말 염증 나지 않아? 내가 사립 학교 출신이 아닌 게 고마울 따름이야."

케이는 고개를 돌렸다.

"어쩐지 악의를 품은 것 같은데, 안 그래?"

"발톱을 곤두세우고 있다고나 할까!"

"당신이 네빌을 좋아하지 않는다는 사실을 그렇게 대놓고 말하지 않았으면 정말 좋겠어."

"내가 왜 네빌을 좋아해야 하지? 내 여자를 뺏어 간 놈인데."

그의 눈길이 케이에게서 떨어지지 않았다.

"내가 어떻게 당신 여자였다는 거야. 상황으로 봐서도 우리는 그렇게 될 수 없는 사이였어."

"그게 그랬던가. 그처럼 가난한 데도 1년이나 붙어 있던 사이 아니었나?"

"입 닥쳐. 나는 네빌과 사랑에 빠졌고 그와 결혼했어……."

"그래, 네빌은 정말 기분 좋고 유쾌한 친구야. 우리 모두 그렇게들 말하지!"

"나 짜증 내는 거 보고 싶어서 이래?"

이 말을 하면서 그녀는 고개를 돌렸다. 하지만 테드가 그녀를 향해 웃어 보이자, 그녀도 곧 그를 향해 웃음을 보냈다.

"여름 계획은 어때, 케이?"

"그렇지, 뭐. 근사한 데서 요트나 탈까 해. 테니스 경기 따라다니는 건 지겨워졌어."

"경기가 얼마나 남았지? 한 달은 있어야 하나?"

"응. 그리고 9월이 되면 걸즈 포인트에 2주 예정으로 가야 해."

"나도 그때 이스터헤드 베이 호텔에 묵을 건데. 이미 방도 예약해 놓았어."

"아주 근사한 모임이 되겠네! 네빌하고 나, 그리고 네빌의 전 부인에다가, 말레이에서 농장을 하던 사람인가가 휴가를 받아서 집에 온다고 하던데."

"아주 재미있을 것 같군!"

"그리고 또 그 촌스러운 친척 여자도 있지. 기분 나쁜 노인네 곁에서 죽을 고생을 하는 그 여자 말야. 그 고생을 하고도 한푼도 못 받는다지. 노인네가 죽고 나면 재산이 다 나하고 네빌 몫이 된다니까 말이야."

"혹시 그 여자가 그런 사실을 모르고 있는 것 아닐까?"

"글쎄, 그래서 웃긴다는 거야."

하지만 이렇게 말하면서도 케이는 어딘가 마음이 딴 데로 가 있는 듯했다. 그녀는 양손으로 잡아서 빙빙 돌리고 있던 라켓을 내려다보았다. 그러다 갑자기 바짝 긴장했다.

"오, 테드!"

"왜? 무슨 일이야, 자기?"

"나도 잘 모르겠어. 그냥 가끔씩 겁이 나! 갑자기 무서워지고 기분이 이상해."

"그건 전혀 케이 당신답지 않은걸."

"그렇지? 어쨌거나……."

케이는 막연한 미소를 지었다.

"당신이 이스터헤드 베이 호텔에 있을 테니까."

"계획대로라면 그렇게 되겠지."

케이는 탈의실 바깥에서 네빌이 나오기를 기다렸다. 밖으로 나와서 네빌은 말했다.

"당신 남자 친구가 왔더군."

"테드 말이에요?"

"그래, 당신의 충직한 개. 아니 충직한 도마뱀이라고 하는 것이 더 맞겠군."

"당신은 그 사람을 좋아하지 않지요?"

"아, 그 사람을 신경 쓰는 건 아냐. 당신이 그의 목에 목줄을 매서 끌고 다니는 게 즐겁다면야……."

그는 어깨를 으쓱했다.

"당신, 질투하는 거예요."

"라티머를?"

그의 놀라움은 꾸며 낸 것이 아니었다.

"다들 테드가 아주 매력적인 사람이라고 하잖아요."

"매력적인 사람인 거야 분명하지. 남미 사람 특유의 나긋나긋한 매력이 있어."

"정말 질투하고 있군요?"

네빌은 케이의 팔을 다정하게 한 번 잡았다.

"아니, 그렇지 않아, 여보. 당신은 얼마든지 당신을 숭배하는 얼간이들을 몰고 다닐 수 있어. 당신만 좋다면 한 떼라고 해도 문제가 되겠나. 당신을 소유하는 사람은 바로 나인걸. 법으로 치자면 실제 소유자는 9할의 승산이 있지."

"당신은 정말 자신만만하군요."

케이가 토라진 듯 입을 삐죽 내밀며 말했다.

"당연하지. 당신과 나는 운명으로 만났으니까. 운명이 우리 두 사람을 만나게 했고, 운명이 우리 두 사람을 한자리에 있게 했어. 우리가 칸에서 만났던 것 기억 나? 거기서 나는 에스토릴로 갈 예정이었는데, 거기 가서 내가 처음 만난 사람이 다른 누구도 아닌 바로 당신이었잖아! 그때 난 당신과 만난 게 운명인 걸 알았고, 당신에게서 도망칠 수 없으리란 걸 알았어."

"꼭 운명이라고 할 수는 없어요. 내가 그런 일이 있게 만들었으니까요."

"'내가 그런 일이 있게 만들었다'니?"

"정말 그랬다니까요! 칸에서 당신이 에스토릴로 갈 거라는 이야길 듣고 엄마를 졸라 대기 시작했죠. 결국 엄마는 내 말대로 해 주었고, 그래서 당신이 에스토릴에 갔을 때 처음 본 사람이 바로 나, 케이가 되었던 거죠."

네빌은 뭔가 이상하다는 표정으로 그녀를 바라보았다. 그는 천천히 입을 떼었다.

"지금까지 한 번도 하지 않았던 이야기군."

"그렇죠. 해서 당신에게 좋을 게 없는 이야기니까요. 이 얘길 들었으면 당신은 더 기고만장했을걸요? 하지만 나는 언제나 계획을 세우는 데는 비상했다고요. 세상 일은 그렇게 되게끔 꾸미지 않는한 일어나지 않는 법이에요! 당신은 가끔 나보고 멍청이라고 부르지만, 나름대로 나도 아주 영리한 면이 있다고요. 내가 마음먹은 대로 일이 일어나게끔 할 수 있으니까요. 때로는 아주 오래전부터 계획을 세워야 할 때도 있어요."

"그렇게 머리를 쓰는 건 몹시 힘든 일일 텐데."

"다 재미있어서 하는 일이에요."

네빌은 갑자기 기이하게 비통한 어조로 말했다.

"나는 내가 결혼한 여자를 이제야 막 이해하기 시작한 건가? 운명을 알고 싶다면, 케이의 속마음을 읽어라! 으음."

"당신 화난 건 아니죠, 네빌?"

그는 다소 멍한 어투로 대답했다.

"아니야, 아니야. 그럴 리가. 나는 단지……, 단지 생각을 좀 하고있었어……."

8월 10일

부유하고 괴짜인 코널리 경은 자기 책상 앞에 앉아 있었다. 이 거대한 책상은 그에게 특별한 자부심과 기쁨을 주었다. 그를 위해 엄청난 액수를 들여 특별히 제작한 물건이었기 때문이다. 실내의 모든 가구가 책상과 어울리게끔 배치되어 아주 멋진 분위기를 연출하고 있었다. 사소한 흠이 있다면, 여기서 빠질래야 빠질 수 없는 존재, 바로 코널리 경 자신이었다. 키가 작은 데다 토실토실 살찐 보잘

것없는 외모의 코널리 경은 웅장한 책상 뒤에서 완전히 난쟁이처럼 보였다.

도회지의 사무실에서나 볼 법한 이 화려한 실내로 금발의 비서가 들어왔다. 그녀 역시 사치스런 가구와 어울리는 인물이었다. 조용히 미끄러지듯 걸어 코널리 경의 책상 앞으로 온 그녀는 그 앞에 종이 한 장을 내려놓았다.

코널리 경은 힐끔 내려다보고 말했다.

"맥휘터? 맥휘터? 누구지? 들어 본 적이 없는데. 약속이 있었다고 하던가?"

금발의 비서는 그렇다고 대답했다.

"맥휘터라. 아! 그 사람! 맥휘터라고 있었지! 그 사람이야! 그렇고말고! 들여보내. 지금 곧장 들여보내라고."

코널리 경은 몹시 기분이 좋은 듯 소리 내어 웃었다. 그는 굉장히 유쾌한 상태였다. 의자에 깊숙이 등을 묻은 채, 그는 면접을 위해 들어온 젊은이의 침울하고 웃음기 없는 얼굴을 올려다보았다.

"자네가 맥휘터인가? 앵거스 맥휘터, 맞나?"

"그게 제 이름입니다."

맥휘터는 똑바로 서서 웃음기라고는 없는 얼굴로 뻣뻣하게 말했다.

"자네 허버트 클레이 밑에서 일했지, 맞나?"

"그렇습니다."

코널리 경은 다시 기분 좋게 웃기 시작했다.

"나는 자네에 대해 모든 걸 알고 있네. 클레이가 면허 취소를 당할 지경까지 갔지. 자네가 클레이가 하라는 대로 시속 30킬로미터로 달리고 있었다고 증언했길 거부했기 때문에 말이야! 그 사람 그것 때문에 아주 길길이 날뛰었다네!"

그는 더 큰 소리로 웃어 댔다.

"클레이가 사보이 그릴에서 모든 얘길 다 해 줬다네. '그 돌대가리 스코틀랜드 촌놈 같으니!' 하고 욕설을 퍼붓더군. 그러고도 모자라 어쩌고저쩌고 참 말이 많았지. 그때 내가 무슨 생각하고 있었는 줄 아나?"

"아니요, 모르겠습니다."

맥휘터가 무엇인가 꾹 참는 듯한 어조로 말했지만, 코널리 경은 눈치 채지 못했다. 그는 당시 기억을 떠올리는 데만 몰두해 있었다.

"나는 혼자 생각했네. '아, 그런 녀석이라면 내 밑에서 부리고 싶군! 돈을 아무리 준다고 해도 거짓말을 못하는 친구라면 말이야.' 나한테라면 거짓말하지 않아도 되네. 그런 식으로 사업하는 사람이 아니니까. 늘 어디 깨끗하고 정직한 사람 없나 찾아다니네만, 그런 사람은 눈을 씻고 봐도 찾을 수가 없더군!"

코널리 경은 새된 소리를 내며 한바탕 웃었다. 원숭이처럼 생긴 영리한 얼굴은 기쁜 마음을 감추지 못하고 온통 주름이 져 있었다. 맥휘터는 꼼짝 않고 서 있었다. 그는 즐거운 기분이 아니었다. 코널리 경은 웃음을 멈추었다. 그는 어느새 민첩하고 빈틈없는 표정으로 돌아와 있었다.

"자네, 일자리를 원한다면 말일세. 내가 하나 줄 수 있네."

"일자리가 있어서 나쁠 건 없겠지요."

"아주 중요한 일이야. 자격 요건이 훌륭한 사람에게만 줄 수 있는 일일세. 내가 알아보기도 했지만, 자네는 필요한 자질을 모두 갖추고 있어. 게다가 전적으로 신뢰할 수 있는 사람에게만 그 일을 줄 수 있거든."

코널리 경은 맥휘터의 대답을 기다렸다. 맥휘터는 아무 말도 하지 않았다.

"그러니까 내가 자네를 전적으로 신임해도 되겠지?"

맥휘터는 냉랭하게 말했다.

"그렇다는 대답을 듣는다고 해서 알 수 있는 건 아닐 텐데요."

코널리 경은 웃음을 터뜨렸다.

"자네가 적격이야. 자네야말로 내가 찾던 인물일세. 남아메리카에 대해서 좀 아는 것은 있나?"

코널리 경은 세부 사항에 대해 설명을 하기 시작했다. 30분이 지나고 나서 맥휘터는 보도 위에 서 있었다. 이제 그는 재미가 있을 뿐만 아니라 대단히 보수가 높고 미래를 보장하는 일자리를 구한 남자가 되어 있었다.

얼마 전까지 그에게 눈살을 찌푸렸던 운명의 여신이, 이제 미소를 보내고 있었다. 하지만 그는 그 웃음을 받아칠 기분이 아니었다. 그는 그다지 기쁘지 않았다.

그러나 면접 과정을 돌이켜 보면 자신도 모르게 히죽히죽 음험한 웃음이 비어져 나올 것만 같았다. 전 고용주가 자신을 향해 퍼부었던 욕설과 비난이 지금 그에게 이런 행운을 가져다주다니, 이런 걸 두고 '정의는 반드시 실현된다'고 해야 하지 않을까?

그는 자신이 운이 좋다고 생각했다. 그렇다고 운을 바랐던 건 아니었다! 그는 삶이라는 과업에 자신을 던져보려는 의지가 있었지만, 그것은 열정이나 즐거움 때문이 아니었다. 그것은 엄밀하고 일정하게 하루, 또 하루를 살아내고자 하는 의욕 때문이었다. 7개월 전 그는 스스로 목숨을 끊으려 했다. 우연, 다른 그 무엇도 아닌 우연이 개입했기에 그는 살아날 수 있었다. 그렇다고 해서 그가 다시 살아난 것에 감사하는 것은 아니었다. 지금 그에게 목숨을 끊겠다는 생각이 없는 것은 사실이었다. 그 단계는 이제 영원히 끝났다. 냉정하게 자기 목숨을 끊을 수 있는 사람은 없다는 것을 그는 인정했다. 자살을 하려면 절망, 비애, 자포 자기, 혹은 정열이라는 가외의 자극이 있어야 한다. 인생이 지루한 사건들의 단조로운 연속으로 여겨진다는 이유만으로 자살을 할 수는 없다.

어쨌든 그는 이번에 맡은 일 덕택에 영국을 벗어날 수 있다는 사실이 기분 좋았다. 그는 9월 말에 배를 타고 남아메리카로 갈 생각이었다. 다음 몇 주 동안은 몇 가지 필요한 물건들을 꾸리고 일과 관련하여 몇몇 복잡한 상황에 대해 알아보느라 바쁠 터였다.

그러나 영국을 떠나기 전에 일주일 정도는 시간 여유가 있을 터였다. 그는 그 시간 동안 무엇을 할 것인지 궁리했다. 런던에 머문다? 멀리 여행을 간다? 머릿속에 한 가지 생각이 흐릿한 광채를 발하며 떠올랐다.

솔트크리크?

"거기라면 기꺼이 가 줄 만하지."

맥휘터는 혼잣말로 중얼거렸다.

거기라면 소름 끼치도록 재미있을 거라는 생각이 들었다.

8월 19일

"그래서 휴가는 날아가 버렸다 이 말이야."

배틀 총경이 넌더리가 난다는 듯 말했다.

배틀 부인은 물론 실망했지만, 경찰의 아내로 살아온 오랜 세월 덕택에 실망 앞에서도 침착할 수 있는 성격이 되어 있었다.

"그렇다면 어쩔 수 없네요. 흥미로운 사건이긴 한가 보죠?"

"뭐, 딱히 그렇다고 할 만한 건 아냐. 이 일로 외무성에 난리가 나긴 했지. 말라깽이 키다리 청년들이 여기저기 다니며 쉬쉬하고 있어. 쉽게 해결될 만한 사건이야. 아무도 체면이 손상될 일은 없겠지. 하지만 이건 내가 회고록에 기록할 만한 사건은 아니야. 회고록을 쓸 만큼 내가 멍청하다면 말이지만."

"우리 가족 휴가 일정을 취소할 수도 있는데……."

배틀 부인이 남편의 의중이 궁금한 듯 말을 꺼냈다. 그러나 그녀의 남편은 단호하게 잘라 말했다.

"그런 생각은 하지 마. 당신은 아이들을 데리고 브리틀링턴으로 가. 방 예약을 3월에 했잖아. 예약까지 해 놓고 취소하는 건 낭비지. 나는 거기 가서 한 일주일 짐과 같이 있을 거야. 일주일이면 사태가 해결될 테니까."

짐은 배틀 총경의 조카, 제임스 리치 경감을 말하는 것이었다.

배틀 총경이 계속 말했다.

"살팅턴은 이스터헤드 베이나 솔트크리크와 상당히 가깝지. 바닷바람도 좀 쐬고 바닷물에 몸도 좀 담가 볼 수 있겠군."

배틀 부인이 코웃음을 쳤다.

"당신 조카가 도와 달라고 생떼를 쓰고 놔주지도 않을걸요!"

"이맘때에는 사건이라고 할 만한 것도 없어. 울워스 백화점에서 몇 푼 되지 않는 물건 슬쩍하는 여자들 말고는 말이지. 게다가 짐도 쓸 만한 경찰이라고. 나름대로 아주 예리한 면이 있어."

"알겠어요. 다 잘되겠군요. 그래도 역시 실망스럽긴 해요."

"다 우리를 시험해 보기 위해 닥치는 일이야."

배틀 총경은 이 말로 아내를 납득시켰다.

백설 공주와 붉은 장미

I

열차에서 내리면서 토머스 로이드는 메리 올딘이 살팅턴 역 승강장에서 자신을 기다리고 있는 걸 보았다.

그녀에 대한 기억은 흐릿하게만 남아 있었다. 지금 그녀를 다시 보면서, 토머스 로이드는 활발하고 능란하게 일을 처리하는 그녀의 모습이 보는 이를 기분좋게 한다는 사실에 다소 놀라고 있었다.

메리는 그를 이름으로 불렀다.

"반가워요, 토머스. 정말 오랜만이죠?"

"방을 내주신다니 얼마나 고마운지요. 폐가 되지 않기를 바랄 뿐입니다."

"천만에요. 오히려 그 반대에 가깝죠. 특별히 환영을 받을 거예요.

저 사람이 짐꾼인가요? 짐을 이쪽으로 갖고 오라고 말씀해 주세요. 바로 저기 차를 세워 두었거든요."

토머스의 가방은 포드 승용차 안에 실렸다. 메리가 운전대를 잡고 그 옆에 로이드가 앉았다. 차가 출발했고, 토머스는 메리가 운전을 잘한다는 사실을 알아보았다. 그녀는 능숙하면서도 신중하게 다른 차와의 거리를 잘 조절하며 나아가고 있었다.

살팅턴에서 솔트크리크까지는 11킬로미터 거리였다. 시장이 거의 전부인 조그만 마을을 벗어나 탁 트인 도로로 접어들자, 메리 올던이 다시 그의 방문을 화제로 꺼냈다.

"정말이에요, 토머스. 바로 이때 방문을 하시니 얼마나 다행인지 모르겠어요. 지금 상황이 꽤 안 좋은 편이라 모르는 사람, 아니 전혀 모르는 사람은 아니지만 어쨌든 낯선 사람이 필요했거든요."

"문제가 뭔데요?"

늘 그랬듯이 무관심하고 느릿느릿한 말투였다. 그가 이렇게나마 질문을 한 것은 사정이 알고 싶어서가 아니라 예의를 지키기 위해서인 듯했다. 메리 올던에게 특히 더 위안이 되는 것이 그의 이런 태도였다. 그녀는 누군가와 몹시 이야기를 나누고 싶었다. 그러나 그 누군가는 현재 저택의 상황에 크게 흥미를 보이지는 않는 사람이라야 했다.

"그러니까 우리는 지금 좀 미묘한 상황에 처해 있어요. 오드리가 여기 와 있어요. 알고 계셨죠?"

그녀는 대답을 기다리는 듯 잠시 말을 멈추었고 토머스 로이드는 고개를 끄덕였다.

"네빌과 그 안사람도 와 있어요."

토머스 로이드의 눈썹이 위로 치켜 올라갔다. 잠시 후, 그는 말했다.

"좀 어색한 상황이군요. 어쩌다가?"

"어색하지요. 네빌이 그렇게 하자고 한 거예요."

그녀는 말을 멈추었다. 로이드 역시 말없이 있었다. 그에게서 흘러나오는 의혹의 분위기를 감지했는지 메리는 자신이 했던 말을 다시 힘주어 반복했다.

"정말로 네빌이 그렇게 하자고 했어요."

"왜요?"

메리는 운전대를 잡고 있던 두 손을 위로 잠깐 들었다 놓았다.

"아, 아마도 변한 세상을 따라가자, 그런 거겠지요! 합리적으로 생각하면 서로 친구가 안 될 이유라도 있느냐는 거예요. 요즘 젊은 사람들은 그렇게 여기잖아요. 하지만 나는 그게 그렇게 잘될 것 같지 않거든요."

"잘될 수도 있겠습니다만. 새로 얻은 아내는 어떤 사람입니까?"

"케이 말씀이시죠? 물론 아름답지요. 정말 대단히 아름다워요. 게다가 아주 젊고."

"네빌이 아주 푹 빠져 있겠군요?"

"그럼요. 물론 결혼한 지 1년밖에 안 되었으니 그런 거겠죠."

토머스 로이드는 천천히 고개를 돌려 메리의 얼굴을 보았다. 그의 얼굴에 언뜻 미소가 스쳤다.

메리는 서둘러 덧붙였다.

"정말로 그렇다는 뜻은 아니었어요."

"털어놔 봐요, 메리. 솔직하게 얘기해요."

"글쎄요. 두 사람 사이엔 공통점이 거의 없다는 걸 모를래야 모를 수가 없으니까요. 가령, 두 사람의 친구들만 놓고 봐도……."

메리는 말을 멈추었다.

로이드가 물었다.

"네빌이 그녀를 만났던 건 리비에라였지요? 그 부분에 대해서는 별로 아는 바가 없습니다. 어머니가 편지에 쓰셨던 약간의 사실들 말고는."

"맞아요, 처음 만났던 건 칸이었지요. 네빌이 그녀에게 반했어요. 하지만 전에도 그가 여자들에게 반하는 일은 있었을 거라고 생각해요. 단순히 끌리는 거야 아무 해도 없는 일이죠. 지금도 나는 만일 네빌이 혼자 판단할 수 있었더라면 이혼이다 재혼이다 하는 일은 없었을 거라고 생각해요. 알다시피, 네빌이 오드리를 무척이나 사랑했잖아요."

토머스는 고개를 끄덕였다.

메리가 말을 이었다.

"나는 네빌이 정말 오드리와 헤어지고 싶었다고는 생각하지 않아요. 그랬을 리가 없지요. 하지만 케이가 아주 막무가내였어요. 오드리와 이혼하기 전까지는 한시도 가만두지 않았을 거예요. 그런 상황에서 남자가 어떻게 하겠어요? 당연히 남자 편에선 기분이 좋았겠지요."

"정신을 못 차릴 정도로 네빌을 좋아했나 보군요, 그 여자가?"

"그랬을 수도 있다고 생각해요."

메리의 말투에 의심이 묻어 있었다. 토머스가 탐색하는 시선을 보내자 그녀는 반짝 얼굴을 붉혔다.

"내가 시기심이 많아서 그런 걸까요? 케이 옆에 항상 졸졸 따라다니는 젊은 남자가 있어요. 잘생기긴 했지만, 여자들 등쳐먹고 사는 바람둥이처럼 생긴 그런 남자죠. 오래전부터 알던 친구라고 해요. 나는 가끔 네빌이 부유하고 유명한 인물이 아니었다면, 어땠을까 하는 생각을 해요. 그러니까 네빌의 환경이 두 사람이 맺어지게 된 것과 어떤 관계가 있을지도 모른다는 생각을 해요. 듣자하니, 케이한테는 재산이 한푼도 없었다더군요."

그녀는 조금 부끄럽다는 표정을 지으며 말을 멈추었다. 하지만 토머스 로이드는 생각에 잠긴 음성으로 "으흠." 하고 내뱉었을 뿐이다. 메리가 다시 말을 이었다.

"하지만 내가 질투심을 느끼기 때문에 그런 생각을 하는 건지도 몰라요. 케이는 아름다울 뿐 아니라 육감적인 매력이 넘치는 여자예요. 아마도 그런 매력이 중년의 노처녀가 가슴에 품고 있는 고양이 발톱을 자극하는 것이겠지요."

로이드는 생각에 잠기며 그녀를 보았다. 하지만 그의 얼굴에는 평소처럼 별다른 표정이 떠오르지 않았다.

잠시 후, 그가 물었다.

"그러니까 정확히 지금 문제가 무엇인가요?"

"정말이지 답답한 것은, 그걸 뭐라고 할지 나도 전혀 모르겠다는 거예요! 그러니까 이상하지요. 당연히 우리는 먼저 오드리와 상의를 했어요. 그런데 오드리는 케이를 만난다는 게 아무렇지도 않은 것처럼 보이더라고요. 이 문제에 대해서 의논할 때도 아주 상냥하고 우아할 뿐이었어요. 어쨌든 전에도 늘 상냥하고 우아한 사람이었으니까요. 하긴 오드리보다 더 친절하고 교양 있는 사람이 있을까요? 오드리는 언제든 무슨 일이든 똑떨어지게 해내지요. 네빌 내외한테 하는 걸 보면 어디 하나 흠잡을 구석이 없어요. 잘 알겠지만, 오드리는 굉장히 내성적인 편이죠. 그래서 실제로 무슨 생각을 하는지, 어떤 감정을 갖고 있는지 알 수 없잖아요. 하지만 어쨌든 나는 오드리가 이 문제에 대해서 전혀 거리낌이 없다고 생각했어요."

"거리낄 이유가 있나요?"

토머스 로이드가 말했다. 그리고 뒤늦게 덧붙였다.

"어찌되었든 그건 벌써 3년 전의 일이니까."

"오드리 같은 사람이 상처를 잊을 수 있을까요? 네빌을 얼마나 사랑했는데요."

토머스 로이드는 자세를 바꾸었다.

"이제 겨우 서른두 살이잖습니까. 앞날이 창창한 나이인데."

"아, 그야 나도 알지요. 하지만 당시만 해도 오드리는 무척이나 힘겨워했어요. 신경 쇠약으로 앓아누울 정도였어요. 알죠?"

"예. 어머니가 편지에 쓰셨습니다."

"어떻게 보면, 댁의 어머니가 오드리를 돌봐주신 게 좋은 일이었어요. 당시 어머니는 아들을 잃고 깊은 상심에 빠져 있었잖아요. 오드리가 있어서 그래도 위안이 되었을 거예요. 우리 모두 슬퍼했던 사건이었죠."

"그래요. 불쌍한 에이드리언. 늘 과속 운전을 했어요."

잠시 침묵이 흘렀다. 메리는 솔트크리크로 진입하는 언덕의 내리막길로 접어든다는 뜻으로 손을 쭉 폈다. 두 사람이 탄 차는 곧 구불구불하고 좁은 길을 미끄러지듯 내려가기 시작했다.

"토머스, 오드리를 잘 아나요?"

"그럭저럭. 지난 10년 동안은 별로 만난 적도 없군요."

"아니, 그래도 어렸을 때부터 알았던 사이잖아요. 에이드리언하고 당신 형제에겐 누이나 마찬가지였다고 하던데?"

토머스가 고개를 끄덕였다.

"오드리가 어떤 점에서 불균형한 데가 없었나요? 아, 내 말을 말 그대로 해석하지는 말고요. 지금 오드리를 보면 어딘가 아주 잘못되어 있다는 인상을 받게 돼요. 주변 상황에서 완전히 초연해 있고 거동은 부자연스러우리 만큼 완벽해요. 겉으로야 아무 일도 없지만, 때로 그 안은 어떨까 생각해 보게 돼요. 간혹 아주 강렬한 감정이 일고 있을 거라는 인상을 받아요. 하지만 그게 무엇인지는 나도 모르죠! 어쨌거나 오드리가 정상이 아니라는 느낌을 계속 갖고 있어요. 무엇인가 있어요! 그래서 걱정이 된답니다. 누구든 감염되지 않고는 배길 수 없는 이상한 분위기가 집 안에 감돌고 있어요. 다들 민감해서 작은 일에도 깜짝 놀란답니다. 하지만 그게 무엇인지는 알 수 없어요. 그리고 토머스, 그게 나는 가끔 무서워요."

"무섭다고요?"

글자 하나하나의 의미를 새기듯 느릿한 토머스의 말에, 메리는 짧게 긴장 어린 웃음을 웃으며 자세를 수습했다.

"바보 같은 말로 들릴 거예요……. 하지만 당신을 특별히 환영할 거라는 내 말은 바로 그런 뜻에서였어요. 당신이 있으면 따로 마음 돌릴 데가 생길 테니까요. 아, 다 왔군요."

그들이 탄 차가 마지막 모퉁이를 돌았다. 걸즈 포인트는 강을 내려다보고 서 있는 바위 위에 지은 집이었다. 건물의 두 면은 강물 위로 치솟은 절벽의 끝과 맞닿아 있었다. 정원과 테니스장은 저택의 왼편에 자리했다. 현대 문명의 이기라고 할 수 있는 차고는 저택의 오른편 길을 따라 저만치 더 들어가서야 있었다.

메리가 말했다.

"차를 세워 두고 올게요. 허스톨이 안내해 줄 거예요."

늙은 집사 허스톨은 옛 친구를 만난 듯 반색을 표하며 토머스를 맞이했다.

"만나 뵙게 되어 정말 반갑습니다, 로이드 씨. 정말 오랜만이군요. 마님도 매우 기뻐하실 겁니다. 동쪽 방으로 준비해 두었습니다. 다른 손님들은 모두 정원에 계십니다. 물론 방부터 들르시려면 그렇게 하시고요."

토머스는 고개를 가로저었다. 그는 거실을 가로질러 테라스에 면한 창가로 가 섰다. 그러고는 잠시 거기 서서 자신의 존재는 드러내지 않은 채 다른 사람들을 지켜보았다.

테라스에 나와 있는 사람은 두 여인뿐이었다. 한 여인은 강물을 내려다보는 난간의 한쪽 구석에 앉아 있었고, 다른 여인은 그녀를 바라보고 있었다.

구석에 앉아 있는 여인이 오드리였다. 다른 여인이 케이라는 걸 토머스는 알 수 있었다. 케이는 누군가 자신을 지켜보고 있다는 걸 알지 못했기 때문에 자기 감정을 감추려는 수고를 기울이지 않았다. 여자들과 관련한 문제에 대하여 토머스 로이드가 날카로운 눈을 갖고 있다고는 할 수 없었지만, 그런 그도 케이 스트레인지가 오드리 스트레인지를 몹시 싫어한다는 것을 한눈에 알 수 있었다. 강물 저 너머를 보고 있는 오드리는 다른 사람의 존재를 의식하지 못하는 것처럼, 또는 무관심한 것처럼 보였다.

토머스가 오드리 스트레인지를 다시 보는 건 7년 만의 일이었다. 그는 매우 주의 깊게 그녀를 살펴보았다. 그녀는 변했을까. 변했다면, 어떤 식으로?

확실히 변하기는 변했다고 그는 판단했다. 그녀는 더 말라 있었고, 더 창백했다. 전보다 더 어딘지 부유하는 듯 비현실적인 인상이었다. 하지만 무엇인가 다른 것이 또 있었다. 그게 무엇인지는 토머스도 명확히 규정할 수 없었다. 자신을 옭아맨 끈을 쥐기라도 한듯 철저히 자제를 하면서도, 모든 움직임을 놓치지 않고 관찰하는 것처럼 보였다. 그와 동시에 주변에서 진행 중인 모든 사건들을 낱낱이 의식하고 있는 듯했다. 숨겨야 할 비밀이 있는 사람 같다고 토머스는 생각했다. 하지만 무슨 비밀일까? 지난 몇 년 간 그녀가 겪어야 했던 일들에 대해서 그가 아는 것은 아주 적었다. 슬픔과 상실감이라면 그로서도 충분히 위로의 말을 해 줄 준비가 되어 있었다. 하지만 이것은 그런 게 아니었다. 그녀는 보물을 한 손에 꽉 쥐고 있는 어린애 같았다. 도대체 무슨 보물이기에 그토록 꽉 쥐고 있는 것일까 궁금하게 만드는 어린애.

이제 그의 시선은 다른 여인에게 향했다. 지금 네빌 스트레인지의 아내인 여자였다. 그래, 퍽 아름답군. 메리 올딘의 말이 맞았어. 그는 그녀가 위험한 인물이기도 할 것이라고 잠깐 상상했다. 만일 저 여자의 손에 칼이 쥐어져 있다면, 오드리의 옆에 있게 하지 않을 거야……

하지만 왜 그녀가 네빌의 전 부인을 미워해야 하는가? 모든 일이 끝났고 모든 일이 해결되었다. 오드리는 두 사람의 삶에서 아무런 부분도 차지하고 있지 않았다. 네빌이 저택의 모퉁이를 돌아 테라스에 발소리를 울리며 걸어왔다. 그는 온화한 표정이었고 손에는 화보 신문을 들고 있었다. 그가 말했다.

"《일러스트레이티드 리뷰》를 갖고 왔어. 다른 신문은 없더군……"

그러자 정확히 동시에 두 가지 일이 일어났다.

케이가 말했다.

"잘됐네요. 나 줘요."

그리고 오드리는 고개를 돌리지도 않은 채, 거의 방심한 태도로 손을 뻗어 내밀었다.

네빌은 두 여인 사이에서 가만히 서 있었다. 그의 얼굴에 당혹감이 서렸다. 그가 입을 열기 전에, 신경질이 섞인 높은 목소리로 케이가 말했다.

"보고 싶단 말이에요. 주세요! 날 달라니까요, 네빌!"

오드리 스트레인지가 흠칫 놀라며 고개를 돌렸다. 그녀는 손을 거두고 혼란스러운 기색으로 우물거렸다.

"아, 미안. 나한테 말하는 줄 알았어, 네빌."

토머스 로이드는 네빌의 목에 검붉은 홍조가 떠오르는 것을 보았다. 네빌은 재빨리 세 발짝을 걸어가 오드리에게 신문을 주었다. 그녀는 더욱 당황하면서 머뭇거렸다.

"하지만……."

케이는 거칠게 의자를 뒤로 밀쳤다. 그녀는 일어서서 휙 몸을 돌리고는 거실 창 쪽으로 걸어갔다. 로이드에게는 무작정 자기 쪽으로 돌진해 오는 그녀를 피할 여유가 없었다. 로이드를 보고 깜짝 놀란 그녀는 움찔했다. 그가 사과의 말을 하는 동안 그녀는 그를 바라보았다. 그제야 그는 왜 그녀가 자기를 보지 못했는지 알 수 있었다. 그녀의 두 눈에는 눈물이 가득 고여 있었다. 아마도 분노의 눈물일 거라고 로이드는 상상했다.

케이가 말했다.

"안녕하세요. 누구시죠? 아, 말레이에서 왔다는 그분이겠군요!"

"맞습니다. 제가 말레이에서 온 사람입니다."

"내가 지금 말레이에 있다면 얼마나 좋을까요. 여기만 아니면 어디라도 좋겠어요! 이 끔찍하고 추잡한 집은 정말이지 넌더리가 나요! 이 집 사람들은 다 싫어!"

격한 감정이 분출되는 상황은 늘 토머스를 긴장시켰다. 그는 조심스럽게 케이를 살펴보고 어쩔 줄 몰라 하며 중얼거렸다.

"아……. 음……."

"아주 조심하지 않으면, 내가 누군가 죽이고 말 거예요! 네빌이든가 저기 바깥에 순진한 척 얌전 떠는 저 여자든가!"

그녀는 버석거리며 그를 지나쳐서 방 바깥으로 나갔다. 쾅 하고 문이 닫히는 소리가 들렸다. 토머스 로이드는 꼼짝 않고 서 있었다. 그는 무엇을 어떻게 해야 할지 자신이 서지 않았다. 다만 젊은 스트레인지 부인이 가 버린 것만은 다행스러웠다. 그는 거기 서서 그녀가 있는 힘을 다해 쾅 닫아 버린 문을 쳐다보았다. 억센 호랑이 새끼 같은 여자야, 스트레인지의 새 부인은.

프랑스식 문 사이의 공간에 네빌 스트레인지가 들어와 서면서 창문 쪽이 어두워졌다. 그는 좀 거칠게 숨을 몰아쉬고 있었다. 그는 모호한 어투로 토머스에게 인사를 건넸다.

"아, 여어, 로이드. 온 줄 몰랐는걸. 그런데, 내 아내 봤어?"

"1분 전쯤에 저 문밖으로 나갔어."

토머스가 대답했다.

네빌 역시 거실 문을 열고 나갔다. 그의 얼굴에는 짜증 난 기색이 역력했다. 토머스 로이드는 열린 창을 넘어 천천히 바깥으로 걸어 갔다. 그는 발소리를 크게 내는 사람이 아니었다. 그가 겨우 두세 걸음 떨어진 곳까지 와서야 오드리는 고개를 돌렸다. 그리고 그는 미간이 넓은 그녀의 두 눈이 크게 떠지고 입술이 벌어지는 것을 보았다. 그녀는 미끄러지듯 벽에서 몸을 떼고 그에게 다가와 두 손을 내밀었다.

"오, 토머스. 사랑스러운 토머스! 오빠가 와 주어서 얼마나 기쁜지 몰라."

그가 하얗고 자그마한 그녀의 두 손을 손으로 감싸고 그녀를 향해 몸을 숙였을 때, 메리 올딘이 프랑스식 문가로 다가왔다. 테라스에 있는 두 사람을 보자 그녀는 걸음을 멈추었다. 그러고는 잠시 두 사람을 지켜보다 천천히 몸을 돌려 집 안으로 사라졌다.

II

네빌은 2층 침실에 있는 케이를 발견했다. 저택에서 더블 베드가 있는 커다란 침실은 트레실리안 부인의 방뿐이었다. 결혼한 부부에게는 늘 저택의 서쪽에 위치한 한 쌍의 방이 주어졌다. 두 개의 방이 서로 통하는 문으로 연결되어 있고, 뒤편에 작은 욕실이 딸린 방이었다. 작지만 독립된 공간이었다.

네빌은 자신의 방을 지나쳐서 아내의 방으로 들어갔다. 케이는 침대에 누워 있었다. 눈물로 범벅이 된 얼굴을 들고, 그녀는 화난 음성으로 소리쳤다.

"이제야 왔군요! 하긴 올 때도 된 건가요?"

"도대체 어쩌자고 수선을 피우는 거야? 응, 당신 미쳤어?"

네빌의 음성은 가라앉아 있었지만, 콧구멍이 벌름대는 것으로 보아 화를 꾹 참고 있는 게 분명했다.

"당신, 왜 《일러스트레이티드 리뷰》를 내가 아니라 그 여자에게 주었죠?"

"정말이지, 케이. 당신은 어린애야! 그깟 신문 조각 때문에 이런 수선을 피우다니."

"당신은 내가 아니라 그 여자에게 신문을 줬어요."

케이는 고집스럽게 되풀이했다.

"그래. 그러면 안 되나? 그게 왜 문제가 되지?"

"나한테는 문제가 된다고요."

"당신 어디가 어떻게 된 것 아냐? 남의 집에 머물면서 이렇게 신경질을 부려도 된다고 생각해? 남들이 있을 때 어떻게 하는 게 예의인지도 모르나?"

"왜 그걸 오드리에게 줬죠?"

"오드리가 보고 싶어 했잖아."

"나도 그랬어요. 그리고 나는 당신의 아내라고요."

"그런 식으로 따지면, 더 나이가 많고 법적으로 보아 아무 관계도 없는 사람에게 줘야지."

"그 여자는 나를 이긴 거예요! 그러려고 작정하고 있다가 그랬던 거라고요. 당신은 그 여자 편을 든 거라고요!"

"당신, 시샘하는 어린애처럼 왜 이래. 제발 좀 진정해. 남의 눈에 부끄러운 줄 알란 말이야!"

"그 여자가 하듯이 그렇게 하란 말이지요?"

네빌은 냉정하게 말했다.

"어쨌거나 오드리는 숙녀답게 처신할 줄 아는 여자야. 당신처럼 자기를 구경거리로 만들진 않아."

"이제 완전히 그 여자 편이 되었군요! 나를 증오하던 그 여자가 이제 앙갚음을 하는 거예요."

"이봐, 케이. 헛소리 좀 작작해. 이제는 정말 신물이 나는군!"

"그럼 우리 여길 떠나기로 해요, 여보. 내일 가요. 나는 이 집이 정말 지긋지긋해요!"

"온 지 나흘밖에 되지 않았어."

"그만하면 됐지요! 제발 우리 여길 떠나요, 네빌."

"케이, 제발 생각을 좀 해. 이런 일이 벌써 몇 번째야? 우리는 2주 예정으로 여길 왔어. 그 전에 갈 수는 없어."

"그렇게 하고 싶다면 할 수 없지만 당신은 그 대가를 치를 거예요. 당신, 그리고 당신의 그 오드리가 대가를 치를 거라고요! 당신은 그 여자가 대단하다고 생각하지요?"

"오드리가 대단하다고 생각하는 게 아냐. 오드리는 아주 착하고 친절한 사람이야. 그런 여자에게 내가 아주 몹쓸 짓을 했어. 그런데도 그녀는 항상 용서하고 베풀기만 하잖아."

"그게 바로 당신이 잘못 알고 있는 거예요."

그녀는 침대에서 몸을 일으켰다. 분노는 이미 사라지고 없었다. 그녀는 진지하고 침착한 어조로 말했다.

"오드리는 당신을 용서하지 않았어요, 네빌. 나는 그녀가 당신을 바라보고 있는 걸 우연히 몇 번 보았어요……. 그녀의 머릿속에 무슨 생각이 있는 줄은 모르지만 뭔가가 있어요. 그녀는 자기 생각을 결코 누구에게도 보이지 않는, 그런 사람이라고요."

"딱한 일이지, 그런 사람이 더 많지 않다는 건 말이야."

"그건 나를 두고 하는 말인가요?"

케이의 얼굴이 하얗게 질렸다. 그녀의 음성에는 날카로운 날이 서 있었다.

"글쎄, 당신은 그다지 행동을 조심하는 편이 아니었어. 안 그래? 조금만 짜증이 나고 뭔가 거슬려도 곧장 내뱉고 말잖아. 그건 당신에게만 망신이 아니라 나한테도 망신이라고!"

"할 말이 더 있나요?"

그녀의 음성은 얼음처럼 차가웠다.

그는 그녀만큼이나 차가운 어조로 대답했다.

"그게 부당하다고 생각했다면 나도 유감이야. 하지만 이것만큼은 누구도 부정할 수 없는 사실인데, 바로 당신이 어린애만큼도 자제력이 없다는 거야."

"당신은 결코 냉정을 잃지 않아요, 안 그래요? 늘 자기를 통제하고 매력적으로 행동해요. 말 그대로 뼛속까지 신사지요! 당신에게 감정이란 게 있는지도 나는 모르겠어요. 당신은 어류, 그러니까 냉혈 동물이에요! 왜 단 한 번이라도 자기 감정을 솔직하게 표현하지 못하죠? 왜 나한테 소리 지르고, 욕하고, 지옥에나 가 버리라고 저주하지 못하는 거죠?"

네빌은 한숨을 쉬었다. 그의 어깨가 축 늘어졌다.

"세상에……."

그가 내뱉었다. 그러고는 휙 돌아서서 방을 나갔다.

III

트레실리안 부인이 말했다.

"너는 열일곱 살 때나 지금이나 변한 게 없구나, 토머스 로이드. 그때랑 똑같이 올빼미처럼 영리한 얼굴이야. 말이 없는 것도 그때랑 마찬가지고. 그래, 왜 그렇게 말수가 적은 거냐?"

토머스는 모호하게 대답했다.

"모르겠습니다. 말재주란 걸 타고나지 않은 거겠지요."

"에이드리언하고는 달라. 에이드리언은 아주 똑똑하고 재치 있게 말을 잘하는 녀석이었지."

"아마 그래서일 겁니다. 말하는 건 모두 그 애에게 맡겨두면 되었으니까."

"불쌍한 에이드리언. 그토록 장래가 촉망되는 녀석이었는데."

토머스는 고개를 끄덕였다.

트레실리안 부인이 화제를 바꾸었다. 이 방에서 토머스는 그녀의 유일한 청중이었다. 보통 그녀는 한 번에 한 사람씩만 만났다. 그렇게 해야 피로하지 않은 데다가 상대에게 주의를 집중할 수 있기 때문이었다.

"이제 꼬박 하루 동안 이 집에 있었지? 지금 상황에 대해서 어떻게 생각하니?"

"상황이라고요?"

"멍청한 표정 짓지 말아. 일부러 그러는 게 다 보이는구면. 무슨 말인지 알면서 왜 그러냐. 바로 내 집 지붕 아래서 묘한 삼각 관계가 벌어지고 있잖니."

토머스가 조심스럽게 대답했다.

"갈등이 있는 것 같긴 합니다."

트레실리안 부인이 어딘가 악마적인 웃음을 지었다.

"너한테 고백하자면 말이야. 나는 이 상황이 조금은 재미있어. 이건 나하고는 아무 상관도 없이 일어난 일이야. 사실 나는 이런 일이 일어나는 걸 막아보려고 최선을 다했지. 네빌이 끝까지 고집을 부렸어. 두 사람이 반드시 만나야 한다고 계속 고집을 피웠지. 그러고는 이제 자신이 뿌린 씨앗을 거두고 있는 게야!"

토머스 로이드는 앉아 있던 의자에서 몸을 조금 움직였다.

"재미있네요."

"뭐가 재미있다는 거지?"

트레실리안 부인이 낚아채듯 말했다.

"스트레인지가 그런 사람인지는 몰랐습니다."

"네가 그렇게 말하니 흥미롭구나. 왜냐하면 나도 그렇게 생각했거든. 이건 네빌답지 않은 짓이야. 여느 남자들이나 마찬가지로, 네빌은 입장이 곤란해지거나 불쾌할 만한 상황은 무슨 수를 써서든 피하려고 드는 애야. 나는 이게 원래는 네빌의 생각이 아닐 거라는 의혹을 품었어. 하지만 네빌의 생각이 아니라면, 그게 대체 누구의 생각인지 알 수가 없거든."

그녀는 잠시 말을 멈추었다가 아주 약간만 말끝을 올리며 물었다.

"설마 오드리의 생각은 아니겠지?"

토머스는 즉시 답했다.

"아니죠. 오드리는 아닙니다."

"그리고 그게 저 불쌍한 여자, 케이의 계획이었을 거라고는 생각도 할 수 없어. 아주 탁월한 배우 기질이 있지 않고서야 불가능한 일이지. 글쎄, 뭐랄까, 나는 요즘 케이를 보면서 안됐다는 생각마저 들어."

"그 여자를 그다지 마음에 들어하지 않으셨지요, 아니었나요?"

"마음에 안 들지. 내가 보기엔 머리는 텅 빈 데다가 교양이라곤 눈곱만큼도 없는 애야. 가로등 불빛에 꼬인 모기처럼 계속 허둥대고 있어. 어떤 수단을 써야 좋은지도 몰라. 성질은 고약하고 몸가짐은 천박하고 어린애처럼 무례하기까지 하잖아. 네빌 같은 남자에게는 그런 게 아주 역효과만 낼 뿐이지."

토머스가 조용히 말했다.

"제 생각엔 지금 어려운 위치에 있는 건 오드리입니다."

트레실리안 부인은 그에게 날카로운 시선을 보냈다.

"넌 늘 오드리를 사랑했어. 그렇지 않니, 토머스?"

그의 대답은 상당히 모호했다.

"그랬을지도요."

"같이 자라던 어린 시절부터지?"

그는 고개를 끄덕였다.

"그러다 네빌이 나타나서 네 코앞에서 오드리를 뺏어간 거지?"

그는 불편한 듯 의자 위에서 몸을 움직였다.

"글쎄요. 제가 오드리에게 걸맞은 상대가 아니란 건 늘 알고 있었습니다."

"패배주의자군."

"저는 재미없고 지루한 사람이니까요."

"충직한 말 같은 친구였겠지!"

"사람 좋은 토머스 오빠! 이게 오드리가 저에게 가졌던 감정의 전부였습니다."

"진실한 토머스. 이게 네 별명이었지, 안 그러니?"

그는 그 말에서 어린 시절의 기억을 떠올리고는 웃음 지었다.

"재미있네요! 제 별명을 듣는 게 참 오랜만입니다."

부인은 그의 시선을 받으며 명확하면서도 신중하게 말을 이었다.

"어쩌면 지금이 너한텐 좋은 기회가 될지도 몰라. 변함이 없는 마음이야말로 오드리 같은 경험을 한 사람이 소중히 여길 만한 장점이야. 평생 한 주인만을 섬기는 개와 같은 마음이 때로는 보상을 받게 되는 법이지."

토머스 로이드는 시선을 떨구었다. 그의 손가락은 파이프를 만지작거리고 있었다. 그가 말했다.

"그게 제가 귀향하며 가지고 온 희망입니다."

IV

"이렇게 여기 다 모였군요."

메리 올딘이 말했다.

늙은 집사 허스톨은 이마를 훔쳤다. 그가 부엌에 들어가자, 요리사인 스파이서 부인이 그의 안색을 보고 놀란 듯 뭐라 중얼거렸다.

허스톨이 말했다.

"이러다간 정신이 온전할 것 같지가 않아. 말이 나왔으니 말인데, 요 며칠 동안 이 집에서 일어나는 일들은 정말이지 이상해. 사람들이 하는 말과 그 속뜻이 전혀 다른 것 같다니까. 무슨 말인지 이해하겠나?"

스파이서 부인은 무슨 말인지 모르는 듯했다. 허스톨은 계속 말을 이었다.

"사람들이 저녁 식사를 하려고 모여서 앉았는데, 올딘 양이 하는 말이 '이렇게 여기 다 모였군요.' 하는 거야. 나는 그 말에 깜짝 놀라고 말았어! 우리 속에 야생 동물을 떼로 몰아넣고 문을 닫으면서 조련사가 할 법한 말 같았거든. 갑자기 우리 모두가 함정에 빠진 기분이었어."

"아이고머니나, 허스톨 씨. 분명 뭔가 음식을 잘못 드신 게 틀림없어요."

스파이서 부인이 말했다.

"소화에 문제가 있어서가 아니라니까. 사람들이 모두 왜 이처럼 긴장해 있느냔 말이야. 방금 전에 앞문이 쾅 하고 닫혔지? 그러자 스트레인지 부인, 원래 스트레인지 부인 말이야, 그러니까 오드리 양이 총에라도 맞은 것처럼 깜짝 놀라지 않겠어? 그리고 왜 모두들 가만히 입을 다물고 있는 것이지? 정말로 이상해. 갑자기 모두들 입을 열기가 두려워진 것 같아. 그러다가는 또 문득 한꺼번에 아무 화제나 생각나는 대로 떠들기 시작한다고."

"누구라도 불편할 상황이에요."

스파이서 부인이 말했다.

"스트레인지 부인 두 사람이 한 집에 있다. 내가 보기에는 말야, 이건 꼴사나운 일이라고."

식당에서는 허스톨 씨가 방금 말한 것 같은 침묵이 흐르고 있었다. 어색한 분위기를 견디지 못한 메리 올딘이 상당히 애를 쓰며 케이 쪽으로 얼굴을 돌리고 말했다.

"부인 친구 분, 라티머 씨에게 내일 저녁 식사를 함께하자고 초청했어요!"

"아, 잘됐군요."

네빌이 끼어들었다.

"라티머라고? 그가 지금 여기 와 있어?"

케이가 답했다.

"이스터헤드 베이 호텔에 묵고 있어요."

네빌이 물었다.

"언제 그쪽으로 가서 그 친구랑 저녁 식사나 함께하지. 배편이 언제까지 있지?"

"새벽 1시 30분까지 있어요."

메리가 대답했다.

"거기 호텔에서는 저녁마다 무도회가 열리겠군?"

"투숙객들은 너나 할 것 없이 백 살쯤 된 노인들이에요."

케이가 말했다.

"당신 친구로서는 그리 탐탁한 데가 아니겠군 그래."

네빌이 케이를 향해 말했다.

메리가 재빨리 말했다.

"언제 이스터헤드 베이에 가서 수영을 할 수 있을 거예요. 아직 날씨가 더운 데다가 거기 해변 모래가 아주 좋거든요."

토머스 로이드가 나지막한 목소리로 오드리에게 말했다.

"내일 요트를 탈까 생각했는데, 같이 가겠어?"

"좋아."

"요트라면 모두 함께 갈 수도 있겠군."

네빌이 말했다.

"당신은 골프를 치러 가겠다고 했던 것 같은데요."

케이가 말했다.

"골프장에 갈까 하고 생각을 하긴 했지. 그런데 요전 날 쳐봤더니 엉터리 샷뿐이었어."

"거참 안된 일이군요!"

케이가 말했다.

네빌이 유쾌하다는 투로 말했다.

"골프는 비극적인 게임이니까."

메리가 케이에게 골프를 치느냐고 물었다.

"예. 그럭저럭 조금 쳐요."

네빌이 말했다.

"조금만 더 노력한다면 케이는 아주 잘 칠 수 있을 텐데. 스윙이 천부적이야."

케이가 오드리에게 물었다.

"특별히 할 줄 아는 운동은 없죠, 그렇죠?"

"네, 잘하는 건 없어요. 테니스는 조금 치긴 하지만, 운동 신경이 둔해서요."

토머스가 물었다.

"피아노는 여전히 치니, 오드리?"

오드리가 고개를 저었다.

"요즘은 안 쳐."

"당신, 피아노를 썩 잘 쳤는데 말야."

네빌이 말했다.

"난 당신이 음악은 좋아하지 않는 줄 알고 있었는데요. 네빌."

케이의 말에 네빌이 애매하게 대답했다.

"음악에 대해 아는 건 별로 없지. 그런데 나는 어떻게 오드리가 한 옥타브나 되는 건반을 소화할 수 있는지 늘 궁금했어. 손이 이렇게 작은데 말야."

그는 디저트 나이프와 포크를 내려놓는 오드리의 두 손을 바라보았다.

그녀는 약간 얼굴을 붉히고 재빨리 말했다.

"새끼손가락이 무척 길거든. 그게 도움이 되는 거겠지."

"그런 사람은 성격이 이기적이라고 하던데. 새끼손가락이 짧은 사람은 이기적이지 않고, 긴 사람은 이기적이라고 하더라고요."

케이가 말했다.

"그게 사실인가요? 그렇다면 나는 이기적이지 않군요. 보세요. 새끼손가락이 상당히 짧죠?"

메리 올딘이 물었다.

"내가 보기에 당신은 전혀 이기적인 사람이 아니에요."

토머스 로이드가 생각에 잠긴 표정으로 메리 올딘을 바라보며 말했다.

메리의 얼굴이 붉어졌다. 그녀는 재빨리 다음 말을 꺼냈다.

"우리 중에 가장 이기적이지 않은 사람은 누굴까요? 우리 새끼손가락 길이를 재 봐요. 내 손가락이 케이 손가락보다는 짧군요. 하지만 토머스의 손가락은 나보다 더 짧은 것 같네요."

"나하고 비교하면 두 사람 다 길지요. 보세요."

네빌이 한 손을 쭉 내밀었다.

"하지만 그건 한쪽 손만 그렇지요. 당신 왼손 새끼손가락은 짧지만 오른손 새끼손가락은 상당히 길다고요. 왼손은 타고난 손이고 오른손은 당신이 만들어낸 것이잖아요. 그러니까 손가락을 놓고 보자면, 당신은 태어나기는 이기적이지 않은 사람이지만 시간이 흐르면서 이기적인 사람이 되었다는 뜻이에요."

케이가 말했다.

"손금도 볼 줄 아나요, 케이?"

메리가 물었다. 그녀는 손바닥이 보이도록 해서 손을 뻗었다.

"한번은 점쟁이가 말하기를, 내가 남편이 둘이고 아이는 셋일 거라고 하더군요. 그러려면 아주 서둘러야 하지 않겠어요?"

케이가 말했다.

"여기 이 작은 금들은 자식 수를 뜻하는 게 아니에요. 여행 운이죠. 물길 여행을 세 번 할 운이네요."

메리 올딘이 말했다.

"그것도 그렇게 맞는 얘기 같지는 않네요."

토머스 로이드가 물었다.

"여행은 많이 다녔나요?"

"아뇨, 거의 가 본 데가 없어요."

그는 그녀의 목소리에 회한이 담겨 있는 것을 감지했다.

"여행을 하고 싶으세요?"

"그럴 수 있다면 달리 원이 없겠어요."

그는 특유의 느릿한 방식으로 그녀의 인생에 대해 생각했다. 늘 노부인의 곁을 떠날 수 없었던 삶. 침착한 데다 능란한 솜씨로 대저택의 살림을 이끌어온 훌륭한 관리자.

그는 궁금해하며 물었다.

"트레실리안 부인과 함께 산 지 오래되었나요?"

"거의 15년이 다 되어가요. 아버님이 돌아가시고 나서 여기 왔어요. 아버님은 돌아가시기 전 얼마 동안 전혀 거동을 못해 병석에만 계셨죠."

그러고 나서 그녀는 그가 마음속에 품고 있는 질문에 대답했다.

"내 나이는 서른여섯이에요. 그 부분이 알고 싶었던 거겠죠, 아닌가요?"

그가 인정했다.

"궁금하긴 했습니다. 아시겠지만, 당신은 나이를 판단하기 힘든 인상이라서요."

"그 말이야말로 어떻게 해석해야 할지 모르겠는걸요?"

"그럴 겁니다. 그렇게 들리기를 바라고 한 말이에요."

침울하고 생각에 잠긴 그의 눈길이 그녀의 얼굴을 떠나지 않았다. 그녀는 그 눈길이 당혹스럽지 않았다. 상대방을 당혹스럽게 하는 자의식이 아닌, 진정으로 사려 깊은 관심이 담겨 있었기 때문이다. 자신의 머리카락에 와 닿는 그의 시선을 느낀 그녀는 이마 위에 난 한 움큼의 흰머리에 손을 갖다 대었다.

"이게 이렇게 된 건 아주 어렸을 때 일이에요."

"보기 좋은데요."

토머스 로이드가 꾸밈 없이 말했다. 그는 계속해서 그녀를 바라보았다.

마침내 그녀가 약간 흥미롭다는 어투로 물었다.

"그래서 무슨 결론을 내리셨나요?"

토머스의 햇빛에 탄 얼굴이 상기되었다.

"아, 이렇게 빤히 쳐다보다니 결례였습니다. 당신에 대해 생각하고 있었어요. 당신이 실제로 어떤 사람인가에 대해서 말입니다."

"오, 그러지 마세요."

그녀는 서둘러 이렇게 말하고 자리에서 일어났다. 그녀는 오드리와 팔짱을 끼고 거실로 가면서 말했다.

"트레브스 씨도 내일 저녁 식사에 오실 거야."

"그게 누구죠?"

네빌이 물었다.

"루퍼스 로드 씨의 소개로 오신 분이랍니다. 아주 재미있는 노신사분이세요. 밸모럴 코트에 묵고 계시고요. 심장이 약해서 굉장히 병약해 보이는 분이긴 한데, 어찌나 머리가 좋은지 놀라울 정도랍니다. 재미있는 사람들도 많이 알고 있다고 하고요. 사무 변호사였다든가 법정 변호사였다든가 어느 쪽인지 잊어버렸지만, 하여튼 변호사였대요.”

“여기 오는 사람들은 모두 끔찍하게 늙은 노인들뿐이야.”

케이가 불평하듯 말했다.

그녀는 키 큰 등 아래 서 있었다. 토머스의 시선은 그녀가 서 있는 쪽을 향했다. 시야에 무엇이 들어오건 늘 그러듯이, 토머스는 천천히 관심을 기울여 그녀를 관찰했다. 그녀의 격렬하고 열정적인 미모에 그는 문득 놀라고 말았다. 그녀는 눈부신 색채와 생동감이 넘쳐흐르는 미인이었다. 그는 그녀에게서 시선을 거두고 오드리를 보았다. 은회색 드레스를 입은 그녀는 창백했고 침울한 분위기가 감돌고 있었다.

그는 혼자 웃음을 짓고 중얼거렸다.

“붉은 장미와 백설 공주야.”

“뭐라고요?”

메리 올딘이 그의 곁에 와 서 있었다.

그는 자신이 한 말을 되풀이했다.

“옛날 동화처럼 말입니다. 아시겠지요…….”

메리 올딘이 말했다.

“아주 정확한 표현이네요…….”

V

트레브스 씨는 감탄하는 표정으로 포트와인이 담긴 잔을 기울였다. 아주 훌륭한 포도주였다. 저녁 식사로 나온 음식이나 접대 방식도 흠잡을 데 하나 없이 완벽했다. 트레실리안 부인이 하인들을 제대로 통솔하고 있는 것이 분명했다. 안주인이 거동을 못할 만큼 몸이 불편한데도, 저택은 잘 관리되고 있었다.

포도주를 마시는 시간까지도 여인들이 식당을 뜨지 않았던 것은 유감이었다. 그는 옛날 방식을 선호했다. 하지만 이 젊은이들은 자신들 나름의 방식대로 행동하는 것이다.

생각에 잠긴 그의 두 눈은 눈부시게 아름다운 젊은 여인, 네빌 스트레인지의 아내에게서 떠날 줄 몰랐다.

오늘 밤은 케이의 밤이었다. 촛불을 밝힌 방 안에서 그녀의 발랄한 아름다움은 더욱 찬란하게 반짝였다. 그녀의 옆에 선 테드 라티머는 잘 손질한 검은 머리를 그녀 쪽으로 기울였다. 그는 그녀를 기분 좋게 해 주기 위해 애쓰고 있었다. 그녀는 자신감과 승리감에 도취해 있었다.

그처럼 생명력이 넘치는 광경을 보는 것만으로도 늙은 트레브스 씨의 가슴은 훈훈해졌다.

젊음. 정말이지 젊음에 비할 수 있는 것은 아무것도 없다!

남편이 정신을 잃고 전 부인을 버린 것도 이상할 것 하나 없는 일이다. 오드리는 네빌의 옆에 앉아 있었다. 매력적인 여자이자 숙녀. 하지만 트레브스 씨의 경험을 통해 볼 때, 남자에게서 버림받는 건 늘 그런 여자들이었다.

그는 오드리 쪽을 흘끗 보았다. 그녀는 머리를 숙이고 앞에 놓인 접시를 바라보고 있었다. 미동도 하지 않는 그녀 태도의 어떤 면이 트레브스 씨의 관심을 자극했다. 그는 좀 더 열중하여 그녀를 관찰했다. 그는 그녀가 무슨 생각을 하고 있을까 생각했다. 조개처럼 생긴 귀 위로 치켜올린 머리 모양이 참 매력적인데 말이야……

사람들이 장소를 옮기고 있다는 사실을 깨닫고 트레브스 씨는 흠칫 놀라며 정신을 차렸다. 그는 서둘러 자리에서 일어났다. 거실에서 케이 스트레인지는 곧장 축음기가 있는 쪽으로 가더니 무도곡 음반을 올려놓았다.

메리 올딘이 사과하듯 트레브스 씨에게 말했다.

"재즈는 싫어하시죠?"

"그럴 리가 있겠습니까."

실제로는 그렇지 않지만 예의를 갖추어 트레브스 씨가 대답했다.

"나중에 카드 게임이라도 함께하실까요? 하지만 지금은 게임을 시작해 봐야 소용이 없겠어요. 트레실리안 부인이 담소를 고대하고 계십니다."

"그거 기쁜 일이군요. 트레실리안 부인이 여기 내려와서 함께 어울리는 일은 없는가 봅니다?"

"예. 전에는 환자용 의자에 앉아 내려오시곤 했지만요. 승강기를 설치한 것이 그 때문이었죠. 하지만 요사이는 방에서 직접 만나는 것을 좋아하세요. 누구든 원하는 사람과 대화하실 수 있죠. 어명을 내리듯, 이야기하고픈 사람을 부르십니다."

"매우 적절한 표현입니다, 올딘 양. 트레실리안 부인의 태도에는 어딘가 왕족다운 품위가 있다는 걸 나도 늘 의식하지요."

방 한가운데에서 케이는 느린 스텝으로 춤을 추고 있었다.

그녀가 말했다.

"방해되지 않게 저 탁자 좀 치워요, 네빌."

그녀의 음성은 자신감이 넘쳤고 명령조였다. 그녀의 눈은 빛났고, 입술은 벌어져 있었다. 네빌은 복종하듯 탁자를 치우고 한 발자국 그녀 앞으로 다가갔다. 하지만 그녀는 짐짓 그를 무시하고 테드 라티머 쪽으로 돌아섰다.

"이리 와, 테드. 춤을 추자."

테드의 팔이 즉시 그녀의 몸을 감쌌다. 두 사람은 완벽하게 호흡이 맞는 스텝으로, 몸을 뒤로 젖혔다가 앞으로 숙이면서 춤을 추었다. 아주 멋진 솜씨였다.

트레브스 씨가 중얼거렸다.

"으음, 거의 직업적인 수준인걸."

메리 올딘은 그 말에 움찔했다. 물론 트레브스 씨로서는 단순한 감탄의 뜻으로 쓴 단어일 뿐이었다. 그녀는 호두까기처럼 생긴, 작고 현명해 보이는 그의 얼굴을 바라보았다. 자기 생각에만 몰두해 있는지 노인의 얼굴은 멍한 표정이었다.

네빌은 일어서서 잠시 망설이더니 오드리가 있는 창가로 걸어갔다.

"춤출까, 오드리?"

네빌의 말투는 거의 냉정하달 만큼 격식을 갖춘 것이었다. 단순히 예의의 차원에서 춤을 신청한 거라고 할 수 있었다. 오드리 스트레인지는 잠시 망설이다가 고개를 끄덕이고는 앞으로 한 걸음 다가갔다.

메리 올딘이 몇 마디 일상적인 말을 했지만 트레브스 씨는 대답을 하지 않았다. 지금껏 그는 가는귀를 먹었다는 징후를 내보이지도 않았고 깍듯이 예의를 갖추는 사람이었다. 메리는 트레브스 씨가 자기 생각에 몰두해 있는 탓에 자신의 말을 듣지 못한다는 사실을 알았다. 메리로서는 그가 춤을 추는 사람들을 바라보고 있는 것인지, 저 끝에 혼자 서 있는 토머스 로이드를 쳐다보고 있는 것인지 알 수 없었다.

약간 흠칫하며 트레브스 씨가 말했다.

"미안합니다, 올딘 양. 뭐라고 하셨지요?"

"아무것도 아니에요. 9월치고는 날씨가 너무 따뜻하다는 얘기였어요."

"그래요. 호텔에서는 가뭄이 너무 심한 게 아니냐고 말하더군요."

"호텔에서 묵는 게 편안하셔야 할 텐데요?"

"아, 그럼요. 사실 도착해서 보니 참으로 곤란했던 것이……."

트레브스 씨가 갑자기 말을 멈추었다.

오드리가 네빌에게서 몸을 떼었다. 그녀는 미안하다는 듯 살짝 웃으며 말했다.

"춤을 추기엔 너무 더워서."

그녀는 열린 창 쪽으로 걸어가더니 테라스로 나갔다.

"아이고! 얼른 따라가야지, 바보같이."

메리가 중얼거렸다. 그녀는 자기 말고는 그 말을 알아듣지 못하게 할 생각이었지만, 트레브스 씨가 놀란 표정으로 고개를 돌려 그녀를 바라보게 할 만큼 큰 소리였다.

그녀는 얼굴을 붉히고 당황하며 웃었다.

"마음속 생각을 그대로 들키고 말았네요."

그녀가 쓸쓸한 어조로 말했다.

"하지만 정말 저 사람 정말 너무 답답해요. 저렇게 느려터질 수가 있나요."

"스트레인지 씨를 말하는 겁니까?"

"아, 아니었어요. 네빌이 아니었고요. 토머스 로이드를 말하는 거였어요."

토머스 로이드는 막 앞으로 움직이려던 참이었다. 하지만 그때는 이미 잠깐 멈칫하고 있던 네빌이 오드리를 따라 밖으로 나간 다음이었다. 특별한 호기심이 담긴 트레브스 씨의 시선이 잠시 창 쪽에 머물렀다. 그리고 그는 다시 춤추는 사람들에게 주의를 돌렸다.

"저 사람 참 춤을 잘 추는군요. 라티머 씨라고 했던가, 이름이 뭐라고 했지요?"

"맞습니다. 에드워드 라티머예요."

"아, 그렇군요. 에드워드 라티머. 스트레인지 부인이 전부터 알던 친구라고 하는 것 같던데요?"

"맞아요."

"그런데 뭐랄까요, 이 잘 꾸민 청년은 무슨 일을 합니까?"

"글쎄요. 사실은 저도 잘 모르겠어요."

"그렇군요."

트레브스 씨가 말했다. 한마디 아무렇지 않은 말 속에 많은 의미가 함축되어 있었다.

메리가 말을 이었다.

"이스터헤드 베이 호텔에 묵고 있다더군요."

"아주 편안한 상황이군요."

트레브스 씨가 말했다. 잠시 뒤에 그는 기억을 더듬는 듯 몽롱한 어조로 덧붙였다.

"머리 모양이 흥미로워요. 정수리에서 목덜미까지 각도가 특이합니다. 머리 모양 때문에 조금 감추어지긴 했지만, 유별나게 특이한 생김새예요."

잠깐 말을 멈췄던 그는 더욱 몽롱한 어조로 말을 이었다.

"늙은 보석상을 폭행한 혐의로 10년 형을 선고받은 남자가 있었는데, 그 사람이 내가 마지막으로 본 저런 머리 모양을 한 사람이었습니다."

"물론 그런……, 뜻은 아니겠지요?"

메리가 놀라서 물었다.

"아무렴요. 그럴 리가요. 전적으로 오해입니다. 나는 이곳 손님 중한 사람을 흠집 내려는 의도에서 이런 말을 하는 게 아닙니다. 상습적이고 포악한 범죄자가 외모로는 아주 매력적이고 기품 있는 젊은

이일 수도 있다는 사실을 지적했을 뿐이에요. 이상한 일이지요. 하지만 사실이 그렇습니다."

그는 메리 올딘을 향해 부드럽게 웃어 보였다. 메리가 말했다.

"아실지 모르겠지만, 트레브스 씨. 저는 트레브스 씨가 조금 무서워요."

"올딘 양, 무슨 그런 말씀을."

"아니, 정말이에요. 관찰력이 너무나 날카로우세요."

"내 눈은 전에도 그랬듯이 지금도 아주 좋답니다."

트레브스 씨가 흡족하다는 투로 말했다.

그는 말을 멈추었다가 덧붙였다.

"그게 다행스러운 일인지 아닌지는 지금으로서는 말하기가 곤란하군요."

"그게 다행한 일이 아닐 수도 있나요?"

트레브스 씨가 알 수 없다는 듯 고개를 가로저었다.

"의도했건 아니건, 사람은 책임을 져야 하는 위치에 놓일 때가 있습니다. 이런 때 어떻게 처신해야 할지 결정하는 일이 늘 쉬운 것만은 아니지요."

허스톨이 커피가 놓인 쟁반을 들고 들어왔다. 메리와 늙은 법률가에게 커피를 따라 주고 나서, 허스톨은 토머스 로이드가 있는 방 아래쪽으로 걸어갔다. 거기서 그는 메리의 지시에 따라 쟁반을 낮은 탁자 위에 올려놓고 방을 나갔다.

케이가 테드의 어깨 너머로 말했다.

"우리도 이 곡까지만 마저 추고 끝내겠어요."

메리가 말했다.

"오드리에게 커피를 갖다 줘야겠어요."

그녀는 커피 잔을 들고 프랑스식 문 쪽으로 다가갔다. 트레브스 씨도 그녀를 따라갔다. 그녀가 문간에 잠시 서 있는 동안 그는 그녀의 어깨 너머로 바깥을 내다보았다.

오드리는 난간의 한쪽 구석에 앉아 있었다. 밝은 달빛 아래서 그녀의 아름다움이 생기를 더했다. 그 아름다움은 색채가 아니라 선에서 비롯되는 아름다움이었다. 턱에서 귀에 이르는 우아한 선, 턱과 입의 부드러운 모양새, 참으로 고아하게 생긴 두상과 작고 오똑한 코가 함께 어우러져 빚어내는 아름다움이었다. 그것은 오드리 스트레인지가 노부인이 되더라도 그대로 남아 있을 아름다움이기도 했다. 육체를 감싸고 있는 살갗과는 아무 상관이 없는, 골격 그 자체의 아름다움이었다. 드레스에 달린 금속 장식이 달빛을 받아 반짝이자 그녀의 아름다움이 한층 더 돋보였다. 그녀는 꼼짝도 않고 앉아 있었고, 네빌 스트레인지는 서서 그녀를 바라보고 있었다. 네빌이 한 걸음 그녀 앞으로 다가섰다.

"오드리, 당신……."

그녀는 앉은 위치를 옮기더니 벌떡 일어서서 손을 들어 한쪽 귀를 만졌다.

"아! 내 귀걸이. 귀걸이를 떨어뜨렸나 봐."

"어디? 내가 찾아볼……."

두 사람은 어색하고 난처해하며 상체를 구부리고 귀걸이를 찾기 시작했다. 그러던 중 그만 서로 부딪치고 말았다. 오드리가 깜짝 놀라며 뒤로 물러섰다. 네빌이 외쳤다.

"잠깐. 내 소매 단추가 당신 머리에 걸렸어. 가만있어."

그가 머리카락 사이에 걸린 소매 단추를 빼내려고 애쓰는 동안 그녀는 가만히 서 있었다.

"아야. 그러다 머리카락이 뿌리째 뽑히겠어. 어쩜 그리 서투른 거야. 빨리 빼 봐."

"미안해. 내가 아무래도 손이 무뎌서."

달빛은 밝았고, 지켜보고 있던 두 사람은 오드리가 볼 수 없는 것을 볼 수 있었다. 소매 단추에 엉켜 있는 오드리의 아름다운 은색 머리카락을 떼어 내는 네빌 스트레인지의 손이 떨리고 있었다. 오드리도 떨고 있기는 마찬가지였다. 갑자기 추위를 느낀 것 같았다. 그때 등 뒤에서 들려온 나지막한 목소리에 메리 올딘은 깜짝 놀랐다.

"실례하겠습니다."

토머스 로이드가 메리와 트레브스 씨 사이를 지나 바깥으로 나갔다.

"내가 도와줄까, 스트레인지?"

네빌은 자세를 바로했다. 그와 오드리는 황급히 거리를 두고 비켜섰다.

"괜찮아. 이제 됐어."

네빌의 얼굴은 다소 창백했다.

"추운 것 같은데."

토머스가 오드리에게 말했다.

"안으로 들어와서 커피를 마시는 게 어떻겠어?"

오드리가 토머스에게 다가가자 네빌은 몸을 돌려 바다를 내다보았다.

"당신 주려고 커피를 가지고 왔는데, 오드리. 아니, 안으로 들어가는 게 좋겠어."

메리가 말했다.

"그래요. 들어가는 게 좋을 것 같네요."

오드리가 말했다.

네 사람은 모두 거실로 갔다. 테드와 케이는 더 이상 춤을 추고 있지 않았다. 그때 문이 열리더니 키가 크고 비쩍 마른 체구에 검은 옷을 입은 여자가 들어왔다. 그녀가 정중하게 말했다.

"마님께서 안부를 전하셨습니다. 그리고 트레브스 씨를 방에서 뵙고 싶다고 하십니다."

VI

트레실리안 부인은 매우 반색하며 트레브스 씨를 맞았다.

곧 두 사람은 옛 기억과 공통의 지인들을 회상하며 유쾌한 분위기에 잠겼다. 그렇게 30분이 지나고 나서 트레실리안 부인은 지극히 흡족하다는 표정을 띠었다.

"아, 아주 즐거운 시간이었어요! 알고 있던 뒷소문을 서로 이야기하고 예전의 스캔들을 기억하는 것만큼 재미있는 일도 없답니다."

"약간의 악의는 인생을 좀더 재미난 것으로 만들어 주는 양념 같은 것이죠."

트레브스 씨가 맞장구를 쳤다.

트레실리안 부인이 화제를 바꾸었다.

"그런데 우리집에서 일어나고 있는 삼각 관계에 대해서는 어떻게 생각하시나요?"

트레브스 씨는 명민한 사람답게 무슨 말인지 모르겠다는 표정을 지었다.

"으음, 삼각 관계라니오?"

"눈치 채지 못했을 리가요! 네빌과 그의 아내들 말이에요."

"아, 그거 말씀이시군요! 지금 스트레인지 부인은 아주 매력적인 여성이더군요."

"오드리도 그렇죠."

트레실리안 부인이 말했다. 트레브스 씨도 인정했다.

"그녀도 매력이 있지요. 맞습니다."

트레실리안 부인이 목소리를 높여 말했다.

"남자가 오드리처럼 훌륭한 아내를 두고 케이를 택하는 걸 이해할 수 있다고 말씀하실 작정이었나요?"

트레브스 씨가 침착하게 대답했다.

"물론입니다. 그런 일은 자주 일어나지요."

"역겹군요. 내가 남자라면 케이 같은 여자에게 곧 질려 버리고 그처럼 바보 같은 선택을 했다는 걸 끔찍하게 후회할 거예요!"

"그런 일도 역시 흔히 일어납니다. 갑자기 시작하는 열정적인 사랑은 오래가는 경우가 거의 없습니다."

트레브스 씨가 냉정하고 엄격한 표정으로 말했다.

"그렇다면 그 다음엔 어떻게 되는 거지요?"

트레실리안 부인이 물었다.

"보통 두 사람은 서로 적응을 합니다. 또 이혼을 하는 경우도 적지 않습니다. 이혼을 하는 경우에 남자는 다른 사람을 만나 결혼을 하지요. 이번엔 자신을 이해할 수 있는 사람을 찾습니다."

"말도 안 돼요. 당신 고객 중에는 그런 사람들이 있는지 몰라도, 네빌은 모르몬 교도가 아니라고요!"

"원래 부부가 재결합하는 경우도 종종 있습니다."

트레실리안 부인이 고개를 흔들었다.

"그것도 안 돼요! 오드리가 얼마나 자존심이 강한데."

"그렇게 생각하세요?"

"당연하지요. 그렇게 고개를 흔들지 마세요! 나는 오드리를 잘 알고 있어요."

"경험으로 볼 때 사랑하는 사람에 관한 한 여자들은 거의 자존심을 내세우지 않습니다. 말로 표현되는 일은 흔할지 몰라도, 행동으로는 거의 드러나지 않지요."

"오드리를 모르니까 하시는 말씀이에요. 그 애는 네빌을 엄청나게 사랑했어요. 아마 너무 사랑했다고도 할 수 있겠죠. 네빌이 그 애를 버리고 이 여자를 택했을 때만 해도 그래요. 아, 물론 나는 이게 전적으로 네빌의 잘못이라고 생각하지는 않아요. 이 여자가 네빌을 한시도 놔두지 않고 쫓아다닌 데다가, 당신도 남자들이 어떤 족속인지는 알잖아요! 오드리는 다시는 네빌을 보지 않겠다고 했어요."

트레브스 씨가 부드럽게 헛기침을 했다.

"하지만 그녀는 지금 여기 와 있습니다!"

"그렇긴 하지만……."

트레실리안 부인이 답답해하며 말했다.

"내가 요즘 사람들의 사고 방식을 이해한다고는 말하지 않겠어요. 하지만 오드리가 여기 와 있는 것은 전 남편과 그 아내를 봐도 이제는 아무렇지 않다는 것을 보여 주기 위해서일 거라고 저는 생각해요!"

"그게 말입니다. 그녀가 그런 말로 자신을 설득했을 가능성도 매우 높을 겁니다."

트레브스 씨가 턱을 쓰다듬으며 말했다.

"그러니까 오드리가 여전히 네빌에 대한 미련을 버리지 못하고 있어서, 그래서……. 아, 안 돼요! 나는 결코 그렇다고 생각하지 않아요!"

"그럴 수도 있다는 것입니다."

"그런 일이 일어나게 내버려 두지 않을 거예요. 내 집에서 그런 일이 일어나게끔 내버려 둘 수는 없어요."

"이미 염려하고 계시지 않았나요, 그렇지 않습니까?"

트레브스 씨가 날카롭게 물었다.

"긴장이 서려 있습니다. 이곳 공기에 긴장이 감돌고 있어요."

"당신도 그렇게 느끼셨나 보군요?"

트레실리안 부인이 곧바로 물었다.

"그렇습니다. 고백하자면, 나도 아리송하긴 마찬가집니다. 각자 느끼는 진정한 감정이 무엇인지 모호하지요. 하지만 내가 보기에 화약 가루가 떠돌고 있는 것은 분명합니다. 언제라도 폭발이 일어날 겁니다."

"가이 포크스*처럼 말씀하시지 말고, 어떻게 하면 좋을지 좀 일러 주세요."

트레브스 씨는 두 손을 위로 들어올렸다.

"글쎄요. 나도 어떻게 하는 것이 좋을지 잘 모르겠습니다. 분명히 가장 중요하고 핵심이 되는 지점이 있습니다. 그것을 분리시킬 수 있다면 문제가 단순해지겠지만, 어쨌든 모호한 채 남아 있는 것이 너무 많습니다."

"나는 오드리더러 가 달라고 할 생각은 전혀 없어요. 내가 지켜본 것만 놓고 말하자면, 오드리는 아주 힘겨운 상황에서 전혀 흠잡을 데 없이 처신하고 있어요. 마음이 어디 딴 데 가 있는 것 같긴 했지만, 예의가 발랐어요. 그 아이의 행동에는 나무랄 데가 없다고 생각

* 1605년 영국 의사당을 폭파하고 제임스 1세와 그 일가족을 시해하려 한 가톨릭 교도들의 화약 음모 사건을 주도한 자.

해요."

"아, 그럼요. 그렇지요. 하지만 그런 그녀의 태도가 네빌 스트레인지에게 눈에 띄게 영향을 끼치고 있습니다."

"네빌은 제대로 처신하고 있지 않아요. 그 일에 대해선 따로 불러타이를 생각이에요. 하지만 나는 한순간도 그 아이를 집 밖으로 내보낼 수는 없군요. 매튜는 네빌을 자기 아들이나 다름없다고 생각했어요."

"알고 있습니다."

트레실리안 부인은 한숨을 쉬었다. 그녀는 목소리를 낮추고 말했다. "매튜가 여기서 물에 빠져 죽었다는 것도 아시나요?"

"예."

"내가 그대로 여기 눌러앉았다고 놀라는 사람들이 얼마나 많았는지 몰라요. 멍청한 사람들이죠. 여기 있기 때문에 나는 늘 매튜가 곁에 있다고 느낄 수 있어요. 집 안 어디든 그 사람이 있지요. 다른 곳에 있다면 외롭고 낯선 기분이 들 거예요."

그녀는 잠시 멈추었다가 다시 말을 이었다.

"처음에는 머지 않아 그 사람을 따라갈 수 있기를 바랐어요. 건강이 약해지면서는 특히 더 그랬죠. 그런데 보아하니, 나는 병들어 골골거리면서도 결코 죽지는 않는 사람들 중 하나인 것 같아요. 저 늘 삐걱거리지만 떨어지지는 않는 문처럼 말이에요."

그녀는 화를 내듯 베개를 내리쳤다.

"그건 결코 기분 좋은 일이 아니에요! 죽어야 할 때가 온다면, 빨리 죽을 수 있기를 항상 바랐어요. 죽음의 신과 맞대면할 수 있도록 말이에요. 죽음의 신이 등 뒤에서 살금살금 걸어다니고 어깨 위에 도사리고 앉아 번갈아 병에 걸리도록 하면서 서서히 나를 나락으로 빠뜨리는, 그런 일은 겪고 싶지 않았어요. 점점 무력해지고 점점 다른 사람에 기대야만 살 수 있는 그런 경험은 하고 싶지 않았다고요!"

"하지만 부인께서는 아주 헌신적인 하인들을 두고 계시지 않습니까? 충직한 시녀도 있고."

"배레트를 말씀하시는 건가요? 사실 내 인생은 더할 나위 없이 안락하지요! 하인들은 잔소리 많고 끔찍한 이 노인네에게 전적으로 헌신적입니다. 배레트를 데리고 있었던 건 몇 년 되지요."

"게다가 메리 올던 양과 함께 사시는 것도 행운이 아닌가 생각합니다만."

"맞아요. 메리가 곁에 있는 것은 복이지요."

"친척인가요?"

"먼 사촌뻘 됩니다. 줄곧 다른 사람을 위해 희생만 하고 욕심이라곤 전혀 없는 그런 사람이에요. 아버지 병 간호를 했더랬어요. 머리는 좋은 양반이었지만, 가혹할 만큼 요구가 많은 사람이었죠. 아버지가 죽고 나서 나는 메리에게 와서 같이 살자고 사정했어요. 메리가 우리 집에 왔던 날 얼마나 고마웠는지 몰라요. 병든 노인의 말벗으로 고용되는 사람들이 얼마나 끔찍한 부류인지 당신은 상상도 못할 거예요. 메리는 책도 많이 읽고 지적인 사람이죠. 아주 훌륭한 말벗이에요. 정말 어디 가도 뒤지지 않을 두뇌를 갖고 있어요. 남자의 두뇌라고 할까요. 독서량도 많지만 깊이 있게 읽었기 때문에, 토론하지 못할 주제가 없지요. 머리도 그렇게 좋고 집안 운영도 아주 잘한답니다. 이 집 살림을 완벽하게 꾸려나갈 뿐 아니라 하인들도 불만이 전혀 없게끔 잘 관리해요. 싸움이나 시샘을 자극할 만한 일은 애초에 없게 하지요. 어떻게 그처럼 잘할 수 있는지 나도 모르겠어요. 아마 타고난 수완이겠지요."

"같이 산 지 오래되었나요?"

"12년, 아니 그보다 더 되겠군요. 13년인가 14년쯤 될 거예요. 메리가 나에겐 큰 위안이 되어 주었죠."

트레브스 씨는 고개를 끄덕였다.

트레실리안 부인은 반쯤 감긴 눈으로 그를 바라보다가 갑자기 물었다.

"무슨 문제가 있나요? 걱정되는 일이라도 있는 것 같은데요?"

"아, 별것 아닙니다. 정말 별것 아닙니다. 부인의 눈은 아주 예리하시군요."

"나는 사람들을 관찰하는 걸 좋아한답니다. 매튜가 마음속으로 무슨 생각을 하는지 늘 단박에 알 수 있었어요."

그녀는 한숨을 쉬고 베개에 몸을 기댔다.

"이제 잘 주무시라는 말을 해야겠군요."

이 말은 마치 신하에게 물러가라는 여왕의 분부 같았다. 하지만 예의에 어긋나는 구석은 전혀 없었다.

"몹시 피곤해서요. 하지만 아주 즐거운 시간이었어요. 언제 또 방문하셔서 담소를 나눌 수 있기를 바라요."

"그 친절한 말씀 그대로 하겠다고 약속드리겠습니다. 다만 지나치게 오래 부인을 잡아 둔 건 아닌지 모르겠군요."

"아, 아니에요. 나는 늘 갑자기 피로를 느끼거든요. 그런데, 나가시기 전에 대신 벨을 좀 울려 주시겠어요?"

트레브스 씨는 예스러운 모양으로 커다란 술이 달린 종 끈을 조심스레 잡아당겼다.

"상당히 고풍스런 물건이군요."

그가 말했다.

"종 말씀이세요? 그렇지요. 나에게는 요즘 나오는 전기 벨이 맞지 않아요. 걸핏하면 고장이 나서 계속 눌러 대다 보면 닳아 없어지겠더라고요! 이건 절대로 고장이 나지 않지요. 끈을 잡아당기면 위층에 있는 배레트의 방에서 종이 울려요. 종은 침대 머리맡에 걸려 있지요. 그러니까 지체되는 법이 없습니다. 지체되는 일이 있으면 다시 빨리 줄을 잡아당기죠."

방을 나가면서 트레브스 씨는 종 끈이 두 번째로 당겨지는 소리와 머리 위 어디선가 종이 울리는 소리를 들었다. 그는 위를 쳐다보고 천장을 따라 선이 설치되어 있는 것을 보았다. 종종걸음으로 계단을 내려온 배레트가 그를 지나쳐서 안주인의 방으로 들어갔다.

트레브스 씨는 작은 승강기를 타는 수고를 하지 않고 천천히 걸어서 계단을 내려갔다. 그의 얼굴은 불분명한 무엇을 궁리하는 듯

찡그려져 있었다.

거실에 들어서서 그는 모든 사람이 한자리에 모여 있는 것을 보았다. 메리 올딘은 즉시 카드 게임을 하자고 제안했지만, 트레브스 씨는 곧 귀가해야겠다는 말로 정중하게 청을 거절했다.

"내가 묵고 있는 호텔은 옛 방식을 고수하는 곳이라서요. 투숙객이 자정이 넘어서까지 돌아오지 않는 것은 문제가 될 겁니다."

네빌이 말했다.

"자정까지는 아직 멀었습니다. 지금 겨우 10시 30분인걸요. 들어오지 못하게 문을 잠글 리도 없고요."

"그건 그렇습니다. 사실 나는 이 사람들이 밤에 문을 잠그기나 하는지 의심스럽습니다. 9시가 되면 문을 닫는데, 그렇다고 해도 손잡이만 돌리면 문이 열리거든요. 이곳 사람들은 보안 문제에 대해 거의 신경을 쓰지 않는 것 같습니다. 하지만 그건 지역 주민들을 그만큼 믿을 수 있다는 뜻이겠지요."

메리가 말했다.

"낮 동안엔 아무도 문을 닫아걸지 않지요. 저희 집도 종일 활짝 열려 있어요. 하지만 밤에는 꼭 잠근답니다."

테드 라티머가 물었다.

"밸모럴 코트는 어떤 덴가요? 빅토리아식 악취미가 묻어나는 괴상한 건물처럼 보이던데요."

트레브스 씨가 말했다.

"이름 값은 하는 뎁니다. 변함 없는 빅토리아식 안락이 제공되는 곳입니다. 침대도 훌륭하고 음식도 나무랄 데 없고 공간도 널찍하지요. 빅토리아식 옷장이 있고, 벽에 마호가니를 두른 아주 큰 욕실도 있습니다."

메리가 물었다.

"처음엔 무엇이 마음에 들지 않았다고 하지 않으셨던가요?"

"아, 그래요. 편지를 보내서 1층에 있는 방 두 개를 예약했더랬습니다. 아시다시피, 심장이 약해서 계단을 오르내리는 일은 삼가야 하거든요. 도착해서 보니 예약했던 방이 비어 있지 않았고 그래서 화가 좀 났지요. 대신에 내가 쓰게 된 건 꼭대기 층에 있는 두 개의 방이었어요. 물론 아주 괜찮은 방입니다. 항의를 했는데, 보아하니 내가 예약했던 방의 손님이 이 달에 스코틀랜드로 떠나려다가 몸이 아픈 바람에 방을 비울 수 없게 되었던 것이더군요."

"루칸 씨일 거예요, 그렇지요?"

메리가 물었다.

"그런 이름이었던 것 같습니다. 어쨌든 상황이 그렇게 되고 보니, 최선의 방안이 무엇인지 생각해야 했지요. 다행스럽게도 호텔에 썩 좋은 자동 승강기가 있어요. 그러니 실제로는 아무 불편도 없는 거지요."

케이가 말했다.

"테드, 밸모럴 코트로 숙소를 옮기는 게 어때? 만나기가 훨씬 쉬워질 텐데."

"아, 내가 좋아할 만한 장소는 아닌 것 같아."

트레브스 씨가 말했다.

"맞습니다, 라티머 씨. 댁 같은 분에게 어울리는 장소는 아닐 겁니다."

무슨 까닭이 있었겠지만 테드 라티머는 얼굴을 붉혔다.

"그건 무슨 뜻인지 모르겠군요."

그가 말했다.

긴장이 흐르는 것을 감지한 메리 올딘이 재빨리 지금 신문에서 화제가 되고 있는 사건에 대해 언급했다.

"켄티시 타운 트렁크 사건과 관련해서 용의자를 체포했다고 하더군요. 이번에 체포한 사람은 두번째 용의자예요……."

네빌이 말했다.

"이번에는 진범을 잡은 거라면 좋겠군요."

"진범이라 하더라도 구금시킬 수는 없을 겁니다."

트레브스 씨가 말했다.

"증거가 불충분하기 때문인가요?"

로이드가 물었다.

"그렇지요."

"하지만 결과적으로 보면 늘 증거를 찾아내지 않던가요?"

케이가 말했다.

"늘 그런 것은 아닙니다, 스트레인지 부인. 얼마나 많은 범죄자들이 자유의 몸으로 아무런 제재도 받지 않고 돌아다니고 있는지 알면 놀라실 겁니다."

"그건 범죄가 발각되지 않기 때문인가요?"

"그뿐만이 아니죠. 한 남자가 있었는데 말입니다."

그는 2년 전에 세상을 떠들썩하게 했던 한 사건에 대해 언급했다.

"경찰은 그렇게 아이를 살해한 범인이 누구인지 알았어요. 범인이 누구인지는 털끝만큼도 의심할 여지 없이 분명했지요. 하지만 전혀 힘을 쓸 수 없었습니다. 두 사람이 그 남자의 알리바이를 증명했는데, 그 알리바이가 그릇된 것인데도 그렇다고 증명할 길이 없었습니다. 그래서 살인자는 자유의 몸이 되었지요."

"끔찍한 일이군요."

메리가 말했다.

토머스 로이드가 파이프 속 재를 털어 비우고는 특유의 조용하고 사색적인 목소리로 말했다.

"때로는 법이 아니라 자신의 손으로 정의를 실현할 수 있다는 제 평소 생각이 맞다는 걸 확인해 주는 이야기군요."

"무슨 뜻이지요, 로이드 씨?"

토머스는 다시 파이프 속에 담배를 채워넣기 시작했다. 띄엄띄엄 분절된 문장으로 말을 이어가면서 그는 생각에 잠긴 표정으로 자신의 손을 내려다보았다.

"가령 추악한 범죄가 있었다고 칩시다. 그리고 그 범죄를 저지른 사람이 기존의 법에 따라서는 처벌받을 수 없다는 걸 알고 있다고 칩시다. 그 사람은 처벌에서 면제됩니다. 그렇다면 누군가가 나서서 직접 처벌을 집행해도 정당화될 수 있는 거지요."

트레브스 씨가 온화하게 말했다.

"그건 아주 위험한 신념입니다, 로이드 씨! 그런 행위는 정당화될 수 없습니다!"

"왜 안 된다는 것인지 알 수 없군요. 제 말은 유죄가 명백하게 증명되었지만, 법이 무력한 상황을 가정하는 겁니다!"

"그래도 개인에 의한 집행은 용납되지 않습니다."

토머스는 웃음을 지었다. 아주 부드러운 미소였다.

"저는 동의하지 않아요. 교수대에 목을 매야 할 사람이 있다면, 저는 기꺼이 그자의 목에 밧줄을 걸겠습니다!"

"그렇게 한다면 다음엔 당신이 법에 의해 처벌을 받습니다!"

여전히 웃음을 띤 채 토머스가 말했다.

"물론, 조심을 해야겠지요……. 사실 저열한 속임수라도 쓸 수 있는 거겠고……."

오드리가 맑은 목소리로 말했다.

"오빠라면 들키고 말 거야."

"아냐, 나는 내가 들킬 거라고 생각하지 않는걸?"

"이런 사건이 있었습니다."

트레브스 씨가 말을 꺼냈다가는 잠시 멈추었다. 그는 사과하는 투로 덧붙였다.

"알다시피 나한테는 범죄학이 취미 같은 거라서 말이죠."

"말씀해 보세요."

케이가 말했다.

"형사 사건 쪽에서 상당히 많은 경험을 했습니다. 그중에서 진정으로 흥미를 끌었던 것은 몇 건 안 됩니다. 살인자들 대부분은 한심할 정도로 시시한 데다 바로 코앞의 일밖에는 생각하지 못해요. 하지만 말입니다! 한 가지 흥미로운 사건이 있었더랬습니다."

"아, 얘기해 주세요. 살인 이야기는 재미있잖아요."

케이가 말했다.

트레브스 씨는 대단히 신중하게 어휘를 선택하면서 천천히 말을 이어나갔다.

"어린아이가 개입된 사건이었어요. 그 아이의 나이나 성별에 대해서는 언급하지 않도록 하겠습니다. 사건의 골자를 말씀드리자면 다음과 같습니다. 두 아이가 활과 화살을 갖고 놀고 있었어요. 그중 한 아이가 다른 아이의 급소를 향해 화살을 날려보냈고 그걸 맞은 아이는 죽었지요. 심리 과정에서 아이는 완전히 넋이 나간 모습이었어요. 이 사건은 실수로 일어난 사고로 판결받았고, 잘못 화살을 쏘아 동무를 죽게 한 아이에게 동정이 쏟아졌지요."

그는 말을 멈추었다.

"그게 전부인가요?"

테드 라티머가 물었다.

"그게 전부입니다. 유감스러운 사고였지요. 하지만 여기에 다른 측면의 이야기가 있습니다. 사고가 있기 얼마 전, 한 농부가 근처의 숲속에 난 길을 우연히 지나게 되었답니다. 거기 조그만 공터가 있는데, 거기서 한 아이가 활쏘기를 연습하고 있는 것을 그 농부는 보왔답니다."

그는 좌중이 자신이 하는 말의 의미를 알아챌 수 있도록 잠시 말을 멈추었다.

"그러니까 그게 사고가 아니었다는 뜻인가요? 그게 의도적인 것이었다는 뜻인가요?"

메리 올딘이 믿을 수 없다는 투로 말했다.

"진상은 나도 모릅니다."

트레브스 씨가 말했다.

"알 길이 없었지요. 하지만 심리에서 나왔던 판결은, 두 아이 모두 활과 화살을 능숙하게 쏠 줄 몰랐고 따라서 무지한 채로 거칠게 활을 쏘았다는 것입니다."

"그런데 그게 그렇지 않았다는 것인가요?"

"그중 한 아이의 경우를 놓고 보면 분명히 그렇지 않았습니다!"

"그 농부는 어떻게 했나요?"

오드리가 숨을 죽이고 물었다.

"아무것도 하지 않았습니다. 그가 한 일이 옳은 것인지 아닌지 저역시 분명히 판단할 수 없었어요. 아이의 장래가 걸린 문제였으니까요. 아무렴 아이인데, 그런 일을 할 수는 없을 거라고 그 농부는 믿었을 겁니다."

오드리가 말했다.

"하지만 실제로 무슨 일이 있었는지에 대해서 변호사님 자신은 아무런 의심이 없으신가요?"

트레브스 씨가 진지하게 대답했다.

"개인적으로, 나는 이것이 아주 독창적인 방법으로 이루어진 살인이라는 견해지요. 아이가 저질렀을 뿐 아니라 모든 세부 사항이 미리 계획된 살인이었어요."

테드 라티머가 물었다.

"살인을 할 만한 이유가 있었나요?"

"그래요, 동기가 있었습니다. 짓궂게 괴롭히고 못된 말을 하고, 증오심에 불을 붙이기에 충분한 것이지요. 아이들은 쉽게 증오하지 않습니까……."

메리가 끼어들었다.

"하지만 미리 그처럼 치밀하게 계획하다니요."

트레브스 씨가 고개를 끄덕였다.

"그래요. 그 치밀함이 섬뜩한 거지요. 가슴속에 살인의 의도를 품은 아이가 날마다 조용히 연습을 한다. 그리고 활 솜씨가 서투른 척 마지막 연기를 한다. 재난이 뒤따르고, 슬픔과 고통으로 정신이 나간 척 행동한다. 이 모두가 믿을 수 없을 정도로 완벽했습니다. 너무나 믿을 수 없는 일이었기 때문에 법정에서도 받아들여지지 않았을 겁니다."

"그 아이는 어떻게 되었나요?"

케이가 궁금하다는 듯 물었다.

"아마 이름을 바꾸었을 겁니다. 이 사건이 세상에 널리 알려지면서, 누군가 그렇게 하는 것이 좋다고 권했을 거예요. 그 아이가 지금은 어른이 되어서 세상 어딘가에 있겠지요. 문제는 이겁니다. 그 아이는 지금도 살인자의 본성을 간직하고 있을 것인가?"

그는 생각에 잠긴 채 덧붙였다.

"오래전의 사건이었지만, 나는 이 꼬마 살인자를 어디서 다시 만나든 알아볼 수 있을 겁니다."

"그럴 리가요."

로이드가 이의를 제기했다.

"아니, 그럴 수 있어요. 아주 독특한 신체적 특징이 있었습니다. 음, 이 문제에 대해선 더 이상 이야기하지 않도록 하지요. 별로 기분 좋은 이야긴 아니니까요. 정말 이제 숙소로 돌아가야겠습니다."

그가 일어섰다.

메리가 말했다.

"가시기 전에 한잔하시겠어요?"

방의 한쪽 끝에 놓인 탁자 위에 술이 준비되어 있었다. 탁자 곁에 있던 토머스 로이드가 탁자로 다가가 위스키 병의 마개를 뽑았다.

"위스키에 소다면 될까요, 트레브스 씨? 라티머 씨는 어떻게 하시겠습니까?"

네빌이 오드리를 향해 나지막한 목소리로 말했다.

"아주 날씨가 좋은 밤이야. 잠깐 밖으로 같이 나가지."

오드리는 창가에 서서 달빛이 비치는 테라스를 내다보고 있었다. 그녀를 지나쳐 바깥으로 나간 네빌은 거기 서서 그녀를 기다렸다. 그녀는 재빨리 머리를 가로젓고 방 안쪽으로 몸을 돌렸다.

"아니야. 피곤해. 아무래도 가서 자야 할까 봐."

그녀는 방 안을 가로질러 나갔다. 케이가 입을 크게 벌리며 하품을 했다.

"나도 졸리네요. 메리, 당신은 어때요?"

"예, 나도 좀 졸린 듯해요. 그럼 이만 가 보세요, 트레브스 씨. 토머스, 트레브스 씨를 살펴드려요."

"잘 자요, 올딘 양. 잘 자요, 스트레인지 부인."

"내일 점심 식사 시간에 갈 거야, 테드. 날씨가 오늘만 같다면 수영을 할 수도 있겠어."

케이가 말했다.

"그래. 네가 오기를 기다리고 있을게. 안녕히 주무세요, 올딘 양."

메리와 케이가 방을 나갔다.

테드 라티머가 트레브스 씨를 향해 상냥하게 말했다.

"저도 같은 방향입니다, 판사님. 저 아래 선착장 쪽으로 가려면 호텔을 지나치게 되거든요."

"고마워요, 라티머 씨. 동행해 주신다니 기쁘군요."

어서 떠나야겠다고 밝혀놓고도 트레브스 씨는 전혀 서두르는 것 같지 않았다. 그는 기분 좋게 술 맛을 음미하면서 토머스 로이드에게 말레이에서 사는 게 어떤 것인지 물어보는 일에 열중하고 있었다. 로이드의 대답은 거의 모두 단음절에 가까웠다. 그에게서 대답을 끌어내는 일의 어려움만 놓고 보자면 일상 생활의 세부 사항이 마치 국가 기밀이라도 되는 듯했다. 그는 자기만의 깊은 생각에 몰두하고 있는 듯했고, 질문하는 이에게 대답하기 위해 힘겹게 그 생각으로부터 빠져나오는 것처럼 보였다. 테드 라티머가 조바심을 냈다. 그는 지루한 나머지 어서 이곳을 뜨고 싶어 안달하는 듯했다.

그가 갑자기 끼어들어 큰 소리로 말했다.

"잊어버릴 뻔했네요! 케이가 듣고 싶다는 음반을 갖고 왔어요. 복도에 놓아두었는데 그걸 이리 갖다놓지요. 내일 케이에게 말해 주시겠습니까, 로이드?"

로이드는 고개를 끄덕였다. 테드는 방을 나갔다.

"저 청년은 참을성이 없는 성격이군요."

트레브스 씨가 중얼거렸다.

로이드는 대답 대신 뭐라고 웅얼거렸다.

"듣자하니, 스트레인지 부인의 친구라고요?"

늙은 판사는 물었다.

"케이 스트레인지의 친구지요."

토머스가 대답했다.

트레브스 씨는 미소를 지었다.

"그래요. 내 말이 바로 그 말이었어요. 첫번째 스트레인지 부인의 친구일 리가 없는 사람입니다."

로이드는 힘주어 말했다.

"그럼요, 그럴 리가 없지요."

트레브스 씨의 짓궂은 시선과 마주치자 그는 얼굴을 약간 붉히며 말했다.

"제 말은 무슨 뜻이냐면……."

"아, 무슨 뜻이었는지 이해합니다, 로이드 씨. 당신은 오드리 스트레인지 부인의 친구이지요. 그렇지 않습니까?"

토머스 로이드는 담배 주머니에서 담배를 덜어 천천히 파이프를 채웠다. 그의 눈은 담배를 담고 있는 자신의 손가락을 쫓고 있었다. 그는 명확하지 않은 음성으로 말했다.

"음, 그래요. 거의 같이 자랐지요."

"어렸을 때 아주 예쁘고 귀여웠을 것 같은데요?"

이 질문에 토머스 로이드는 '으음, 그래요.' 정도로 들리는 소리를 웅얼거렸을 뿐이다.

"한 집안에 두 사람의 스트레인지 부인이 있는 게 좀 어색할 것 같은데요?"

"예, 그렇죠. 그렇다고 할 수 있어요."

"원래 스트레인지 부인에게는 곤란한 상황입니다."

토머스 로이드가 얼굴을 붉혔다.

"아주 곤란하지요."

트레브스 씨가 상체를 앞으로 기울였다. 그의 입에서 날카로운 질문이 튀어나왔다.

"그녀는 왜 여기 왔습니까, 로이드 씨?"

"글쎄요. 제 생각으로는……."

로이드의 목소리는 불분명했다.

"오드리는 거절하기를 싫어하니까요."

"누구에게 거절한다는 것이죠?"

로이드는 난처해하며 자세를 바꾸었다.

"으음, 사실을 말하자면, 오드리는 매년 이맘때, 그러니까 9월 초마다 이곳을 방문하는 걸로 알고 있어요."

"그런데 트레실리안 부인이 그때를 맞추어 네빌 스트레인지와 그의 새 부인을 초청했을까요?"

노신사의 음성에는 믿기 힘들다는 정중한 반박이 담겨 있었다.

"그 일에 대해서라면, 네빌이 스스로 오겠다고 한 걸로 알고 있습니다."

"그렇다면 네빌은 이런 재회의 기회를 갖고 싶어 안달했던 모양입니다?"

로이드는 불편하게 몸을 움직였다. 그는 노인의 시선을 피하며 대답했다.

"그런가 봅니다."

"이상한 일입니다."

트레브스 씨가 말했다.

"멍청한 짓이지요."

토머스 로이드가 트레브스 씨의 말에 자극받아 하지 않아도 될 말을 덧붙였다.

"염치 없다고 볼 사람들도 있겠고요."

트레브스 씨가 말했다.

"그러게 말입니다. 요즘 사람들은 그렇게들 한다지만요."

토머스 로이드가 모호하게 말했다.

"생각을 좀 해보았는데……, 다른 누군가의 생각일 수는 없었을까요?"

로이드가 그를 빤히 쳐다보았다.

"도대체 누가 그런 생각을 하겠습니까?"

트레브스 씨는 한숨을 쉬었다.

"세상에는 친절한 친구들이 아주 많단 말입니다. 늘 다른 사람의 인생 계획을 세워 주지 못해 안달이고, 이래라저래라 지침을 내려 준단 말입니다. 다 그 사람을 위해 하는 일이겠지만, 그게 서로 조화되지 않는 경우가 많아서……."

네빌 스트레인지가 프랑스식 문을 통해 실내로 들어오자 그는 갑자기 하던 말을 멈추었다. 이와 동시에 테드 라티머가 복도 쪽으로 난 문을 통해 들어왔다.

"어이, 테드. 거기 그건 뭔가?"

네빌이 물었다.

"케이에게 줄 음반이에요. 케이가 갖고 오라고 했던 건데요."

"아, 그랬나? 나한텐 말한 적 없는데."

두 사람 사이에 잠시 거북한 침묵이 흘렀다. 네빌은 술 쟁반이 놓인 탁자로 천천히 걸어가서 위스키와 소다를 따라 마셨다. 그는 상기되고 암울한 표정이었고, 무겁게 숨을 몰아쉬고 있었다.

트레브스 씨는 누군가가 네빌을 가리켜 '바랄 수 있는 모든 것을 다 가진 행운아 스트레인지'라고 말하는 걸 들은 적이 있었다. 하지만 지금 이 순간 그는 전혀 행복한 사람처럼 보이지 않았다.

네빌이 다시 방 안으로 들어오자, 토머스 로이드는 손님을 상대할 자신의 의무가 끝났다고 느낀 듯했다. 그는 안녕히 주무시라는 말도 하지 않은 채 방을 나갔다. 그의 발걸음은 평소보다 조금 더 조급했다. 거의 도피에 가까웠다.

"아주 흥미로운 저녁이었어요."

트레브스 씨가 잔을 내려놓으며 정중하게 말했다.

"말하자면, 알게 된 사실도 많았고……."

"알게 된 게 많았다고요?"

네빌이 눈썹을 약간 치켜올렸다.

"말레이 연방에 대한 정보지요. 저 과묵한 토머스에게서 대답을 이끌어내느라 아주 수고하셨어요."

테드가 활짝 미소를 띠며 말했다.

"로이드는 대단한 친구입니다. 아마 늘 저랬을 거라고 생각합니다. 언제 적 것인지도 모르겠는 파이프 담배를 피우고, 다른 사람 말을 듣기만 하다가 이따금 '음.' 아니면 '아.' 할 뿐이지요. 얼굴은 올빼미처럼 영리하게 생겨서 말이에요."

네빌이 말했다.

"어쩌면 그 이상일 수도 있어요. 아, 이제는 정말로 일어서야겠습니다."

트레브스 씨가 말했다.

"곧 또 방문하셔서 트레실리안 부인을 만나 보시죠."

네빌은 복도까지 두 사람과 함께 걸어가면서 말했다.

"아주머니께서 판사님과 이야기하시면서 아주 기분이 좋아지셨어요. 요즘은 바깥 세상과 접촉하는 일이 아주 드물지요. 참 멋진 분이에요, 안 그런가요?"

"예, 그럼요. 대화를 이끈다는 게 무엇인지 아시는 분입니다."

트레브스 씨는 외투와 목도리를 조심스럽게 걸치고, 다시 한 번 밤인사를 건넨 다음 테드와 함께 바깥으로 나섰다.

사실 밸모럴 코트는 저택에서 겨우 백 미터 정도 떨어져 있었고 도로 모퉁이를 돌기만 하면 되었다. 밤의 어둠 속에서, 밸모럴 코트는 구불구불 뻗어 있는 시골 도로를 점거한 제1기지처럼 위풍 당당한 모습으로 서 있었다. 테드 라티머의 목적지인 선착장은 여기서 이삼 백 미터 정도 더 내려가야 했다. 거기가 강 폭이 가장 좁아지는 지점이었다.

트레브스 씨는 밸모럴 코트의 현관 앞에서 발걸음을 멈추고 손을 내밀었다.

"잘 주무시오, 라티머 씨. 여기 오래 머무를 예정인가요?"

테드는 하얀 치아를 반짝이며 웃었다.

"그건 상황을 보아 결정할 겁니다, 트레브스 씨. 아직까지는 지겨울 겨를이 없었는데 말이죠."

"아무렴 그랬겠지요. 그러니까 요즘 젊은이들이 대체로 그렇듯이, 세상에서 제일 못 견디겠는 것이 지루함인가 보군요. 하지만 내 말하건대 그보다 나쁜 일들도 있습니다."

"가령?"

테드 라티머의 음성은 부드럽고 유쾌했다. 하지만 그 밑에는 다른 무엇인가의 저류가 흐르고 있었다. 쉽게 규정할 수 없는 무엇이었다.

"아, 그게 뭔지는 상상에 맡기겠어요, 라티머 씨. 당신에게 조언하겠다는 식으로 나가고 싶진 않군요. 나처럼 늙고 구식인 사람이 내놓는 조언은 늘 비웃음의 대상이 되지요. 아마, 그렇게 하는 것이 옳은 일일 겁니다. 누가 알겠어요? 하지만 우리 늙은이들은 경험을 통해 무엇인가 배운 게 있다고 생각하기를 좋아해요. 알다시피, 이렇게 긴 세월 동안 살아오면서 본 것들이 많지 않겠어요?"

구름이 나타나 달을 가렸다. 길은 매우 어두웠다. 그 어둠을 뚫고 언덕을 올라온 한 사내가 두 사람에게 다가왔다. 토머스 로이드였다.

"산보 삼아서 선착장까지 다녀오는 길입니다."

그의 말은 이 사이에 문 파이프 때문에 명확하게 들리지 않았다. 그가 트레브스 씨에게 물었다.

"여기가 숙소인가 보군요? 안에서 문을 걸어 잠갔나 봅니다."

"아, 아닐 겁니다."

트레브스 씨가 말했다. 그가 커다란 놋쇠 손잡이를 잡고 돌리자 문이 뒤로 열렸다.

"안까지 모셔다드리겠습니다."

로이드가 말했다.

세 남자는 홀로 들어섰다. 전구 하나만 달랑 밝혀 있어서 실내의 조명은 희미했다. 사람은 아무도 없었고, 지나간 저녁 식사, 먼지 많은 우단, 양질의 가구 광택제 등의 냄새가 뒤섞여 코를 자극했다. 갑자기 트레브스 씨가 짜증이 담긴 외마디 소리를 뱉어냈다. 그들 앞의 승강기에 팻말이 붙어 있었다.

승강기 고장

"이런. 이것 참 낭패로군. 그 꼭대기까지 걸어 올라가게 생겼어."
트레브스 씨가 말했다.
"큰 문제네요. 비상용 승강기나 화물용 승강기는 없습니까?"
로이드가 말했다.
"없을 겁니다. 이걸로 다 사용해요. 아무튼 천천히 가는 수밖에 도리가 없겠습니다. 그럼 두 분 모두 안녕히들 돌아가시오."
그는 폭이 널찍한 계단을 천천히 걸어 올라가기 시작했다. 로이드와 라티머는 그에게 잘 주무시라는 인사를 건네고, 어두운 거리로 나섰다.
잠시 침묵이 흐른 다음 로이드가 불쑥 말했다.
"그럼, 안녕히 가십시오."
"안녕히 가세요. 내일 봅시다."
"그러지요."
테드 라티머는 가벼운 발걸음으로 선착장을 향해 언덕을 내려가기 시작했다. 토머스 로이드는 잠시 거기 서서 라티머의 뒷모습을 바라보고 있다가, 돌아서서 그 반대 방향인 걸즈 포인트를 향해 천천히 걸어갔다. 구름이 걷히면서 달이 빠져나왔다. 솔트크리크는 다시 한 번 은빛 광채에 감싸였다.

VII

"꼭 여름 날씨 같네."

메리 올딘이 중얼거렸다.

그녀와 오드리는 모래 사장에 앉아 있었다. 이스터헤드 베이 호텔의 위풍 당당한 건물 바로 아래였다. 흰색 수영복을 입은 오드리는 섬세한 상아 조각 같았다. 메리는 물에 들어가지 않았다. 두 사람에게서 조금 떨어진 곳에서 케이가 볕에 탄 팔다리와 등을 햇빛에 드러낸 채 얼굴을 바닥에 대고 누워 있었다.

그녀가 일어나 앉았다.

"앗, 추워라. 게다가 물도 너무 차요."

그녀가 비난하는 듯한 어조로 말했다.

"그럴 수도 있지요. 지금은 9월이니까."

메리가 말했다.

"영국은 언제나 추워요. 여기가 프랑스 남부라면 얼마나 좋을까요. 정말 햇빛이 뜨거운데."

케이가 불평하듯 말했다.

그녀의 뒤에 있던 테드 라티머가 웅얼댔다.

"여기 태양은 진짜 태양이 아냐."

"물에 안 들어가세요, 라티머 씨?"

메리가 물었다.

케이가 웃었다.

"테드는 물에는 안 들어가요. 도마뱀처럼 여기서 햇빛이나 쐬죠."

그녀는 다리를 뻗어 발가락으로 그를 쿡쿡 찔렀다. 그가 벌떡 일어섰다.

"좀 걷지 않겠어, 케이. 추운데 말이야."

두 사람은 해변을 따라 함께 걷기 시작했다.

"도마뱀 같다고? 썩 달갑지는 않을 비유네."

메리 올딘이 두 사람의 뒷모습을 바라보며 말했다.

"그 사람이 도마뱀 같다고 생각해요?"

오드리가 물었다.

메리 올딘은 얼굴을 찡그렸다.

"그건 아냐. 도마뱀에게는 어딘가 상당히 유순한 면이 있으니까. 저 사람은 유순한 사람 같지 않아."

"그래요. 나도 그렇게 생각해요."

오드리는 생각에 잠겨 말했다.

"같이 있을 때 두 사람 아주 잘 어울려. 정말 묘하게 잘 어울려, 안 그래?"

메리가 점점 멀어져 가는 두 사람을 바라보며 말했다.

"그런 것 같아요."

"좋아하는 것도 같고, 생각도 같고, 쓰는 말도 같아. 얼마나 안된 일인지 모르겠어……."

그녀가 말을 멈추었다. 오드리가 날카롭게 물었다.

"안된 일이라뇨?"

메리가 천천히 말했다.

"애초에 네빌과 케이가 만났다는 것, 그게 얼마나 안된 일이냐고 말하려 했나 봐."

오드리가 상체를 뻣뻣하게 세우며 자세를 고쳐 앉았다. 메리가 혼자서 '오드리의 얼어붙은 표정'이라고 생각했던 표정이 그녀의 얼굴에 떠올라 있었다. 메리가 재빨리 말했다.

"미안해, 오드리. 지금 한 말은 하지 말았어야 했어."

"괜찮다면 그 일에 대해서는 이야기하지 말았으면 좋겠어요."

"물론이지, 아무렴. 내가 이렇게 멍청하다니까. 아마도 나는 네 상처가 다 나았기를 바라고 있었나 봐."

오드리는 천천히 고개를 돌렸다. 그러고는 침착하고 표정 없는 얼굴로 말했다.

"상처 같은 건 없어요. 이 일에 대해서는 어떤 감정도 느끼지 않아요. 나는 다만 케이가 네빌과 함께 늘 행복하기를 진심으로 바랄 뿐이에요."

"정말 마음씨가 고와서 그래, 오드리."

"마음씨가 고와서가 아니에요. 그건 단지 사실일 뿐이에요. 하지만 계속해서 지난 일을 언급하는 건 아무런 도움이 되지 않는다고 생각해요. '정말 안된 일이야.' 바로 이런 말 말이에요! 다 끝난 일이에요. 그런데 왜 끄집어내죠? 삶은 현재에 충실하게 살아가야 하는 거라고요."

메리가 솔직하게 말했다.

"나는 케이나 테드 같은 사람을 보면 재미있어. 아마 내가 여태껏 만나 본 사람들하고도 다르고, 여태껏 겪어 본 경험과도 동떨어진 사람들이라서 그렇겠지만."

"그래요, 두 사람은 좀 특이하지요."

"사실 오드리도⋯⋯."

메리의 말투에는 갑자기 쓰라린 회한이 배어 있었다.

"내가 결코 해 보지 못할 경험을 했고 살아 보지 못할 삶을 살아 보았잖아. 행복하지 못했다는 것, 아주 불행했다는 것을 나도 알고 있지만, 그것마저도 아무것도 없는 것보다는 나을 거라는 생각이 들어. 아무것도 없는 것. 텅 빈 것 말이야!"

그녀는 마지막 말에 아주 힘을 주었다.

오드리의 큰 눈이 약간 놀란 것처럼 보였다.

"언니가 그런 생각을 할 거라곤 한 번도 생각해 본 적이 없어요."

메리는 미안하다는 듯 웃었다.

"없었어? 아, 일시적인 불만의 발작일 뿐이야. 진심으로 그렇다는 것은 아니고."

오드리가 천천히 말했다.

"그렇게 즐거운 일은 아닐 거예요. 여기서 카밀라 아주머니와 함께 사는 것 말이에요. 아주머니야 훌륭하신 분이지만. 아주머니께 책 읽어 드리고, 하인들 관리하고, 여행 한번 못 가고…….”

“잘 먹고 좋은 집에 살고 있잖니. 그렇게도 못하는 여자들이 얼마나 많은데. 그리고 오드리, 정말로 나는 상당히 만족하고 있어. 나는…….”

갑자기 장난기 어린 웃음이 메리의 입술 주위에 감돌았다.

“나만 알고 있는 오락이 있어.”

“은밀한 악덕?”

오드리가 역시 웃음을 지으며 물었다.

“아, 나는 계획을 짜.”

메리가 모호하게 말했다.

“머릿속에서 말이야. 그리고 때때로 사람들을 상대로 실험을 해 보는 거야. 내 말에 내가 원하는 대로 반응하게끔 할 수 있나 보는 거지.”

“메리 언니, 거의 사디스트 같은 말을 하네요. 나는 정말 언니를 잘 모르고 있었나 봐요!”

“아, 이건 모두 전혀 해롭지 않은 거야. 아이들 장난처럼 잠깐 재미있고 마는 거지.”

오드리는 궁금하다는 듯 물었다.

“나를 상대로 실험한 적도 있었나요?”

“아니. 오드리는 속마음을 파악하기가 거의 불가능하다고 생각한 유일한 사람이야. 말하자면, 어떤 생각을 하고 있는지 절대로 알 수 없어."

"아마도 그럴 수 있는 게 잘된 일일 거예요."

오드리가 진지하게 말했다.

오드리는 몸을 떨었다. 메리가 외쳤다.

"추운가 보네."

"그래요. 가서 옷을 입어야 할까 봐요. 어쨌거나 지금은 9월이잖아요."

메리 올딘은 혼자 해변에 남아 수면 위에 어리는 그림자를 바라보고 있었다. 조수가 빠져나가고 있었다. 그녀는 모래 위에 몸을 뻗고 누워 눈을 감았다.

호텔에서 근사한 점심을 먹었던 터였다. 최고의 성수기는 지났지만 호텔은 여전히 만원이었다. 별의별 사람들이 다 모여 있었다. 으음, 오늘은 바깥에서 재미있게 보내기로 한 하루였다. 변함 없이 이어지는 나날의 단조로움을 깰 수 있도록 준비한 하루. 얼마 전부터 걸즈 포인트에 서린 긴장감, 바짝 몸을 사려야만 하는 분위기에서 도망칠 수 있었다는 게 또 어디인가. 그건 오드리의 잘못이 아니라, 네빌의 잘못이었다…….

테드 라티머가 그녀의 옆자리에 털썩 주저앉는 바람에 그녀는 갑자기 생각을 접을 수밖에 없었다.

"케이하고는 뭐했어요?"

메리가 물었다.

테드가 짧게 대답했다.

"케이는 법적 소유자가 데려갔어요."

그의 말투에 담긴 무엇인가가 메리 올딘을 일어나 앉게 만들었다. 그녀는 금빛으로 반짝이는 기다란 모래 사장 저쪽, 물가를 따라 걸어가고 있는 네빌과 케이를 슬쩍 바라다보았다. 그리고 재빨리 눈을 돌려 옆에 앉은 사내를 보았다.

그녀는 줄곧 테드가 뻔뻔하고 이상하고 심지어 위험하기까지 한 인물이라고 생각해 왔다. 그런데 지금 그녀는 처음으로 그에게서 상처 입은 젊은 남자의 모습을 보았다. 그녀는 생각했다.

'이 사람은 케이를 사랑했어. 진심으로 사랑했지. 그런데 네빌이 나타나 그녀를 빼앗아 갔어……'

그녀가 상냥하게 말했다.

"여기서 즐거운 시간을 보내시길 바라요."

의례적인 말이었다. 메리 올딘은 의례적이지 않은 말은 거의 쓰지 않았다. 그게 그녀가 쓰는 언어의 특징이었다. 하지만 그녀의 어투에는 처음으로 친근한 느낌이 담겨 있었다. 테드 라티머는 그런 그녀의 말에 반응을 보였다.

"글쎄요, 어디서든 즐겁게 지내야겠지요."

"안됐어요."

"하지만 진심으로 나를 생각하는 것도 아니지 않습니까! 나는 당신들과는 상관없는 사람일 뿐이에요. 아무 상관없는 사람이 어떤 기분이건, 무슨 생각을 하건 무슨 상관이겠어요."

그녀는 고개를 돌려 적의에 찬 이 잘생긴 젊은이를 바라보았다.

그는 도전적인 시선으로 그녀를 마주보았다. 그녀는 무엇을 처음 발견하는 사람이 그러듯 천천히 말했다.

"알겠어요. 우리를 좋아하지 않는군요."

그는 짧게 웃었다.

"좋아하기를 기대했나요?"

그녀는 생각에 잠겨 말했다.

"글쎄요, 바랐다면 좋아하길 바랐겠지요. 사람들은 흔히 너무 많은 것을 당연히 여깁니다. 더 겸허해질 필요가 있는데 말이에요. 그래요, 당신이 우리를 좋아하지 않으리라고는 생각도 하지 못했어요. 그래도 우린 당신을 반가운 손님으로 맞으려고 노력하긴 했어요. 케이의 친구로서 말이죠."

"그래요. 케이의 친구로서 말이죠!"

되받아치는 그의 말에는 신랄한 비아냥이 담겨 있었다.

메리는 그의 마음을 풀어줄 수 있을 만큼 진심으로 다정한 어조로 말했다.

"왜 우리를 싫어하는지, 그 이유를 말해 주면 좋겠어요. 정말이에요. 우리가 뭘 잘못했나요? 우리에게 어디 잘못된 데가 있나요?"

테드 라티머가 격렬하게 힘을 주며 한마디로 대답했다.

"잘난 척하는 게 문제죠!"

"잘난 척한다고요?"

메리의 반문에는 악의가 없었다. 그녀는 그의 공격을 공정히 판단해 보았다.

"맞아요."

그녀는 인정했다.

"우리가 그렇게 보일 수도 있다는 걸 알겠어요."

"그렇게 보이는 게 아니라 그렇습니다. 당신네들은 인생의 사치가 모두 당연한 것이라고 생각해요. 보통 사람들하고는 동떨어진 곳에 울타리를 쳐 놓고 그 안에 갇힌 채 만족하며 행복하게 살아갑니다. 나 같은 사람들을 마치 저 바깥에 짐승이라도 보는 것 같은 눈으로 보지요!"

"미안해요."

메리가 말했다.

"내 말이 맞죠, 안 그래요?"

"아니, 그렇지 않아요. 우리가 아마 멍청할지도 모르겠어요. 상상력이 부족한 것일 수도 있고요. 하지만 악의가 있지는 않습니다. 나를 놓고 보자면, 진부하고 의례적인 말만 하는 데다가 겉보기로는 당신 말대로 잘난 척하는 사람일 거예요. 하지만 실제로 속마음은 그렇지 않아요. 지금 이 순간도 당신이 불행하기 때문에 나도 가슴이 아파요. 내가 무엇인가 해 줄 수 있으면 좋겠어요."

"글쎄요. 그러시다면, 좋은 분이군요."

잠시 침묵이 흘렀다. 메리가 상냥하게 물었다.

"처음부터 케이를 사랑했지요?"

"그렇다고 할 수 있지요."

"케이는요?"

"그렇다고 생각했어요. 네빌 스트레인지가 나타나기 전까지는."

메리가 물었다.

"여전히 그녀를 사랑하나요?"

"말하지 않아도 아실 텐데요."

잠시 침묵이 흐른 후, 메리가 조용히 말했다.

"여기 말고 다른 데 있는 게 낫지 않겠어요?"

"왜 그래야 하죠?"

"여기서는 더욱 큰 슬픔에 빠져들 뿐이잖아요."

그는 그녀의 얼굴을 바라보고 웃었다.

"당신은 참 좋은 사람이에요. 하지만 당신은 저 울타리 바깥을 어슬렁거리는 짐승들에 대해서는 별로 아는 것이 없어요. 가까운 시일 안에 상당히 많은 일들이 일어날 겁니다."

"무슨 일들이 말이죠?"

메리가 날카롭게 물었다.

"두고보면 아실 겁니다."

VIII

옷을 입은 오드리는 해변을 따라 걸어 바위 더미가 삐쭉하게 솟아 있는 지점까지 다다랐다. 토머스 로이드가 바위 위에 앉아 강 반대편에 하얗고 평화롭게 솟아 있는 걸즈 포인트를 마주보며 파이프를 피우고 있었다.

오드리가 다가오는 소리에 토머스는 고개를 돌렸지만 자리에서 일어나지는 않았다. 오드리는 말없이 그의 옆에 가 앉았다. 실제로 서로를 아주 잘 아는 사람들 사이에서나 가능한 편안한 침묵 속에서 두 사람은 아무 말 없이 있었다.

"굉장히 가까워 보여."

마침내 오드리가 침묵을 깨고 말했다.

토머스가 시선을 들어 걸즈 포인트를 보았다.

"그래. 헤엄쳐서 갈 수도 있겠어."

"조수가 이럴 때는 안 돼. 전에 카밀라 아주머니가 데리고 있던 하녀가 있었어. 수영을 아주 좋아하는 여자였는데, 조류가 적당할 때면 늘 여기서 집까지 왔다갔다했지. 물이 만조거나 아니면 간조여야 해. 물이 막 빠져나가고 있는 중이라면 물목까지 떠내려가게 되거든. 그 여자도 어느 날 그런 일을 당했어. 다행히도 머리를 물 밖으로 계속 들고 이스터 포인트 해변까지 무사히 올 수 있었어. 하지만 완전히 기진맥진한 상태였지."

"여기가 위험하다는 이야기를 하려는 것이었다면 아무 소용이 없는걸."

"이쪽은 아니야. 저쪽 물결이 위험하다는 거야. 저 낭떠러지 밑은 깊거든. 작년에 누가 자살을 하려고 했대. 스타크 헤드에서 투신했는데, 낭떠러지 중간쯤에 있는 나무에 걸린 덕분에 해안 경비대가 무사히 구조해 낼 수 있었대."

"불쌍한 녀석이군. 분명히 그 사람은 경비대가 고맙지 않았을 거야. 모든 걸 버리고 목숨을 끊기로 작정했는데 구조를 당하다니, 구역질이 나지 않았을까. 자기가 바보가 된 느낌이었겠지."

"글쎄, 지금은 기쁠지도 모르지."

오드리가 꿈꾸는 듯한 어조로 말했다.

그녀는 그 남자가 지금은 어디에 있으며 무엇을 하고 있을지 막연히 상상해 보았다. 토머스는 파이프를 한 모금 빨았다. 조금만 고개를 돌려도 오드리를 볼 수 있었다. 그는 하염없이 바다를 내려다보고 있는 그녀의 진지하고 몰두한 표정을 보았다. 기다란 갈색 눈썹 아래 단정한 선을 그리는 뺨이 있었고, 작고 조개 같은 귀가 있었다.

그는 문득 생각나는 게 있었다.

"아 참, 귀걸이를 찾았다. 요전 날 잃어버렸던 것 말야."

그의 손가락이 주머니 속을 뒤적였다. 오드리는 한 손을 뻗었다.

"아, 잘됐네. 어디서 찾았어, 테라스?"

"아니. 계단 근처. 저녁 먹으러 내려오던 중에 잃어버렸나 보더라. 저녁 때 귀걸이가 없었던 게 기억 나거든."

"찾아서 다행이네."

그녀는 귀걸이를 받았다. 토머스는 그녀의 조그만 귀에 어울리지 않게 귀걸이가 너무 크고 볼품이 없다고 생각했다. 지금 하고 있는 귀걸이도 큰 것이었다.

"넌 수영할 때도 귀걸이를 하더라. 잃어버릴까 봐 겁나지 않니?"

"아, 이건 아주 싼 것들이야. 나는 이것 때문에 귀걸이를 안 할 수가 없어."

그녀는 왼쪽 귀에 손가락을 갖다대었다. 토머스도 기억이 났다.

"아, 그거. 늙은 개 바운서가 너를 물었을 때 생긴 거지?"

오드리가 고개를 끄덕였다.

두 사람은 어린 시절의 기억을 떠올리며 말없이 있었다. 다리가 길고 가느다란 아이가 발에 상처를 입은 바운서에게 얼굴을 비비며 달래 주고 있었다. 소녀의 이름은 오드리 스탠디시였다. 그때 바운서가 아주 아프게 그녀의 귀를 물었다. 상처를 꿰매기까지 해야 했다. 그렇다고 지금까지 그 흔적이 뚜렷이 남아 있는 것은 아니었다. 아주 작고 희미한 흉터만 남아 있었다.

"오드리, 흉터는 거의 보이지도 않아. 뭘 그리 신경을 써?"

오드리는 잠시 가만히 있다가 아주 진지한 투로 대답했다.

"왜냐하면 나는 아무리 작은 것이라도 흠이 있는 걸 참을 수가 없거든."

토머스는 고개를 끄덕였다. 그것은 그가 알고 있는 오드리, 그녀의 결벽증에 꼭 어울리는 대답이었다. 그녀 자신이 완벽하게 빚어진 예술품 같은 아름다움을 갖고 있지 않은가.

그가 갑자기 말했다.

"너는 케이보다 훨씬 더 아름다워."

그녀는 재빨리 고개를 돌렸다.

"아냐, 오빠. 케이는 정말로 매력적이야."

"외면적으로는 그렇겠지. 하지만 내면은 그렇지 않아."

"지금 내 영혼이 아름답다고 말하려는 거야?"

오드리가 조금 재미있다는 기색으로 물었다.

토머스는 파이프 속 재를 털어냈다.

"아니, 너의 뼈를 얘기한 거야."

오드리가 웃었다.

토머스는 다시 새 담배를 채워넣었다. 두 사람은 거의 5분씩이나 아무 말 없이 있었다. 그동안 토머스는 한 번 이상 오드리를 바라보았지만, 아주 조심스러운 행동이었기 때문에 오드리는 그 사실을 의식하지 못했다.

마침내 그가 조용히 말했다.

"뭐가 문제니, 오드리?"

"문제라니? 무슨 뜻이야?"

"너 말이야. 뭔가 있어."

"아니야. 아무것도 없어. 무슨 문제가 있겠어."

"아냐, 있어."

그녀는 고개를 흔들었다.

"나한테 말하지 않을 작정이냐?"

"말할 것이 아무것도 없으니까."

"내가 둔한 사람이긴 하지만, 이것만은 말해 줘야겠다."

그는 말을 멈추었다.

"오드리, 잊어버릴 수 없니? 다 지난 일로 여기고 떠나보낼 수 없냐고?"

그녀는 작은 두 손을 발작하듯 바위 틈에 찔러넣었다.

"오빠는 이해 못해. 절대로 이해 못해."

"하지만 오드리, 이해한다니까. 그렇지 않아. 나는 알고 있어."

그녀는 미심쩍은 표정으로 고개를 돌려 그를 보았다.

"어떤 일을 겪었는지도 잘 알고 있고, 그게 너에게 어떤 의미였을
지도 알고 있어."

그녀의 얼굴은 이제 매우 창백했다. 입술까지 하얗게 질릴 정도
였다.

"그랬구나. 나는 아무도 알 리가 없다고 생각했어."

"나는 알아. 그래, 더 이상 그 일에 대해 이야기하지 말자. 하지만
내가 너에게 꼭 얘기해 주고 싶었던 건, 그게 끝났다는 거야. 다 지
난 일이고 돌이킬 수 없다는 거야."

그녀가 나지막한 목소리로 말했다.

"지나가지 않는 일도 있어."

"오드리, 옛일을 기억하고 생각해 봐야 뭐하니. 네가 지옥 같은
고통을 겪었다는 걸 나도 알아. 하지만 머릿속에서 한 가지 일을 두
고두고 기억하는 건 너에게 전혀 도움이 되지 않아. 뒤에 연연하지
말고 앞을 보아야지. 너는 아직 젊잖니. 살아야 할 삶이 있고, 그 대
부분은 네 앞에 놓인 것이야. 어제가 아니라 내일을 생각해야지."

그녀는 커다란 눈동자로 흔들림 없이 그를 바라보았다. 그녀의
마음속 진정한 생각이 무엇인지 전혀 드러내지 않는 시선이었다.

"만일 내가 그렇게 할 수 없다면?"

"하지만 그렇게 해야 해."

오드리는 부드럽게 말했다.

"나는 오빠가 이해 못 할 거라고 생각했어. 나는 아직 정상이 아니니까. 그러니까 어떤 것들에 대해서⋯⋯."

그가 거칠게 끼어들었다.

"말도 안 돼. 너는⋯⋯."

그가 말을 멈추었다.

"내가 뭘?"

"네가 어렸을 때, 네빌과 결혼하기 전의 너를 생각하고 있었어. 너는 왜 네빌과 결혼했니?"

오드리가 미소를 지었다.

"그와 사랑에 빠졌으니까."

"그래그래. 그건 안다. 하지만 왜 그와 사랑에 빠졌던 거니? 그에게 어떤 매력이 있었기에?"

이제는 가고 없는 소녀의 눈으로 보려고 애를 쓰는 듯 그녀는 눈을 가늘게 떴다.

"그건 그 사람이 아주 긍정적인 사람이었기 때문일 거야. 언제나 나와는 아주 반대되는 사람이었어. 나는 내가 그림자 같고 진짜로 사는 것 같지가 않았거든. 하지만 네빌은 아주 현실적이었어. 늘 행복하고 자신감에 넘치고, 내가 갖지 못한 것들을 모두 갖고 있는 사람이었어."

그녀는 웃음을 머금으며 덧붙였다.

"게다가 아주 잘생겼잖아."

토머스 로이드가 침통한 어조로 말했다.

"그래, 영국 남성의 이상형이지. 운동도 잘하고 겸손하고 잘생긴 데다, 품위까지 갖춘 1급의 신사야. 단 한 번의 실패도 없이 원하는 것은 무엇이든 이루고."

오드리는 꼿꼿하게 앉아서 그의 얼굴을 바라보았다.

"오빠는 그 사람을 싫어하는구나."

그녀가 천천히 말했다.

"아주 싫어해, 안 그래?"

그는 그녀의 시선을 피했다. 그러고는 몸을 돌려 성냥을 손으로 가리고 파이프에 불을 붙였다. 파이프의 불이 꺼져 있었다.

그가 분명하지 않은 발음으로 말했다.

"그렇다고 해도 놀랄 일은 아니지 않니, 그렇지? 그는 내가 갖지 못한 모든 것을 갖고 있지. 사람들과 어울려 게임도 잘하고 수영도 잘하고 춤도 잘 추고 이야기꾼이기도 하지. 나는 팔 병신인 데다 말도 제대로 못해. 그는 언제나 똑똑하고 성공을 거두었지만 나는 늘 느려터진 개 같았어. 게다가 그는 내가 바라보던 단 한 사람의 여자와 결혼했어."

오드리는 희미한 신음소리를 냈다. 그는 거침없이 말했다.

"너도 항상 알고 있었어, 그렇지 않니? 네가 열다섯 살일 때부터 줄곧 내가 너를 사랑했다는 사실을 알고 있었어. 오드리, 너는 지금도 내가……."

그녀가 그의 말을 가로막았다.

"아냐. 지금은 아니야."

"지금은 아니라니, 무슨 뜻이니?"

오드리는 일어섰다. 그녀는 생각에 잠긴 음성으로 나지막이 말했다.

"왜냐하면 지금의 나는 다르니까."

"어떻게 다르다는 거지?"

그도 자리에서 일어나 그녀를 마주 보고 섰다.

오드리는 거의 숨가쁜 목소리로 재빨리 말했다.

"오빠가 모른다면 나도 말할 수 없어……. 나는 늘 자기 마음을 아는 그런 사람이 아냐. 내가 아는 건…….'

그녀는 갑자기 말을 멈추고 휙 몸을 돌려 바위 더미를 지나 호텔 쪽으로 황급히 걸어갔다. 낭떠러지의 모퉁이를 돌면서 그녀는 네빌을 보았다. 그는 길게 누운 채 바위틈에 고인 물을 들여다보고 있었다. 그는 고개를 들고 환히 웃었다.

"안녕, 오드리."

"안녕, 네빌."

"게를 지켜보고 있었어. 조그만 녀석이 아주 바쁘게 움직이는걸? 봐, 저기 있어."

그녀는 무릎을 꿇고 그가 가리키는 곳을 들여다보았다.

"보여?"

"응."

"담배 피우겠어?"

그녀가 한 개비 받아들자 그가 불을 붙여 주었다. 그녀가 그에게 시선을 주지 않는 채 잠깐의 시간이 흘렀다. 그가 조심스럽게 말을 꺼냈다.

"저 말야, 오드리?"

"응."

"괜찮은 거지? 내 말은, 우리 사이 말이야."

"응. 그럼."

"그러니까 우리 모두 이제 친구가 되었다고 해도 되겠지?"

"응, 그럼. 당연하지."

"나는 정말 우리가 친구가 되었으면 좋겠어."

그는 초조한 기색으로 그녀를 보았다. 그녀는 어색한 대로 미소를 지어 주었다. 그가 활기에 차서 말했다.

"아주 좋은 날이야, 안 그래? 날씨도 참 좋은 데다가 기타 등등, 그렇지?"

"응, 그래. 그럼."

"사실 9월치고는 상당히 더워."

잠시 침묵이 흘렀다.

"오드리……."

그녀가 일어섰다.

"당신 부인이 찾아. 손짓을 하고 있어."

"누구? 아, 케이."

"당신 부인이라고 말했잖아."

그는 후다닥 일어서서 그녀의 얼굴을 바라보며 섰다.

그는 아주 낮은 목소리로 말했다.

"당신이 내 아내야, 오드리⋯⋯."

그녀는 몸을 돌렸다. 네빌은 케이가 있는 쪽을 향해 해변의 모래사장을 달려갔다.

IX

일행이 걸즈 포인트에 돌아오자 허스톨이 복도로 나와 메리에게 말했다.

"지금 곧 올라가서 마님을 뵙지 않으시겠습니까? 몹시 충격을 받으신 모양인데, 오시는 대로 보고 싶다고 하셨습니다."

메리는 서둘러 윗층으로 올라갔다. 트레실리안 부인은 하얗게 질리고 눈에 띄게 침착을 잃은 모습이었다.

"오, 메리. 와 주어서 얼마나 다행인지 모르겠어. 나는 지금 어떻게 해야 할지 도무지 알 수가 없구나. 트레브스 씨가 돌아가셨단다."

"돌아가셨다고요?"

"그래, 너무 끔찍하지? 그렇게 갑자기. 간밤에 옷을 갈아입기도 전이었다는구나. 방에 들어서자마자 쓰러지신 모양이야."

"아주머니, 정말 큰일이네요."

"그 사람이 건강에 유의해야 한다는 건 다들 알고 있었지. 심장이 약하다는 걸 말이야. 우리집에 있는 동안 심장에 무리가 갈 만한 일은 없었지? 저녁 식사에 소화가 안 될 만한 음식은 없었나?"

"없었을 거예요. 아니, 분명히 없었어요. 상당히 건강하셨던 데다 기분도 좋아 보이셨는데요."

"정말 너무나 놀라운 일이라 어떻게 해야 할지 모르겠어. 메리, 네가 밸모럴 코트에 가서 로저스 부인에게 몇 가지 좀 물어봤으면 좋겠어. 우리가 할 수 있는 일은 없는지 물어봐. 그리고 장례식 문제도 있잖아. 매튜를 위해서라도 우리가 할 수 있는 일은 뭐든 해 주고 싶어. 호텔에서는 이런 일들을 아주 엉성하게 하는데 말야."

메리가 단호하게 말했다.

"카밀라 아주머니, 너무 심려하지 마세요. 충격도 크셨겠지만 안색이 안 좋으시네요."

"충격이 컸다마다."

"당장 밸모럴 코트에 다녀올게요. 갔다 와서 다 말씀드리겠어요."

"고마워, 메리. 항상 이해심이 많고 일을 잘 처리해 주는구나."

"이제 좀 쉬도록 하세요. 아주머니 연세를 생각하면 아주 조심하셔야 해요."

메리는 방을 나와 아래층으로 내려왔다. 거실에 들어서면서 그녀는 말했다.

"트레브스 씨가 돌아가셨답니다. 어젯밤 숙소에 도착하신 직후였대요."

"가엾은 노인, 어떻게 돌아가셨답니까?"

네빌이 말했다.

"심장 마비인 것으로 짐작된대요. 방에 들어가시자마자 쓰러졌답
니다."

토머스 로이드가 생각에 잠긴 말투로 말했다.

"계단이 문제였던 것인지도 모르겠군요."

"계단이라고요?"

메리가 무슨 뜻이냐는 표정으로 그를 보았다.

"그래요. 라티머와 내가 노인과 헤어질 때, 막 계단을 올라가던
참이었어요. 우리는 천천히 가시라고 말했지요."

메리가 이상하다는 듯 외쳤다.

"그럴 리가요? 아니 왜 승강기를 이용하시지 않고요?"

"승강기가 고장이 나 있었어요."

"아, 그랬군요. 정말 안됐어요. 가엾은 노인."

그녀는 덧붙여 말했다.

"나는 지금 거기로 갈 거예요. 카밀라 아주머니가 우리가 도울 일
은 없을지 알고 싶어 하세요."

토머스가 말했다.

"나하고 같이 가요."

두 사람은 함께 걸어 모퉁이를 돌아서 밸모럴 코트로 갔다. 메리
가 말했다.

"소식을 전해야 할 친척이 있지 않을까요?"

"아무도 언급한 적이 없어요."

"나도 듣지 못했어요. 사람들은 보통 그런 이야길 하잖아요. '우

리 조카딸'이라든가 '내 사촌'이라든가 하면서 말이에요."

"결혼은 하셨던가요?"

"아마 아닐 거예요."

두 사람은 밸모럴 코트의 열린 현관으로 들어갔다.

호텔 여주인인 로저스 부인이 키가 큰 중년의 남자에게 뭐라 말하고 있었다. 중년의 남자가 다정하게 손을 들며 메리에게 인사했다.

"안녕하세요, 올딘 양."

"안녕하세요, 라젠비 박사님. 이분은 로이드 씨예요. 트레실리안 부인이 우리가 도울 일은 없는지 알아보라고 하셔서 왔어요."

호텔의 여주인이 말했다.

"정말 고맙군요, 올딘 양. 제 방으로 잠깐 들어오시겠어요?"

네 사람은 모두 작고 편안하게 꾸며진 응접실로 들어갔다. 라젠비 박사가 말했다.

"트레브스 씨가 간밤에 저택에서 저녁을 드셨다고요?"

"예."

"어땠나요? 어디가 아프거나 그런 기색은 없었나요?"

"없었어요. 아주 건강하고 유쾌해 보이셨어요."

의사는 고개를 끄덕였다.

"그래요. 심장 마비로 쓰러질 때 가장 곤란한게 바로 그 점이죠. 거의 언제나 갑작스럽게 일어나니 죽음이 언제 올지 모르는 거지요. 노인의 방에 있는 처방전을 보았는데, 건강이 아주 나빴던 듯해요. 물론 런던에 있는 그의 주치의에게 연락을 해 봐야 확실한 것을 알겠습니다만……."

"언제나 스스로 조심을 하시는 분이셨어요. 그리고 저희가 최선을 다해 신경을 써 드렸음은 물론이고요."

로저스 부인이 말했다.

"그러셨을 거라고 저도 생각합니다, 로저스 부인."

의사가 적절한 말로 동의를 해 주었다.

"아주 약간의 과로로 쓰러진 것이 분명합니다."

"계단을 걸어 올라가셨다고 하던데."

메리가 말했다.

"그래요, 그것만으로도 충분히 쓰러지실 수 있죠. 십중팔구 그렇게 되시기가 쉽지요. 만일 3층까지 모두 걸어 올라갔다면요. 하지만 그랬을 리가 있습니까?"

로저스 부인이 말했다.

"절대로 그러셨을 리는 없어요. 그분은 늘 승강기를 이용하셨어요. 언제나요. 그 문제에 대해선 항상 까다로우셨으니까요."

메리가 말했다.

"제가 듣기론 간밤에 승강기가 고장이 나서……."

로저스 부인이 놀란 얼굴로 그녀를 쳐다보았다.

"하지만 승강기는 어제 내내 고장 난 적이 없어요, 올딘 양."

토머스 로이드가 헛기침을 했다.

"실례하겠습니다. 어제 저는 트레브스 씨와 함께 여길 왔어요. 승강기 앞에 '고장'이라는 팻말이 있었습니다."

로저스 부인이 빤히 그를 바라보았다.

"아니, 그거 참 이상하군요. 제가 승강기에 아무 이상이 없다는 걸 확인했는데요. 실제로 아무 이상이 없었다고 자신해요. 이상이 있었다면 제가 못 들었을 리가 없죠. 아무 이상 없이 승강기를 사용한 지 벌써 18개월이 넘는걸요. 아주 미더운 물건이에요."

의사가 말했다.

"혹시 짐꾼이나 종업원 중에 누가 자리를 비우면서 그 팻말을 갖다 건 것 아닐까요?"

"박사님, 그건 자동 승강기예요. 누가 있어야 작동하는 게 아니거든요."

"아, 그래요. 그래요. 잊고 있었네요."

"조하고 말해 봐야겠어요."

로저스 부인이 말했다. 그녀는 부산하게 방을 나가더니 "조, 조." 하고 불렀다.

라젠비 박사가 이상하다는 표정으로 토머스를 보았다.

"죄송합니다만, 정말 확실합니까? 그런데 성함이……?"

"로이드 씨예요."

메리가 대신 대답했다.

"확실합니다."

토머스가 말했다.

로저스 부인이 짐꾼인 조를 데리고 들어왔다. 조는 간밤에 승강기에는 아무 이상이 없었다고 힘주어 말했다. 토머스가 말한 것 같은 팻말은 있지만, 그 팻말은 책상 밑에 보관 중인 데다가 1년이 넘게 사용한 적이 없다고 했다.

이들은 모두 서로의 얼굴을 바라보다가 참으로 수수께끼 같은 일이라고 입을 모았다. 의사는 호텔 손님 중에 누가 장난을 쳤던 모양이라고 말했고, 어쩔 수 없이 모두 그랬겠다고 여기는 수밖에 없었다.

메리의 질문에 대하여, 라젠비 박사는 트레브스 씨의 운전사가 고인이 그동안 알고 지내던 변호사들의 주소를 가르쳐 주었으며, 그에 따라 그들과 연락을 취하고 있고, 나중에 저택을 방문해 트레실리안 부인에게 장례식 문제에 대해 의논하겠다고 대답했다.

늘 바쁘고 쾌활한 의사는 의논을 마친 후 곧 자리를 떴다. 메리와 토머스는 천천히 걸어서 걸즈 포인트로 돌아왔다.

메리가 말했다.

"그런 팻말이 정말 있었나요, 토머스?"

"나만 본 게 아니라 라티머도 봤어요."

"정말로 이상한 일이네요!"

X

9월 12일이었다.

"이제 이틀만 견디면 되는구나."

메리 올딘이 말했다. 그녀는 입술을 깨물고 얼굴을 붉혔다. 토머스 로이드가 신중한 표정으로 그녀를 보았다.

"그렇게 생각하세요?"

"내가 왜 이러는지 모르겠어요. 여태 살아오는 동안 손님이 가시는 날을 이토록 손꼽아 기다린 적은 한 번도 없어요. 게다가 네빌의 방문은 언제든 대환영이었죠. 오드리도 마찬가지고요."

토머스가 고개를 끄덕였다.

메리가 계속 말했다.

"무슨 폭탄 위에 앉아 있기라도 한 기분이에요. 언제 무엇이 터질지 모르겠어요. 그래서 오늘 일어나자마자 혼잣말로 한다는 소리가 '이틀만 견디면 된다.'였던 거예요. 오드리는 수요일에 떠나고 네빌과 케이는 목요일에 떠나니까요."

"나는 금요일에 갑니다."

토머스가 말했다.

"아, 당신은 여기 포함되지 않아요. 당신은 오히려 힘이 되어 주었잖아요. 당신이 없었다면 아무것도 할 수 없었을 거예요."

"인간 완충물, 그런 건가요?"

"그 이상이죠. 그토록 친절하고 또 그토록 침착하셨잖아요. 우스꽝스럽게 들릴지 모르겠지만, 그게 내 생각이에요."

토머스는 약간 당황했지만 기분은 좋아 보였다.

메리가 생각에 잠긴 어조로 말했다.

"왜 우리 모두 그처럼 안절부절못하는지 모르겠어요. 어쨌거나 만일 분출이 있었다면, 그러니까 어떤 형태로든 무엇인가가 터져 주었다면, 어색하고 난처하더라도 그게 전부일 텐데요."

"하지만 지금 기분은 그게 전부가 아니잖습니까?"

"아, 그래요. 맞아요. 다른 기분도 있었어요. 분명히 두려움이라고 부를 만한 거예요. 심지어 하인들도 그런 기분을 느끼고 있어요. 오늘 아침엔 부엌에서 일하는 아이가 갑자기 울음을 터뜨려서 내가 주의를 주었죠. 아무 이유도 없이 그러더라고요. 요리사는 계속 깜짝깜짝 놀라고, 허스톨은 바짝 긴장해 있고, 심지어 늘 침착하고 꿋꿋하기가 전함 같은 배레트마저 신경이 곤두서 있어요. 이게 다 네빌이 자기 양심을 달래려고 전 부인과 지금 부인을 화해시킨다, 친구로 만든다, 이런 어처구니없는 생각을 했기 때문이잖아요."

"아주 독창적인 아이디어에서 유례 없는 실패를 거둔 거지요."

토머스가 거들었다.

"맞아요. 케이는 지금 거의 제정신이 아니에요. 그리고 정말이지, 토머스. 나는 어쩔 수 없이 그 여자를 동정하게 돼요."

그녀가 말을 멈추었다.

"간밤에 오드리가 계단을 올라갈 때 네빌이 그 뒷모습을 쳐다보는 걸 봤나요? 네빌은 아직도 오드리를 사랑하고 있어요, 토머스. 네빌이 어쩌다 그런 생각을 했진 몰라도 이건 아주 비극적인 사태예요."

토머스가 파이프에 담배를 채워 넣기 시작했다.

"그 전에 미리 생각을 했어야죠."

그가 가혹한 어조로 말했다.

"아, 그래요. 맞아요. 하지만 그렇다고 해서 이 비극적인 상황이 바뀌는 건 아니잖아요. 나는 네빌이 몹시 안됐다는 생각이 들어요."

"네빌 같은 사람은요……."

토머스가 말을 꺼냈다가 멈추었다.

"말해 보세요."

"네빌 같은 사람은 무슨 일이든 자기가 원하는 대로 할 수 있다고 생각해요. 그리고 원하는 건 무엇이든 가질 수 있다고 생각합니다. 나는 네빌이 이번 오드리와 관련한 일 외에는 인생에서 단 한 번이라도 좌절을 겪어 본 적이 있을지 의심스러워요. 글쎄요, 이제야 제대로 겪어 보는 거지요. 그는 절대로 오드리를 가질 수 없어요. 오드리는 그가 잡을 수 없는 곳에 있으니까요. 어떤 수를 쓴다고 해도 할 수 없는 일이에요. 꾹 참고 견뎌내는 수밖에 없는 겁니다."

"당신 말이 맞는 것 같아요. 하지만 좀 가혹하게 말씀하시네요. 둘이 결혼했을 당시 오드리는 네빌을 끔찍하게 사랑했어요. 그리고 언제나 아주 잘 어울리는 한 쌍이었죠."

"글쎄요, 오드리는 이제 그를 조금도 사랑하지 않아요."

"그럴까요?"

메리가 낮은 목소리로 중얼거렸다.

토머스는 계속 말을 이었다.

"그리고 한 가지가 더 있어요. 네빌은 케이를 조심해야 할 겁니다. 그녀는 정말로 위험한 여자예요. 수틀리면 무슨 짓이든 가리지 않을 겁니다."

"맙소사."

메리가 한숨을 쉬더니, 그래도 희망이 있다는 듯 처음 했던 말을 되풀이했다.

"그래도 이제 이틀밖에 남지 않았어요."

지난 사오 일 동안 상황은 몹시 힘겨웠다. 트레브스 씨의 죽음은 트레실리안 부인에게 건강을 해칠 정도로 타격을 주었다. 장례식이 런던에서 치러진 것이 메리에게는 무척이나 고마운 일이었다. 노부인이 이 슬픈 사건에서 더 빨리 마음을 돌릴 수 있게 해 주었기 때문이다. 하인들이 모두 신경 과민이기도 했지만 살림 운영이 하도 힘들어서 메리는 이날 아침 정말로 피곤하고 낙담한 심정이었다.

"날씨도 한몫하고 있어요. 정말 유별난 날씨예요."

그녀가 큰 소리로 말했다.

실제로 9월치고는 유별나게 덥고 청명한 날씨가 계속되고 있었다. 어떤 날은 그늘에서도 온도계가 섭씨 20도가 넘곤 했다.

그녀가 말하고 있는 동안 네빌이 천천히 집 밖으로 나와 그들 쪽으로 걸어왔다.

"날씨를 탓하시는 중인가요?"

그가 하늘을 올려다보며 말했다.

"좀 유별나긴 합니다. 오늘은 유난히 덥군요. 바람도 전혀 불지 않고요. 공연히 사람을 긴장시키는 날씨예요. 하지만 내가 보기엔 곧 비가 올 것 같네요. 오늘 습도가 높은 걸로 봐서는 오늘 밤을 넘기지 않을 것 같습니다."

토머스 로이드는 아무 말 없이 슬그머니 자리를 뜨더니 저택의 모퉁이를 돌아 사라졌다.

"우울한 토머스가 가 버렸군요. 날 보면 피할 생각부터 하는 사람입니다."

네빌이 말했다.

"사실은 좋은 사람이에요."

메리가 말했다.

"나는 그렇게 생각하지 않아요. 속 좁고 편견으로 가득 찬 사람입니다."

"저 사람은 항상 오드리와 결혼하고 싶어 했어요. 당신이 나타나는 바람에 그 희망이 좌절된 거죠."

"청혼하겠다고 결심하는 데만 7년쯤 걸렸을 겁니다. 결심하느라고 꾸물대는 동안 오드리가 기다려 주길 기대했을까요?"

"아마도요."

메리가 신중하게 말했다.

"이제 때가 온 것인지도 모르고요."

네빌은 그녀의 얼굴을 보며 눈썹을 치켜올렸다.

"진정한 사랑이 보답을 받는다는 건가요? 오드리가 저런 쓸개도 없는 작자와 결혼을 할까요? 오드리는 저자에게는 너무 과분한 여자예요. 아니, 나는 오드리가 저 우울한 토머스와 결혼할 거라고 생각하지 않습니다."

"내가 보기엔 오드리는 토머스를 아주 좋아해요, 네빌."

"여자들은 왜 늘 남을 짝지워 줄 생각만 하는 겁니까? 오드리가 잠시라도 자유를 즐길 수 있도록 내버려 두지는 못하나요?"

"자유를 즐기고 있다면야 당연히 그래야지요."

네빌이 재빨리 물었다.

"그녀가 행복하지 않다고 생각하세요?"

"사실 그건 모르겠어요."

네빌이 천천히 말했다.

"나도 마찬가집니다. 오드리가 어떤 감정을 느끼는지 알 수 있는 사람은 없어요."

그는 말을 멈추었다가 덧붙였다.

"하지만 오드리는 뼛속까지 기품 있는 여자예요. 한점의 티끌도 없이 순수한 사람입니다."

그리고 그는 메리보다는 자신을 향해 말했다.

"세상에, 어쩌다 내가 그런 바보 같은 짓을 저질렀을까!"

메리는 조금 걱정을 하면서 집 안으로 들어갔다. 그녀는 세 번째로 위안의 말을 반복했다.

"이제 이틀만 견디면 돼."

네빌은 정원과 테라스를 불안하게 서성거렸다. 정원의 끝에서 그는 오드리가 낮은 담 위에 앉아 있는 것을 보았다. 담 아래로 강물이 흐르고 있었다. 만조 때여서 강물이 가득 넘실대고 있었다.

그녀는 즉시 일어나서 그에게 다가왔다.

"막 집 안으로 들어가려던 참이었어. 차 마실 시간이 다 되었을 것 같더라고."

그녀는 그를 보지 않은 채 재빨리 그리고 조심스럽게 말했다. 그는 아무 말 없이 그녀의 옆에 서서 걸었다.

테라스에 닿아서야 그는 입을 열었다.

"잠깐 얘기 좀 해도 될까, 오드리?"

그녀는 손으로 난간 가장자리를 움켜쥐며 즉시 대답했다.

"그러지 않는 게 좋겠어."

"내가 하고 싶은 말이 뭔지 안다는 뜻이군."

그녀는 대답하지 않았다.

"무엇 때문이지, 오드리? 우리가 옛날로 돌아갈 수는 없는 건가? 지금껏 있었던 일을 모두 잊을 수는 없나?"

"케이도 포함해서 말인가요?"

"케이는……."

네빌이 대답했다.

"받아들일 수 있을 거야."

"받아들이다니, 그게 무슨 뜻이야?"

"간단해. 내가 그녀에게 진실을 말할 거야. 너그러운 마음으로 이해해 달라고 사정해야지. 그리고 진실을 말해야지. 내가 사랑하는 여자는 당신뿐이라고."

"케이와 결혼했을 때 당신은 케이를 사랑했어."

"케이와의 결혼은 내가 저지른 최악의 실수야. 나는……."

그는 말을 멈추었다. 케이가 거실 창을 통해 바깥으로 나와 있던 것이다. 그녀는 두 사람을 향해 걸어왔다. 그녀의 두 눈에 이글거리는 분노 앞에서 네빌마저도 움찔할 수밖에 없었다. 케이가 말했다.

"이 감동적인 장면을 방해하게 되다니 미안하군요. 하지만 방해할 때가 되었다고 생각했어요."

오드리가 비켜섰다.

"전 이만 들어가 봐야겠어요."

그녀가 말했다. 그녀의 얼굴과 음성에는 아무런 감정도 스며 있지 않았다.

"그래야겠지요. 치고 싶은 장난은 다 쳤을 테니까요, 안 그래요? 당신은 나중에 상대해 주겠어요. 지금 당장은 네빌에게 좀 따져야겠군요."

"이봐, 케이. 오드리는 이 일과 아무런 상관도 없어. 오드리의 잘못이 아냐. 따질 게 있으면 나한테만……."

"그러려고 하고 있어요."

네빌을 바라보는 케이의 두 눈은 활활 타오르고 있었다.

"당신, 도대체 당신이 뭐라고 생각해요?"

"아주 가엾은 남자지."

네빌이 침통하게 말했다.

"당신은 아내를 버리고 다짜고짜 나를 쫓아와서는 어떻게든 이혼하겠다고 했어요. 나 아니면 못 살겠다고 할 땐 언제고, 금세 지겹다고 버릴 생각을 하다니! 이제 와서 당신은 허여멀건 얼굴에 잉잉 우는소리나 하고 거짓말만 늘어놓는 저 여자에게 돌아가고 싶은 모양이군요……."

"그만해, 케이!"

"당신, 원하는 게 뭐지요?"

네빌은 아주 하얗게 질려 있었다.

"당신 하고 싶은 대로 나를 욕해도 좋아. 하지만 이건 소용 없는 일이야, 케이. 나는 이렇게는 더 이상 살아갈 수 없어. 나는 줄곧 오드리를 사랑했어. 이건 진심이야. 당신을 향한 사랑은 일종의 광기였어. 하지만 이제 소용 없어. 당신과 나는 어울리지 않아. 지금은 모르지만 결국 나는 당신을 행복하게 해 주지 못할 거야. 내 말을 믿어, 케이. 우리는 각자 더 많은 것을 잃기 전에 이만 끝내야 해. 노력해서 친구로 헤어질 수 있도록 하자고. 너그러운 마음으로 헤아려 줘."

케이가 속내를 알 수 없는 조용한 목소리로 물었다.

"정확히 뭘 어쩌자는 건가요?"

네빌은 그녀의 얼굴을 보지 않았다. 그의 턱에는 원하는 바를 이루고 말겠다는 고집이 서려 있었다.

"우리는 이혼할 수 있어. 처자 유기를 이유로 당신이 이혼을 청구할 수 있어."

"당분간은 어림없는 소리예요. 당신은 오랫동안 기다려야 할 거예요."

"기다릴 거야."

"그러고 나서는, 3년의 세월을 기다린 후 저 사랑스런 오드리에게 다시 청혼할 셈인가요?"

"그녀가 나를 받아 주기만 한다면."

"아무렴 받아 주겠지요!"

케이가 독기 서린 목소리로 말했다.

"나는 어떻게 되는 거지요?"

"당신은 나보다 더 훌륭한 남자를 찾을 수 있는 자유의 몸이 되는 거지. 당연히 나는 당신이 넉넉한 수입을 얻을 수 있도록 신경을 쓸……."

"돈으로 어떻게 해 볼 생각은 말아요!"

자제력을 잃으면서 그녀의 언성이 높아졌다.

"내 말을 들어 봐요, 네빌. 당신 나한테 이럴 수는 없어요! 나는 이혼하지 않을 거예요. 나는 당신을 사랑했기 때문에 당신과 결혼했어요. 나는 당신 마음이 언제 떠났는지 알고 있어요. 그건 내가 당신을 쫓아서 에스토릴로 갔다는 걸 알려 준 다음이었어요. 당신은 우리의 결혼이 모두 운명에 의한 것이었다고 생각하고 싶어 했어요. 그게 내 계획이었다는 걸 알았으니 당신의 허영심이 상처를 받았겠지요. 글쎄요. 나는 내가 한 일이 부끄럽지 않아요. 당신은 나와 사랑에 빠졌고 결혼했어요. 나는 당신이 다시 당신에게 올가미를 씌우고 있는 저 교활한 여자에게 돌아가도록 내버려 두지 않을 거예요. 이게 모두 그녀의 계획이었겠지만, 절대 성공하지 못할 거예요! 나는 먼저 당신을 죽일 거예요. 알아들었어요? 당신을 죽일 거예요. 그 여자도 죽일 거예요. 두 사람 모두 죽는 꼴을 볼 거라고요. 나는……."

네빌은 케이의 앞으로 다가와 그녀의 팔을 잡았다.

"입 다물어, 케이. 정신 차리라고. 여기서 이런 추태를 부려서는 안 돼."

"안 된다고요? 두고보라고요. 나는……."

허스톨이 테라스로 나왔다. 그의 얼굴은 상당히 무표정했다. 그가 말했다.

"거실에 차가 준비되어 있습니다."

케이와 네빌은 거실로 들어가는 창 쪽으로 천천히 걸어갔다. 허스톨은 두 사람이 들어가도록 비켜섰다.

저 위 하늘에서는 구름이 몰려들고 있었다.

XI

비는 6시 45분부터 내리기 시작했다. 네빌은 자기 침실의 창가에 서서 비가 내리는 것을 지켜보았다. 아까 일이 있은 다음부터 그는 케이와 한마디도 하지 않았다. 두 사람은 차를 마시고 난 후 서로를 피했다.

이날 저녁 식사는 아슬아슬하리 만큼 힘겨운 시간이었다. 네빌은 무슨 생각엔가 극도로 몰두해 있었고, 케이는 어울리지 않을 정도로 짙게 화장을 했다. 오드리는 얼어붙은 유령처럼 앉아 있었다. 메리 올딘은 어떤 대화라도 이어지도록 하려고 최선을 다했지만 토머스 로이드마저 침묵을 고수했다. 그런 토머스에게 그녀는 엷은 짜증을 느꼈다.

허스톨은 불안한 모습이었다. 야채를 나눠 줄 때 그의 두 손은 떨리고 있었다. 식사가 다 끝나갈 무렵, 네빌이 잘 연출된 무심한 어조로 입을 열었다.

"저녁 식사 후에 이스터헤드에 가서 라티머를 좀 볼까 합니다. 당구라도 한 게임 할까 해서요."

"빗장 열쇠를 갖고 가세요. 늦게 오실지도 모르잖아요."

메리가 말했다.

"고맙습니다, 그렇게 하지요."

이들은 커피가 준비되어 있는 거실로 들어갔다.

라디오를 켜자 뉴스가 흘러나왔고, 무엇이라도 듣는 척할 수 있다는 게 이들에게는 다행한 일이었다.

저녁 식사 이후 줄곧 보란 듯이 하품을 하던 케이가 자러 가야겠다고 말했다. 그녀는 두통이 있다고 말했다.

"아스피린은 있나요?"

메리가 물었다.

"예. 신경 써 주어서 고마워요."

케이가 방을 나갔다.

네빌이 음악 프로그램이 나오도록 라디오를 조정했다. 그는 얼마간 조용히 소파 위에 앉아 있었다. 한 번도 오드리 쪽으로 시선을 돌리지 않은 채, 불행한 소년처럼 웅크리고 앉아 있었다. 메리는 본의 아니게 그가 몹시 측은하게 여겨졌다. 그가 마침내 몸을 일으키더니 입을 열었다.

"음, 가려고 했으니 지금 나가는 게 좋겠군요."

"차로 가실 건가요, 아니면 배를 타고 가실 건가요?"

"아, 배를 타려고요. 24킬로미터나 되는 길을 돌아서 갈 필요가 없겠지요. 조금 걷고 싶기도 하고요."

"비가 오고 있어요."

"알아요. 외투를 입을 겁니다."

그는 문 쪽으로 걸어갔다.

"안녕히들 주무십시오."

복도에서 허스톨이 그에게 다가왔다.

"괜찮으시다면, 트레실리안 부인에게 올라가 보시겠습니까? 특별히 하실 말씀이 있다고 하십니다."

네빌은 시계를 흘끔 보았다. 거의 10시가 다 되어 있었다.

그는 어깨를 으쓱하고는 윗층으로 올라갔다. 그러고는 복도를 따라 트레실리안 부인의 방 앞으로 가서 문을 두드렸다. 들어오라는 말이 들려오기를 기다리는 동안, 그는 아래층 복도에서 다른 사람들이 말하는 소리를 들었다. 오늘 밤은 모두 일찌감치 잠자리에 들 예정인 것처럼 보였다.

"들어와라."

트레실리안 부인의 맑은 목소리였다. 방으로 들어간 네빌은 뒤로 문을 닫았다. 트레실리안 부인은 잠자리에 들 준비를 다 마친 상태였다. 침대 곁의 독서용 전등을 제외하고 방의 모든 불이 꺼져 있었다. 그녀는 읽고 있던 책을 내려놓고 안경 너머로 네빌을 바라보았다. 어쩐지 주눅 들게 하는 눈빛이었다.

"따로 말 좀 하고 싶었다, 네빌."

네빌은 자신도 모르게 희미하게 웃었다.

"예, 교장 선생님."

그가 말했다.

트레실리안 부인은 웃지 않았다.

"네빌, 내 집에서는 절대로 용납할 수 없는 일이 몇 가지 있다. 그게 누구든 사적인 대화를 듣고 싶은 생각은 전혀 없다만, 너와 네 아내가 내 침실 창문 바로 밑에서 서로 소리를 질러 대기로 작정하고 있다면, 내가 그 소리를 듣지 않을 수가 없다. 듣자하니 케이와 이혼을 하고 오드리와 재결합을 하겠다는 꿍꿍이를 갖고 있는 모양이더구나. 네빌, 그건 절대로 안 되는 일이다. 이 이야기는 여기서 끝내도록 해라. 앞으로 아무 소리 하지 말거라."

네빌은 감정을 억누르기 위해 애쓰는 것 같았다. 그가 냉정하게 말했다.

"소란을 피운 것에 대해서는 죄송합니다. 하지만 나머지 부분에 대해서는, 그건 전적으로 저의 소관입니다!"

"아니야, 그렇지 않아. 너는 오드리와 다시 만나기 위해 내 집을 이용했어. 아니면 오드리가 이용한 것이든가."

"오드리는 아무 일도 하지 않았습니다. 오드리는……."

트레실리안 부인은 한 손을 들어 그의 말을 막았다.

"어쨌거나 너는 그렇게 할 수 없다, 네빌. 케이는 네 아내야. 케이에게는 네가 빼앗을 수 없는 나름의 권리가 있다. 이 문제에 대해서 나는 전적으로 케이의 편이야. 네가 네 침대를 선택했으니 이제 거기 누워야 해. 남편으로서의 네 의무는 케이를 위한 것이야. 더 이상 말할 것도 없으니⋯⋯."

네빌은 한 발자국 앞으로 다가섰다. 그의 언성이 높아졌다.

"아주머니하고는 아무 상관이 없는 일입니다⋯⋯."

트레실리안 부인은 그의 항의를 무시하고 계속 말을 이었다.

"그리고 오드리는 내일 이 집을 떠날 거야⋯⋯."

"그러실 수 없어요! 저는 그냥 물러서지 않을 겁니다⋯⋯."

"어디라고 소리를 지르는 게냐, 네빌."

"받아들일 수 없다고 분명히 말씀⋯⋯."

복도 어디에선가 문이 닫히는 소리가 들렸다⋯⋯.

XII

구스베리 같은 눈을 한 하녀, 앨리스 벤담이 당황한 기색으로 요리사 스파이서 부인에게 왔다.

"스파이서 부인, 어떻게 해야 할지 모르겠어요."

"무슨 일이야, 앨리스?"

"배레트 양 말이에요. 한 시간쯤 전에 차를 가져다주었어요. 깊이 잠들어 있어서 그냥 두는 게 좋겠다 싶었어요. 그러고는 5분 전에 다시 갔지요. 마님 차가 준비되어서 갖다 드려야 하는데 배레트 양이 내려오지 않고 있으니 말이에요. 그래서 다시 가 봤더니 여전히 자고 있는 거예요. 깨울 수가 없어요."

"흔들어 봤어?"

"예, 스파이서 부인. 머리를 흔들었어요. 하지만 계속 누워 있고 안색이 얼마나 흉측한지 몰라요."

"세상에, 죽은 건 아니겠지?"

"아니에요, 스파이서 부인. 숨소리는 들렸으니까요. 하지만 숨소리도 이상해요. 어디가 아픈가 봐요."

"그래, 내가 가 봐야겠다. 마님 차는 네가 갖다 드려라. 다시 끓이는 게 낫겠어. 무슨 일이라도 있는지 궁금해하실 게야."

앨리스가 시킨 대로 하는 동안 스파이서 부인은 3층으로 올라갔다. 앨리스는 차 쟁반을 들고 복도를 따라가 트레실리안 부인 방의 문을 두드렸다.

두 번이나 두드렸는데도 들어오라는 말이 없자 그녀는 그냥 문을 열고 들어갔다. 잠시 후, 그릇이 깨지는 소리와 함께 요란한 비명이 집 안을 울렸다. 앨리스는 허겁지겁 방에서 뛰쳐나와 계단을 내려왔다. 그녀는 복도를 지나 식당으로 가던 허스톨과 마주쳤다.

"오, 허스톨 씨. 강도가 들었어요. 마님이 돌아가셨어요. 살해당하신 거예요. 머리에 커다랗게 구멍이 나 있고 온 방에 피가……."

섬세한 이탈리아 인의 손

I

배틀 총경은 휴가를 만끽했다. 하지만 휴가가 아직 사흘이나 남았는데 갑자기 날씨가 바뀌고 비가 내리기 시작해 약간 실망하고 있었다. 하긴 영국에서 이 이상 뭘 더 바랄 수 있겠는가? 지금까지 날씨가 청명했던 것만으로도 엄청나게 운이 좋은 셈이었다. 그는 조카인 제임스 리치 경위와 아침 식사 중이었다. 그때 전화 벨이 울렸다.

"곧 가겠습니다, 서장님."

짐은 수화기를 내려놓았다.

"심각한 일인가 보군?"

배틀 총경이 물었다. 조카의 표정이 심상치 않았다.

"살인 사건이에요. 트레실리안 부인입니다. 노부인인데, 여기선 아주 유명한 양반이고 몸이 아파서 꼼짝 못하던 사람이에요. 솔트 크리크에 저택이 있는데, 낭떠러지 바로 위죠."

총경은 고개를 끄덕였다.

"그 노인네한테 곧장 가 봐야겠어요."

리치는 서장을 노인네라는 불손한 명칭으로 불렀다.

"그 노부인의 친구거든요. 같이 저택으로 가 볼 겁니다."

문 쪽을 향해 가면서 그가 간곡히 부탁하는 투로 말했다.

"도와주실 거죠, 삼촌? 이 사건 말이에요. 살인 사건은 처음인데."

"내가 여기 있는 한은 도와줘야지. 가택 침입에 강도 사건인 모양 이지?"

"아직은 모르겠어요."

II

30분 후, 서장인 로버트 미첼 소령은 삼촌과 조카에게 진지한 목소리로 말하고 있었다.

"단정 짓기엔 아직 이르지만, 한 가지 사실은 분명한 것 같습니다. 외부인의 소행이 아니라는 것이죠. 없어진 물건도 없고, 침입한 흔적도 없습니다. 창과 문 들은 오늘 아침까지 모두 닫혀 있던 것으로 밝혀졌어요."

그는 배틀 총경을 똑바로 바라보았다.

"제가 런던 경시청에 부탁하면, 총경님이 이 사건을 맡게 해 줄까요? 마침 지금 현장에 와 계신 데다가, 여기 리치의 숙부되시기도 한데 말이죠. 제 말은, 그럴 의사가 있으시다면 말입니다. 남은 휴가를 포기하셔야겠습니다만."

"좋습니다. 경시청에 연락할 때, 에드거 경에게 말씀하셔야 할 겁니다. 두 분이 친구 사이라고 들었는데요?"

배틀 총경이 말했다. (에드거 코튼 경은 부경시청장이었다.)

미첼 서장이 고개를 끄덕였다.

"맞습니다. 에드거라면 문제 없지요. 그렇다면, 다 되었군요! 지금 당장 전화를 걸지요."

그는 수화기에 대고 말했다.

"런던 경시청을 대 주시오."

"중대한 사건이라고 보십니까, 서장님?"

배틀 총경이 물었다.

미첼 서장이 진지하게 말했다.

"절대 실수를 용납할 수 없는 사건입니다. 그자, 물론 여자일 수도 있겠습니다. 어쨌든 그자가 범인임을 보여 줄 확고한 증거가 있어야 합니다."

배틀 총경은 고개를 끄덕였다. 서장의 말 뒤에 숨은 뜻을 그는 잘 알 수 있었다. 그는 생각했다.

'누가 한 일인지 안다고 생각하고 있어. 그리고 자신의 예상이 전혀 달갑지 않은 눈치야. 누군가 유명한 데다 인기 있는 사람임이 분

명하군!'

III

배틀 총경과 리치는 좋은 가구로 근사하게 꾸며진 침실의 문간에 섰다. 침실 바닥에서 경찰 한 사람이 골프채의 손잡이에서 조심스럽게 지문을 뜨고 있었다. 육중한 니블릭 골프채였다. 골프채의 머리 부분에 핏자국이 있었고 한두 가닥의 하얀 머리카락이 달라붙어 있었다. 지방 검시관이기도 한 라젠비 박사가 침대 옆에서 몸을 수그리고 트레실리안 부인의 시신을 살펴보고 있었다.

그가 한숨을 쉬며 몸을 일으켰다.

"더 이상 볼 것도 없습니다. 정면에서 엄청난 힘으로 가격한 것입니다. 첫번째 내리쳤을 때 뼈가 부서졌고 목숨이 끊어졌습니다. 하지만 살인자는 확실히 하기 위해서 다시 한 번 내리쳤어요. 어려운 말 할 것 없이, 정황을 설명하자면 그런 거예요."

"사망 시각은요?"

리치가 물었다.

"10시에서 자정 사이라고 봅니다."

"그보다 더 좁혀서 말씀해 주실 순 없나요?"

"그러지 않는 편이 좋겠습니다. 여러 다른 요인들을 고려해야 하니까요. 요즘은 추정된 사망 시각만으로 용의자를 검거하지는 않습니다. 10시 이전도, 자정 이후도 아니라고 보시면 되겠어요."

"이 골프채가 흉기였던 건가요?"

의사는 골프채를 훑어보았다.

"그럴 수 있습니다. 그런데 범인이 이걸 여기 버려둔 건 다행이 아닐 수 없네요. 상처만 보고서는 흉기가 골프채일 거라고 생각도 못했을 거예요. 상처를 놓고 보면, 골프채의 날카로운 날 부분에 맞은 것이 아닙니다. 구부러진 모서리에 맞은 게 분명해요."

"그렇게 하기는 좀 어렵지 않았을까요?"

리치의 질문에 의사도 동의했다.

"일부러 그러려고 했다면 힘든 일이었겠지요. 그렇습니다. 제가 보기엔, 상당히 우발적으로 그렇게 되지 않았을까 싶습니다."

리치는 두 팔을 들어올리고 있었다. 본능적으로 범행을 재연해보려는 것이었다.

"어정쩡하군요."

의사가 생각에 잠겨 말했다.

"그래요. 상황 전체가 좀 어정쩡합니다. 보시다시피, 부인은 오른쪽 관자놀이를 맞았어요. 하지만 그게 누구든 범인은 침대의 오른편에, 다시 말해 침대 머리맡을 마주보는 위치에 서 있었음에 분명합니다. 왼편에는 공간이 없거든요. 벽과 침대가 거의 붙어 있다시피 합니다."

리치는 의사의 말을 열중해 들었다.

"범인은 그렇다면 왼손잡이겠군요?"

"그건 제가 대답할 수 있는 문제가 아니지요. 함정은 얼마든지 있습니다. 범인이 왼손잡이라는 게 가장 손쉬운 설명이긴 합니다. 하지만 다른 가능성들이 있어요. 가령, 범인이 내려칠 때 부인이 고개를 약간 왼쪽으로 돌렸을 수도 있습니다. 또는 범인이 미리 침대를 옮겨놓았다가, 왼쪽에서 내려친 다음 침대를 제자리에 돌려놓았을 수도 있지요."

"그랬을 것 같지는 않은데요. 두 번째 가능성 말입니다."

"그렇죠. 하지만 그랬을 수도 있다는 겁니다. 이 분야에서 쌓은 경험을 놓고 보건대, 이 경우 범인이 왼손잡이라고 추정하는 것은 지레 수많은 함정을 떠안는 것이나 마찬가지예요."

바닥에 있던 존즈 경사가 한마디했다.

"이 골프채는 보통 흔히 보는 오른손잡이용인데요."

리치가 고개를 끄덕였다.

"그래도 범인은 골프채 주인이 아닐 수도 있으니까. 참, 범인은 남자겠지요, 박사님?"

"반드시 그렇다고는 볼 수 없지요. 흉기가 바로 저 육중한 골프채였다면, 여자라도 강타를 날릴 수 있으니까요."

배틀 총경이 조용한 목소리로 물었다.

"그러니까 흉기가 바로 저것이라고 단정적으로 말할 수는 없다는 것이죠? 아닙니까, 박사님?"

라젠비 박사는 총경에게 흥미롭다는 시선을 잠깐 보냈다.

"예, 그렇게 단정할 수는 없습니다. 확실히 말씀드릴 수 있는 것은 그게 흉기였을 수도 있다는 겁니다. 지금으로서는 그게 실제 흉기였다고 추정해야죠. 묻어 있는 피를 분석해서 부인의 혈액형과 비교해 봐야 합니다. 머리카락도 마찬가지고요."

"그렇습니다. 치밀할수록 좋지요."

배틀 총경이 박사에 대한 신뢰가 담긴 어조로 말했다.

라젠비 박사가 궁금하다는 듯 물었다.

"총경님은 저 골프채가 미심쩍은 모양이십니까?"

배틀은 고개를 가로저었다.

"아, 아닙니다. 아니에요. 저는 단순한 사람입니다. 눈에 보이는 건 그대로 믿는 편입니다. 부인은 뭔가 육중한 것으로 맞았습니다. 저건 육중하군요. 저기엔 피가 묻어 있고 심지어 머리카락이 붙어 있어요. 아마도 부인의 피와 머리카락이겠지요. 그렇다면 저게 흉기일 겁니다."

리치가 물었다.

"피살 당시 부인은 깨어 있었나요, 아니면 잠들어 있었나요?"

"제 소견으로는 깨어 있었습니다. 얼굴에 놀란 표정이 있습니다. 이건 사적인 견해입니다만, 부인은 그런 공격이 있으리라고 예상하지 못했던 것 같습니다. 저항한 흔적이 없고 두려움이나 공포를 느낀 흔적도 없습니다. 현장만 보고 말씀드리자면, 부인은 막 잠에서 깨어 몽롱한 상태에서 상황을 이해할 겨를이 없었거나, 아니면 범인에게 자신을 해칠 의도가 있으리라고는 전혀 생각도 못했던 것 같습니다."

리치가 신중하게 말했다.

"침대 곁의 전등이 켜져 있었는데, 그것 말고는 켜진 등이 없었어요. 그래요. 두 가지 가능성이 있죠. 누가 들어오는 기색에 잠에서 깨면서 켰거나, 그 전부터 켜 둔 상태였거나."

그때 존스 경사가 자리에서 일어섰다. 그는 흡족한 미소를 머금고 있었다.

"골프채에 지문이 남아 있습니다. 아주 선명하군요!"

리치가 깊게 숨을 내쉬었다.

"생각보다 쉽게 풀릴지도 모르겠군요."

"친절한 친구로군. 흉기도 버려두고, 흉기에는 지문을 그대로 남겨두다니. 명함은 두고 가지 않았나 모르겠군!"

라젠비 박사가 말했다.

"어쩌면 전혀 정신이 없었던 것일 수도 있습니다. 그런 범인들도 있어요."

배틀 총경이 말했다.

의사는 고개를 끄덕였다.

"충분히 그럴 수 있지요. 아, 저는 이만 다른 환자를 보러 가야겠습니다."

"다른 환자라니요?"

배틀 총경이 갑자기 관심을 보이며 물었다.

"저는 범행 현장이 발견되기 전에 집사의 청을 받고 왔어요. 트레실리안 부인의 하녀가 오늘 아침 혼수 상태로 발견되었답니다."

"뭐가 잘못된 겁니까?"

"바르비투르산염* 계열 약물을 과다 복용했어요. 상태가 나쁘긴 한데, 회복할 겁니다."

"하녀라고요?"

배틀 총경이 물었다. 그는 황소 같은 두 눈으로 커다란 종 끈을 신중하게 훑어보았다. 죽은 부인의 손 근처 베개 위에 술 달린 손잡이가 내려와 있었다.

라젠비 박사가 고개를 끄덕였다.

"맞습니다. 부인이 위험을 느꼈다면 제일 먼저 했을 일이 바로 그것입니다. 종 끈을 잡아당겨서 하녀를 불렀겠지요. 어쩌면 죽기 직전까지 계속 잡아당겼을지도 모릅니다. 그랬어도 하녀는 듣지 못했을 거예요."

"하녀를 부를 가능성을 차단했던 것이군요."

배틀 총경이 말했다.

"확실합니까? 하녀가 수면제를 상용하지는 않았나요?"

"습관적으로 수면제를 사용하지는 않았던 것이 분명합니다. 방에 전혀 그런 흔적이 없었거든요. 어떻게 그녀가 그 약을 먹었는지도 알아냈어요. 센나** 차였어요. 매일 밤마다 센나 꼬투리를 우린 차를 한 잔씩 마시는 버릇이 있었죠. 약은 그 차 안에 들어 있었습니다."

배틀 총경은 턱을 쓰다듬었다.

------

* 진정제. 최면제. 마취제에 쓰이는 약물로 중추신경계의 기능을 억제한다.

** 콩과 식물. 줄기와 종자를 차로 쓴다.

"으음, 이 집의 사정을 훤히 알고 있는 사람이군. 박사님, 이거 참으로 기이한 살인 사건입니다."

"글쎄요, 그건 당신들이 알아볼 문제이지요."

라젠비 박사가 말했다.

"뛰어난 사람이에요, 라젠비 박사 말입니다."

의사가 방을 나가자 리치가 말했다.

이제 방에는 두 사람만 남아 있었다. 찍어야 할 사진은 모두 찍었고 관련 수치도 모두 기록되었다. 두 경찰은 범행이 저질러진 장소와 관련해 알아야 할 모든 사실을 알았다.

배틀 총경은 조카의 언급에 동의하며 고개를 끄덕였다. 그는 무엇인가 곰곰이 생각하고 있는 듯했다.

"저 지문이 찍힌 다음에, 누군가 장갑을 끼고 저 골프채를 사용했을 수도 있다고 생각하니?"

리치는 고개를 흔들었다.

"그랬을 리가 없어요. 삼촌도 그렇게 생각하시죠? 저걸 손으로 잡아서 흉기로 사용했다면, 지문이 더럽혀지지 않을 도리가 없어요. 하지만 지문은 전혀 손상되지 않았어요. 아주 선명하잖아요. 삼촌도 보셨죠?"

배틀 총경은 조카의 말에 동의했다.

"이제 지문을 채취해야겠다고 정중하게 예의를 갖춰 말할 차례군. 물론 강요하듯이 해선 안 되지. 다들 응해 줄 텐데, 그렇다면 결과는 두 가지야. 이 지문과 일치하는 것이 없거나, 아니면……."

"아니면 범인이 밝혀진다?"

"그렇지. 범인은 여자일 수도 있고."

리치가 고개를 흔들었다.

"아니에요, 여자는 아니에요. 골프채의 지문은 남자의 것이에요. 여자의 지문이라기엔 너무 크죠. 게다가 이건 여자가 저지를 만한 범행이 아니에요."

"그렇지."

배틀 총경이 동의했다.

"남자의 범행일 소지가 커. 잔인하고 남성적이고 힘이 넘치는 데다가 약간은 멍청하기도 해. 이 집에 그런 사람이 있나?"

"아직 이 집 사람들은 아무도 만나 보지 못했어요. 다들 식당에 모여 있습니다."

배틀 총경은 문 쪽으로 걸어갔다.

"가서 만나 보도록 하지."

그는 고개를 돌리고 침대 쪽을 다시 보더니 고개를 흔들며 말했다.

"저 종 끈이 아무래도 수상해."

"뭐가요?"

"맞아떨어지지가 않아."

그는 문을 열면서 덧붙였다.

"누가 부인을 죽이고 싶어 했을까? 꼬장꼬장한 노부인 중에는 곧장 살의를 불러일으킬 만한 사람들도 많지. 하지만 트레실리안 부인은 그런 종류로 보이지 않아. 사람들은 그녀를 좋아했을 거야."

그는 잠깐 말을 멈추었다가 물었다.

"부유하다고 그랬지? 유산을 받게 되는 건 누구지?"

리치는 배틀 총경의 질문에 담긴 뜻을 알아채고 대답했다.

"바로 그거예요! 거기 답이 있을 거예요. 그거야말로 가장 먼저 알아내야 할 사실이겠군요."

아래층으로 이어지는 계단을 내려가면서, 배틀 총경은 손에 들고 있던 명단을 보았다. 그는 소리 내어 읽었다.

"올딘 양, 로이드 씨, 스트레인지 씨, 스트레인지 부인, 오드리 스트레인지 부인. 으흠, 스트레인지 가족이 많은 것 같군."

"두 여자는 스트레인지의 부인들이랍니다."

배틀 총경은 눈썹을 치켜올리며 중얼거렸다.

"뭐야, 그 남자는 푸른 수염*이기라도 한 거야?"

사람들은 둥근 식탁에 모여앉아 식사를 하는 체하고 있었다. 배틀 총경은 자기를 쳐다보는 얼굴들을 날카롭게 살폈다. 자기만의 독특한 방식에 따라 사람들을 재 보는 것이었다. 만일 배틀 총경의 관점을 알았다면 이들은 깜짝 놀랐을 거였다. 그 관점은 철저히 편향된 것이었다. 유죄가 입증되기 전까지는 누구나 무죄로 간주된다고 법에서는 말하지만, 배틀 총경은 언제나 살인 사건에 연루된 사람들 모두를 잠재적 살인자로 간주했다.

그의 시선은 창백한 얼굴로 식탁의 맨 윗자리에 꼿꼿이 앉아 있

----

* 프랑스 전설에 나오는 아내를 여섯이나 죽인 남자.

는 메리 올딘에서 시작해서, 그녀의 옆에 앉아 파이프에 담배를 채우고 있는 토머스 로이드로, 의자를 뒤로 내밀고 오른손으로는 커피 잔을 왼손으로는 담배를 들고 앉아 있는 오드리로, 멍하고 혼란스러운 표정에 떨리는 손으로 담뱃불을 붙이려 하고 있는 네빌로, 화장을 했지만 여전히 창백한 안색으로 식탁에 팔꿈치를 괴고 앉아 있는 케이에게로 옮겨갔다.

배틀 총경의 생각은 이러했다.

'저 사람이 올딘 양이겠군. 냉정하고 유능한 여자겠어. 쉽게 빈틈을 내보일 사람이 아냐. 그 옆에 앉은 남자도 만만치 않아. 한쪽 팔을 못 쓰는군……. 속내를 알기 힘든 얼굴에다 열등감에 시달릴 수도 아닐 수도 있겠군. 저 여자가 부인 중 한 사람인가 보군. 완전히 겁에 질려 있어. 그래, 충분히 겁에 질려 있어. 커피 잔을 들고 있는 자세가 좀 이상하군. 저 사람이 스트레인지야. 전에 어디선가 본 적이 있어. 두려움에 떨고 있군……. 완전히 신경 과민 상태야. 머리가 붉은 저 여자는 보통내기가 아냐……. 성질이 불같겠어. 성질만큼이나 머리도 좋겠군.'

이렇게 그가 사람들을 판단하고 있는 동안 리치 경감은 딱딱한 어조로 짧게 할 말을 끝냈다. 메리 올딘은 모여 있는 사람들의 이름을 하나씩 소개했다.

소개를 끝내며 그녀가 말했다.

"물론 이번 사건은 우리에게 엄청난 충격이었습니다. 하지만 우리가 도울 일이 있다면 기꺼이 도와드리겠습니다."

리치가 골프채를 들어올리며 말했다.

"우선 이 골프채에 대해 조금이라도 아시는 분 계십니까?"

가냘픈 비명을 지르며 케이가 말했다.

"끔찍해라. 그게 바로……?"

그녀는 말을 잇지 못했다.

네빌 스트레인지가 자리에서 일어나 식탁을 돌아 앞으로 나왔다.

"내 것 같아 보입니다. 좀 볼 수 있을까요?"

"이제는 괜찮습니다. 손으로 잡아 보셔도 됩니다."

리치 경감이 말했다. 리치 경감은 '이제'에 힘을 주어 말했지만 좌
중은 그 말에 별다른 반응을 보이지 않았다. 네빌은 골프채를 들고
살펴보았다.

"제 가방에 있던 9번 아이언 중 하나인 것 같습니다. 잠깐이면 확
인해 드릴 수 있습니다. 저하고 같이 가신다면."

두 경찰은 네빌을 따라 계단 아래에 있는 커다란 벽장으로 갔다.
네빌이 열어제친 벽장 속의 광경은, 배틀 총경의 눈에는 이리저리
뒤엉킨 테니스 라켓들로 꽉 차 있는 것처럼 보였다. 순간 배틀 총경
은 전에 어디서 네빌 스트레인지를 보았는지 기억했다. 그는 재빨
리 말했다.

"선생이 윔블던에서 경기하는 걸 본 적이 있습니다."

네빌은 고개를 반쯤 돌렸다.

"아, 그래요. 그랬군요."

그는 라켓 더미를 한쪽으로 밀쳤다. 벽장 속에는 골프 가방 두 개

가 낚시 도구에 기대어 세워져 있었다.

"골프를 치는 사람은 아내와 저뿐입니다. 저게 남자용 골프채입니다. 예, 맞아요. 그건 제 것입니다."

네빌이 설명했다.

그는 자신의 골프 가방을 꺼냈다. 그 안에는 최소한 열네 개의 골프채가 들어 있었다.

리치 경감은 속으로 생각했다.

'운동을 한다는 녀석들은 다 자기가 아주 잘난 줄 안다니까. 이런 녀석의 캐디 노릇은 못할 짓일 거야.'

네빌이 말했다.

"세인트 에스버트에서 구입한 월터 허드슨 9번 아이언입니다."

"고맙습니다, 스트레인지 씨. 이것으로 한 가지 문제는 해결되었군요."

네빌이 말했다.

"도난당한 물건이 전혀 없다는 게 정말 이상합니다. 침입한 흔적도 없다면서요?"

그의 음성에는 당혹감이 묻어 있었지만 두려움에 질린 것 같기도 했다. 배틀 총경은 생각했다.

'이 사람들, 너나 할것 없이 모두 이 사건에 대해 생각하고 있군······.'

"하인들은 모두 정말 착하고 순진한 사람들입니다."

네빌이 말했다.

"하인들에 대해서는 올던 양에게 물어볼 것입니다."

리치 경감이 부드럽게 말했다.

"그건 그렇고, 트레실리안 부인의 변호사가 누구인지 아십니까?"

"애스퀴드 앤드 트렐로니 사무소입니다. 세인트 루에 있지요."

네빌이 즉시 대답했다.

"고맙습니다. 스트레인지 씨. 거길 통하면 트레실리안 부인의 재산 상태에 대해 모두 알 수 있겠지요."

"그러니까 누가 유산을 상속받는지 알아보신다는 건가요?"

"그렇습니다. 유언장과 그 비슷한 것들이죠."

"저도 유언장에 대해서는 모릅니다. 제가 알기로, 아주머니에게 유언장이라고 할 만한 건 아마 없을 겁니다. 아주머니의 재산이 어림하여 어느 정도인지는 말씀드릴 수 있습니다."

"그렇군요, 스트레인지 씨."

"돌아가신 매튜 트레실리안 경의 유언에 따라 재산은 저와 제 아내에게 상속됩니다. 트레실리안 부인에게는 생전에만 소유권이 있을 뿐이었습니다."

"아, 그랬군요?"

리치 경감은 열성적인 수집가가 마음에 드는 물건을 발견했을 때 보일 법한 관심을 기울이며 네빌을 바라보았다. 그의 얼굴을 보고 네빌은 불안하게 움찔했다. 리치 경감은 계속 말을 이었다. 그의 음성은 믿어지지 않게 온화했다.

"액수로 얼마나 되는지는 모르십니까, 스트레인지 씨?"

"바로 여기서 말씀드릴 수는 없습니다. 아마 10만 파운드 정도일 겁니다."

"그렇군요. 내외분이 각자 그만큼 받으시는 건가요?"

"아닙니다. 저희 부부가 합쳐서 받게 되는 거예요."

"알겠습니다. 상당히 거액이군요."

네빌은 미소 지었다. 그는 조용히 말했다.

"아시겠지만, 제 재산도 충분합니다. 돈을 위해 누굴 죽일 생각은 하지 않아도 될 만큼 넉넉합니다."

리치 경감은 자기 말에서 네빌이 그런 유추를 할 수 있다는 데 충격을 받은 표정이었다.

이들은 다시 식당으로 갔다. 리치는 이제 필요한 일에 대해 이야기했다. 수사상의 절차로서 죽은 노부인의 침실에 있지 않았던 사람들을 용의 선상에서 제외하기 위해, 지문을 채취해야 한다는 것이었다. 모두들 기꺼이 거의 열성적으로 나섰다. 지문 채취를 위해 이들은 존스 경사가 작은 롤러를 들고 기다리고 있는 서재로 갔다.

배틀 총경과 리치는 하인들을 상대로 심문을 시작했다.

이들에게서 알아낸 것은 그다지 없었다. 허스톨은 자신의 문단속 방법을 설명하면서 이날 아침 문은 다 그대로였다고 말했다. 침입자가 들어왔다는 흔적은 어디에도 없었다. 현관문은 잠금쇠를 눌러 닫아 두었다고 그는 설명했다. 다시 말하면, 안쪽에서 빗장을 걸어두지는 않았으며 열쇠가 있다면 바깥에서도 문을 열 수 있도록 했다는 뜻이었다. 문을 그렇게 닫았던 것은 네빌이 이스터헤드 베이에 갔고 늦게 돌아올 수도 있기 때문이었다.

"그가 언제 돌아왔는지 아십니까?"

"예. 새벽 2시 30분경이었을 겁니다. 누군가 같이 온 사람도 있었던 듯해요. 이야기하는 소리가 들렸고 차가 움직이는 소리도 들렸습니다. 그 다음에 문이 닫히는 소리가 났고 네빌 씨가 윗층으로 올라갔어요."

"그가 어젯밤에 이스터헤드 베이로 떠난 것은 몇 시였습니까?"

"10시 20분경이었어요. 그때 문이 닫히는 소리를 들었습니다."

리치는 고개를 끄덕였다. 지금으로서는 허스톨에게서 더 이상 알아낼 것이 없는 듯했다. 그는 다른 하인들을 심문했다. 다들 겁에 질리고 불안한 모습이었지만, 이런 상황에서 그 정도의 두려움과 긴장은 자연스런 것이었다.

약간 신경질적인 부엌 하녀가 심문을 마치고 나가자, 리치는 어떻게 하면 좋겠느냐는 표정으로 삼촌을 보았다.

배틀 총경은 말했다.

"그 하녀를 다시 오라고 해. 그 눈 튀어나온 여자 말고 키 크고 마른 체구에 심술 있어 보이는 여자 말야. 그 여자는 뭔가 알고 있어."

엠마 웨일스는 불안이 역력한 모습이었다. 이번에는 우람한 체격에 나이도 많은 남자가 심문에 나섰다는 게 그녀를 두렵게 했다.

"충고를 하나 해 드리죠, 웨일스 양."

배틀 총경이 상냥하게 말했다.

"아시다시피 경찰에게 무엇을 숨기는 건 전혀 도움이 되지 않습

니다. 경찰로서는 숨기는 사람을 수상히 여기게 되지요. 이게 무슨 뜻인지 아시겠습니다만…….'

엠마 웨일스는 거칠게 항의하려 했지만 말은 잘 나오지 않았다.

"제가 언제……, 저는 결코……."

"자, 자."

배틀 총경은 커다랗고 네모진 손을 들어올렸다.

"웨일스 양은 무엇을 보았거나 또는 들었어요. 그게 뭐였지요?"

"들으려고 해서 들었던 건 아니에요. 들을 수밖에 없었던 거예요. 허스톨 씨도 그 소리를 들었을 거예요. 그리고 그게 이 살인 사건과 어떤 관계가 있을 거라고는 생각하지 않아요, 절대로요."

"그렇군요, 관계가 없을 겁니다. 없겠지요. 그게 무엇인지나 말해 보십시오."

"그러니까 막 잠자리에 들려던 참이었어요. 10시가 막 넘은 시각 이었는데, 자려고 하다가 올딘 양에게 탕파*를 갖다주려고 나갔어 요. 여름이건 겨울이건 올딘 양은 탕파를 쓰거든요. 그래서 저는 자 연히 마님의 방 쪽을 지나가야 했지요."

"계속해 봐요."

배틀 총경이 말했다.

"그쪽을 지나가면서 네빌 씨와 마님이 서로에게 맹렬하게 퍼붓는 소리를 들었어요. 언성이 높았는데, 네빌 씨는 거의 고함을 지르다

---

* 잠자리를 따뜻하게 하기 위해 더운물을 채워 자리 밑에 넣어두는 사기나 쇠로 만든 그릇.

시피 했어요. 아, 정말 말다툼이라고 할 수밖에 없는 거였어요!"

"정확히 무슨 말을 들었는지 기억합니까?"

"모르겠어요. 제가 들으려고 해서 들었던 게 아니니까요."

"그렇겠지요. 하지만 몇 마디 알아들은 말은 있을 것 아닙니까?"

"마님께서 뭘 용납할 수 없다던가, 이 집에서 그런 일이 일어나게 할 수는 없다던가 하여튼 뭐라고 하시니까, 네빌 씨가 '앞으로 다시는 그 사람을 헐뜯지 마세요.'라고 하더군요. 네빌 씨는 아주 흥분한 상태였어요."

배틀 총경은 무표정한 얼굴로 다시 한 번 그녀를 다그쳤지만, 더이상 아무 대답도 얻을 수 없었다. 결국 그는 그녀를 내보냈다. 그와 짐은 서로의 얼굴을 바라보았다. 잠시 후, 리치가 말했다.

"지금쯤이면 존스가 지문에 대해 뭔가 알아냈을 것 같은데요."

배틀 총경이 물었다.

"방 수색을 하고 있는 건 누구지?"

"윌리엄스에요. 뛰어난 경찰이죠. 아무것도 놓치지 않을 겁니다."

"사람들의 접근을 차단하고 있지?"

"그럼요. 윌리엄스가 수색을 끝낼 때까지는요."

이때 문이 열리더니 젊은 윌리엄스 형사가 고개를 들이밀었다.

"와서 보셨으면 하는 게 있습니다만. 네빌 스트레인지 씨의 방입니다."

두 사람은 자리에서 일어나 그를 따라 저택의 서쪽에 있는 네빌의 방으로 갔다. 윌리엄스는 바닥에 쌓여 있는 옷 더미를 가리켰다.

감색 양복과 바지, 그리고 양복 조끼였다.

리치가 날카롭게 물었다.

"어디서 찾은 거지?"

"둘둘 뭉쳐서 옷장 바닥에 처박혀 있었어요. 이걸 좀 보세요."

그는 양복을 집어들더니 소매 끝동을 보여주었다.

"검은 자국이 보이죠? 제가 확신하건대, 이건 핏자국입니다. 그리고 여기도 좀 보세요. 소맷자락을 따라 온통 피가 튀어 있어요."

"으음."

배틀 총경이 젊은 형사의 열의에 찬 두 눈을 피하며 말했다.

"네빌에게는 불리한 단서로군. 방에 다른 양복은 없나?"

"진회색 줄무늬 양복이 의자에 걸려 있어요. 여기 세면대 근처 바닥에는 물이 많이 고여 있더군요."

"묻었던 피를 허겁지겁 씻어 냈다는 뜻인가? 그럴 수도 있지. 그런데 세면대는 열린 창문 근처에 있으니, 비가 들이쳤던 것일 수도 있겠군."

"바닥에 물이 이렇게 고일 정도로 들이칠 수는 없습니다. 아직 마르지도 않았어요."

배틀 총경은 말없이 있었다. 그의 눈앞에 하나의 영상이 펼쳐졌다. 손과 소매에 피가 묻은 남자가 들어온다. 되는 대로 옷을 벗는다. 피 묻은 옷을 둘둘 뭉쳐 옷장 속에 집어넣고 물을 틀어 미친 듯이 팔과 손을 씻는다.

그는 고개를 돌려 다른 쪽 벽에 있는 문을 보았다.

윌리엄스가 그의 심중에 있는 질문에 답했다.

"스트레인지 부인의 방입니다, 총경님. 문은 잠겨 있어요."

"잠겼다고? 이쪽에서?"

"아뇨. 안쪽에서 잠겼어요."

"그녀의 방 쪽에서 잠겼다는 게로군?"

배틀 총경은 잠시 생각에 잠겨 있었다. 마침내 그가 말했다.

"그 늙은 집사를 다시 불러와야겠어."

허스톨은 안절부절못했다. 리치가 망설임 없이 다그쳤다.

"허스톨 씨, 간밤에 스트레인지 씨와 트레실리안 부인 사이에 말다툼이 있었다는 사실을 왜 우리에게 말하지 않았습니까?"

늙은 집사는 눈을 끔벅였다.

"그 일에 대해서는 다시 생각도 해 보지 않았습니다. 말다툼이라고 할 만한 것도 아니었어요. 유쾌한 의견 차이 정도였지요."

'유쾌한 의견 차이라니, 맙소사!' 하고 말하고 싶은 유혹을 참으며 리치는 말을 이었다.

"어제 저녁 식사 때 스트레인지 씨는 무슨 양복을 입고 있었죠?"

허스톨이 망설였다. 배틀 총경이 조용히 말했다.

"감색이었습니까, 아니면 회색 줄무늬였습니까? 기억이 안 나신다면 다른 분에게 물어봐도 되겠습니다만."

허스톨이 입을 열었다.

"기억 납니다, 총경님. 감색이었어요. 이곳 분들은······."

그가 위엄을 잃지 않으려 애쓰며 말을 이어갔다.

"여름 몇 달 동안은 저녁이 되어도 야회복으로 갈아입지 않는 습관이 있습니다. 저녁 식사가 끝나면 함께 밖으로 나갈 때가 많기 때문입니다. 정원으로 나가기도 하고 방파제로 나가기도 합니다."

배틀 총경은 고개를 끄덕였다. 허스톨이 방을 나갔다.

그가 나가는 사이 존스 경사가 문간으로 들어섰다. 그는 흥분된 표정이었다.

"다 끝났습니다, 총경님. 지문을 채취했어요. 흉기에 남은 것과 일치하는 것은 단 한 사람입니다. 물론 지금으로서는 대략적인 비교이지만 꼭 맞아떨어진다고 확신합니다."

"그런가?"

배틀 총경이 말했다.

"골프채에 있던 지문은 네빌 스트레인지 씨의 것이었습니다, 총경님."

배틀 총경은 의자에 몸을 기댔다.

"그렇다면 사건이 해결되는 것인가 보군, 안 그런가?"

IV

그들은 서장실에 있었다. 세 남자의 얼굴에는 근심 어린 표정이 무겁게 깔려 있었다.

미첼 서장이 한숨을 쉬며 말했다.

"글쎄, 그렇다면 그를 체포하는 수밖에 없겠군요?"

리치가 조용히 말했다.

"그런 것 같습니다, 서장님."

미첼 서장은 고개를 돌려 배틀 총경을 보았다.

그가 친절하게 말했다.

"기운 내세요, 총경님. 죽마고우가 죽은 것도 아니지 않습니까?"

배틀 총경이 한숨을 쉬었다.

"뭔가 이상합니다."

"이상하다고 생각하지 않는 사람은 이중에 없습니다. 하지만 영장을 신청해도 될 만큼 충분한 증거를 확보했어요."

미첼 서장이 말했다.

"충분하고도 넘칩니다."

배틀 총경이 말했다.

"영장을 신청하지 않는다면, 모두들 이유가 뭐냐고 따질 거예요."

배틀 총경은 울적한 표정으로 고개를 끄덕였다.

서장이 말했다.

"다시 검토해 봅시다. 일단 범행 동기를 포착했어요. 스트레인지 내외는 노부인이 죽게 되면 거액의 유산을 상속받게 됩니다. 생전에 부인을 마지막으로 보았던 사람이 스트레인지예요. 그리고 그가 부인과 싸우는 소리를 들은 사람들이 있습니다. 그날 밤 그가 입었던 양복에는 핏자국이 묻어 있고요. 게다가 무엇보다 결정적인 것은 실제 흉기에서 그의 지문이 발견되었다는 것이지요. 흉기에는 그의 지문 말고는 그 누구의 지문도 묻어 있지 않았어요."

"하지만 미심쩍다고 생각하는 건 서장님도 마찬가지 아니십니까."

배틀 총경이 말했다.

"미심쩍은 구석은 없다고 생각할 수 있으면 얼마나 좋겠습니까?"

"정확히 어떤 면이 이상하다고 생각하시죠, 서장님?"

미첼 서장은 코를 문질렀다.

"바보가 아니고서야 이 정도로 확실한 증거를 남겨놓겠느냐는 것이겠지요? 하지만 그런 바보 같은 범인들이 드물지는 않습니다."

"맞습니다. 저도 알아요. 그렇지 않다면 경찰들은 늘 당하기만 하겠지요."

배틀 총경이 리치에게 말했다.

"자네는 어떤 부분이 미심쩍은 거지?"

리치는 우울하게 서성이고 있었다.

"저는 스트레인지 씨가 늘 마음에 들었어요. 여기 있으면서 벌써 몇 년 동안 가끔 그를 볼 수 있었죠. 괜찮은 신사인 데다가 운동 선수입니다."

"글쎄, 그건 좀 이상하구나."

배틀 총경이 천천히 말했다.

"뛰어난 테니스 선수라고 해서 살인자가 되지 말라는 법은 없지. 그래선 안 될 이유가 전혀 없어."

그가 말을 멈추었다.

"제가 이상하게 보는 건 그 골프채입니다."

"골프채라고요?"

미첼 서장이 다소 어리둥절해하며 물었다.

"그렇습니다. 그게 아니면, 그 종입니다. 그 종이나 9번 아이언 골프채예요. 둘 다는 아닙니다."

그는 천천히 신중한 어조로 말을 계속했다.

"범행은 실제로 어떻게 저질러졌을까요? 스트레인지 씨가 방으로 들어갔다. 말다툼을 벌였다. 격분했다. 그래서 골프채로 그녀의 머리를 내려쳤다? 만일 그렇다면, 그리고 그게 사전에 계획된 것이 아니었다면, 어떻게 그는 그 골프채를 갖고 있었을까요? 이건 저녁 시간에 들고 다닐 만한 물건이 아닙니다."

"스윙을 연습하던 중이었던가, 뭐 그럴 수도 있지요."

"그랬을 수도 있습니다. 하지만 아무도 그런 이야길 하지 않았어요. 그가 연습하는 걸 아무도 보지 못했습니다. 그가 손에 9번 아이언을 들고 있는 모습을 마지막으로 보인 것은, 약 일주일 전 모래밭에서 샌드샷을 연습했던 때였습니다. 여기서는 단 두 가지 설명만이 가능합니다. 말다툼이 있었고 그가 격분했다. 그런데 잠깐, 저는 테니스장에서 경기하는 그의 모습을 본 적이 있습니다. 토너먼트 경기에서 테니스 스타들은 모두 곧잘 흥분하고 신경을 곤두세우곤합니다. 신경이 날카로워진 상태에서 거친 모습을 보이는 일이 드물지 않습니다. 하지만 제가 알기로 스트레인지 씨는 한 번도 흐트러진 모습을 보인 적이 없습니다. 자제력이 엄청난 사람이라고 말해야겠지요. 대부분의 사람들보다 훨씬 자제력이 뛰어날 겁니다. 그런데도 여기서 우리는 그가 격분하여 정신을 잃고 제대로 움직이지도 못하는 노부인의 머리를 내려쳤다고 추정하고 있어요."

"다른 설명이 있다고 하셨잖아요, 총경님."

"그렇습니다, 서장님. 범행이 사전에 계획된 것이라는 가설이죠. 그는 노부인의 돈을 노렸습니다. 이렇게 본다면 종을 설명할 수 있지요. 하녀에게 약물을 먹였던 것일 테니까요. 그러나 이것은 골프채와 말싸움을 설명하지 못해요! 그녀를 죽이기로 마음먹었다면 그는 그녀와 싸우는 일이 없도록 매우 조심했을 겁니다. 하녀에게 약을 먹이고 밤에 노부인의 방에 몰래 들어가 머리를 내려친 다음 강도 사건으로 위장할 수 있었을 거예요. 골프채는 깨끗이 닦아서 원래 있던 자리에 놓았겠지요! 이게 다 맞지가 않는다는 것입니다, 서장님. 이 사건에는 냉정한 사전 계획과 우발적인 폭력이 뒤섞여 있습니다. 하지만 이 둘은 뒤섞일 수가 없는 겁니다!"

"일리가 있는 말씀입니다, 총경님. 그렇다면 대안이 뭐지요?"

"아무래도 수상한 것이 그 골프채입니다, 서장님."

"네빌의 지문을 망가뜨리지 않고서야 아무도 그걸로 노부인의 머리를 내려치지 못했을 텐데요. 그건 확실하지 않습니까?"

배틀 총경이 말했다.

"이 경우에 노부인은 다른 것으로 맞았다고 가정해 볼 수도 있습니다."

미첼 서장은 크게 숨을 들이쉬었다.

"그건 좀 지나친 가정이 아닐까요?"

"얼마든지 가능하다고 생각합니다. 스트레인지가 골프채로 부인을 내려쳤거나 아니면 아무도 그렇게 한 사람이 없다거나, 둘 중 하나입니다. 나는 아무도 그렇게 한 사람이 없다는 쪽이 훨씬 설득력이 있다고 봅니다. 범인은 골프채에 피와 머리카락을 묻힌 다음 그 방에 일부러 갖다놓은 것이지요. 라젠비 박사도 골프채가 어쩐지 수상하다고 여기더군요. 그게 흉기라고 인정한 것은, 흉기로 사용되었다는 흔적이 너무도 명백한 데다 그게 사용되지 않았다고 단정 지을 증거가 아무것도 없었기 때문입니다."

미첼 서장은 의자에서 뒤로 몸을 기댔다.

"계속해 보세요, 배틀 총경님. 총경님의 자유 재량으로 수사를 진행하도록 하겠어요. 다음에 할 일은 무엇이지요?"

"일단 골프채를 제쳐 두고 생각해 봅시다. 남는 게 무엇이지요? 일단, 동기가 있습니다. 네빌 스트레인지에게 트레실리안 부인을 살해할 진정한 동기가 있을까요? 그는 유산을 상속받습니다. 제가 보기에 살인의 동기 여부는, 상당 부분 그가 얼마나 돈이 필요했느냐에 달려 있습니다. 그는 돈이 필요하지 않았다고 말합니다. 그 부분을 확인해 보아야겠지요. 그의 재정 상태를 파악해야 합니다. 재정적으로 궁지에 몰려 급히 돈이 필요한 상황이라면, 그는 아주 강력한 용의자가 될 겁니다. 하지만 그의 말이 사실이며 재정 상태가 좋다면, 그렇다면……."

"그렇다면?"

"그렇다면 그 집의 다른 사람들이 가졌을 동기를 알아봐야 할 겁니다."

"총경님은 그럼 네빌 스트레인지가 함정에 **빠졌다고** 생각하시는 건가요?"

배틀 총경은 눈을 가느다랗게 떴다.

"어디선가 보고 무릎을 치며 감탄했던 표현이 있어요. 섬세한 이탈리아 인의 손에 대한 것이었죠. 제가 이 사건에서 보고 있는 것이 바로 그것입니다. 겉보기로는 난폭하고 잔인하며 단순한 범죄입니다만, 그 너머에 무엇인가가 어른거립니다. 배후에서 움직이는 섬세한 이탈리아 인의 손이라고 할까요……."

서장이 배틀 총경의 얼굴을 바라보고 있는 동안 긴 침묵이 흘렀다. 그가 마침내 말했다.

"총경님의 말이 맞을지도 몰라요. 젠장, 이 사건엔 분명히 수상한 데가 있어. 총경님, 수사 방향을 이제 어떻게 잡아야겠습니까?"

배틀 총경은 자신의 네모진 턱을 쓰다듬었다.

"글쎄요. 저는 언제든 분명한 방식으로 일처리하는 것을 선호합니다. 상황은 네빌 스트레인지에게 혐의를 둘 수밖에 없게끔 되었습니다. 계속 그에게 혐의를 두도록 합시다. 실제로 구속을 할 필요까지야 없겠지만, 그럴 가능성이 있다고 암시하고, 그를 심문한 다음 불시에 허를 찔러 보는 것입니다. 그리고 사람들이 이에 어떻게 반응하는지 관찰하는 것입니다. 그의 말을 검증하고 그날 밤 그의 행적을 하나도 빠짐없이 추적해야 합니다. 사실, 우리의 입장을 분명히 보여 주는 것이죠."

미첼 서장이 눈을 반짝이며 말했다.

"상당히 마키아벨리적인 전략이군요. 스타 배우 배틀이 고압적인 경찰을 연기하는 것 같습니다."

총경은 웃음을 지었다.

"저는 늘 제가 잘할 수 있는 방식대로 일하기를 좋아합니다. 이번에는 좀 느긋하게 임하고 싶습니다. 시간을 끄는 거지요. 냄새를 좀 맡아보고 싶습니다. 네빌 스트레인지 씨에게 혐의를 두고 있다는 사실이 냄새를 맡고 다니는 데 좋은 구실이 될 것입니다. 아시겠지만, 그 집에서는 뭔가 좀 묘한 일이 진행 중이었다지요?"

"그 삼각 관계에 대해 알아볼 생각이십니까?"

"그렇게 표현할 수도 있겠습니다, 서장님."

"나는 상관하지 않겠습니다, 배틀 총경님. 총경님과 리치 경감이 알아서 하십시오."

"고맙습니다, 서장님."

배틀 총경이 일어섰다.

"변호사들에게서는 뭔가 좀 알아내셨습니까?"

"별것 없습니다. 전화를 했어요. 트렐로니는 잘 아는 친구인데, 매튜 경의 유언장과 트레실리안 부인의 유언장 사본을 보내 주겠다고 했습니다. 부인이 자기 몫으로 받았던 연수입은 500파운드인데, 우량 증권에 투자했더군요. 배레트에게 좀 남겨 주고 허스톨에게도 약간 떼어 주고 나머지는 모두 메리 올딘에게 간다고 합니다."

"주시해야 할 세 사람이군요."

배틀 총경이 말했다.

미첼 서장은 흥미롭다는 표정을 띠었다.

"혐의를 두기엔 액수가 너무 보잘것없지 않습니까?"

"거액의 돈, 가령 5만 파운드 정도는 걸려 있어야 살인을 저지를 것이라고 생각할 필요는 없습니다."

배틀 총경이 우직하게 말했다.

"50파운드도 안 되는 돈 때문에 일어나는 살인 사건도 많으니까요. 중요한 건 얼마나 간절히 그 돈을 원하느냐입니다. 배레트 양에게도 돌아올 유산이 있다. 그렇다면 그녀는 혐의를 피하기 위해 스스로 약물을 마셨을 수도 있는 겁니다."

"그 여자는 완전히 의식을 잃은 상태였어요. 라젠비 박사는 아직까지도 심문을 허락하지 않고 있습니다."

"몰랐기 때문에 과용한 것일 수도 있지요. 게다가 우리가 이유는 알 수 없지만 허스톨 씨도 급히 현금이 필요한 사정이 있었을 수 있습니다. 그리고 올딘 양도 자기 몫의 재산이 한 푼도 없었다면, 너무 늦기 전에 좀 넉넉한 수입으로 인생을 즐기고 싶다는 생각을 했을 수 있지요."

서장은 미심쩍다는 표정을 지었다.

"글쎄요. 어쨌든 이제 두 사람의 일입니다. 잘해 보십시오."

V

걸즈 포인트로 돌아와서, 두 경찰은 윌리엄스와 존스로부터 보고를 들었다.

침실에서는 의심스러운 것이 아무것도 발견되지 않았다. 하인들은 집안일을 재개할 수 있도록 해 달라고 법석을 피우고 있다. 그렇게 하도록 해도 되겠는가?

"아직은 그러지 않는 게 좋겠군."

배틀 총경이 말했다.

"일단 나는 이삼 층을 둘러보도록 하겠네. 아직 치우지 않은 방들이 그 방에 살고 있는 사람들에 대해 쓸모 있는 정보를 줄 때가 아주 많지."

존스 경사가 판지로 된 작은 상자를 탁자 위에 올려놓았다.

"네빌 스트레인지 씨의 감색 양복에서 발견된 것입니다. 붉은색 머리카락은 소매 끝부분에 붙어 있었고, 금발 머리카락은 목깃 안쪽과 오른쪽 어깨에 있었어요."

배틀 총경은 두 가닥의 긴 붉은색 머리카락과 예닐곱 가닥은 되는 금발 머리카락을 집어들고 살펴보았다. 눈을 반짝이며 그가 말했다.

"아주 편리하군. 이 집에는 금발, 붉은색 머리카락, 갈색 머리카락이 모두 한 사람씩 있지 않은가. 그러니 이게 누구인지 대번에 알 수 있어. 소매에는 붉은색 머리카락, 목깃에는 금발? 네빌 스트레인지 씨는 정말 푸른 수염 같은 사람이군. 한 팔로는 한 아내를 껴안고 다른 아내는 어깨에 기대게 하고."

"소매에 묻었던 피는 감식을 요청했습니다. 결과가 나오는 대로 전화가 올 것입니다."

리치가 고개를 끄덕였다.

"하인들은 어떤가?"

"지시대로 했습니다. 해고될 예정이었던 사람도 없었고, 노부인에게 원한을 가질 만한 사람도 아무도 없었습니다. 엄격하긴 했지만, 하인들이 좋아했던 부인이었어요. 어쨌거나 하인 관리는 올딘 양의 소임이었습니다. 이 여자도 하인들 사이에 평판이 좋은 듯합니다."

배틀 총경이 말했다.

"처음 보는 순간부터 유능한 여자라고 생각했지. 그 여자가 범인이라면 쉽게 걸려들지 않을 걸세."

존스 경사는 놀란 듯했다.

"하지만 총경님, 골프채에 있던 지문은……."

"알아, 알아."

배틀 총경이 말했다.

"의심할 여지 없이 스트레인지 씨의 지문이겠지. 운동 선수라면 우수한 두뇌와는 인연이 없다는 생각이 널리 퍼져 있는데, 그건 사실이 아닐세. 사실 나는 네빌 스트레인지가 완전히 바보일 거라고 생각하지는 못하겠거든. 하녀가 먹는다는 센나 차에 대해서 알아낸 것은 있나?"

"항상 3층에 있는 하인들의 욕실 선반에 두었다고 합니다. 낮 동안엔 물에 담가 두는데, 어제 그녀가 잠자리에 들 때까지 그 자리에 있었답니다."

"그렇다면 아무나 손을 댈 수 있었다는 뜻이로군! 이 집에 있는 사람 누구나 말이지."

리치가 확신에 차서 말했다.

"역시 내부인의 짓이었군요!"

"그래, 나도 그렇게 생각해. 그렇다고 밀실 범죄였다는 건 아니지만. 밀실 범죄는 아냐. 열쇠만 있다면 누구든 현관문을 열고 들어올 수 있었어. 간밤에 네빌 스트레인지에게는 열쇠가 있었지. 하지만 열쇠가 없었더라도 현관문을 열고 들어오는 것이 어려운 일은 아니었을 거야. 노련한 사람이었다면 철사 한 가닥으로도 열 수 있었겠지. 하지만 종에 대해서 알고 있는 외부인, 배레트가 밤마다 센나 차를 마신다는 사실을 알고 있는 외부인이 있을 것 같지는 않아! 그런 것은 집안사람들만 알고 있는 사실이지!

짐, 따라와라. 올라가서 욕실과 나머지 방들을 조사해 보자."

이들은 3층부터 조사를 시작했다. 맨 먼저 들어간 골방은 낡고 부서진 가구와 온갖 잡동사니들로 꽉 차 있었다.

"이 방은 충분히 조사하지 않았습니다, 총경님. 몰랐습니다."

존스가 말했다.

"뭘 찾아내야 할지 몰랐다는 것인가? 그랬겠군. 시간만 낭비했을 거야. 바닥에 깔린 먼지로 보건대 최소한 6개월 간 사람의 출입이 없었던 방일세."

하인들의 방은 모두 3층에 있었고, 그 외에 욕실이 하나 딸린 사용하지 않는 침실이 두 개 있었다. 배틀 총경은 각 방들을 대강 살펴보았다. 그는 눈이 튀어나온 하녀, 앨리스가 잘 때 침실 창문을 닫는다는 사실을 알아챘고, 비쩍 마른 엠마는 서랍장 위에 꽉 차게 사진들을 늘어놓은 것으로 보아 친척들이 아주 많다는 사실을 간파했으며, 허스톨에게는 금이 가긴 했지만 훌륭한 드레스덴 자기와 영국 더비산 자기가 있다는 것을 알았다. 요리사의 방은 지나칠 만큼 깔끔했고 부엌 하녀의 방은 정신없이 어질러져 있었다. 계속해서 배틀 총경은 계단 머리에서 가장 가까운 방인 욕실로 들어갔다. 윌리엄스가 세면대 위에 있는 기다란 선반을 가리켰다. 선반 위에는 양치질용 컵과 칫솔, 여러 개의 연고와 소금 병, 두발용 화장품 등이 늘어서 있었다. 한쪽 끝에는 센나 꼬투리 한 다발이 동여맸던 끈이 풀린 채 놓여 있었다.

"컵이나 여기 센나 다발에 지문은 없었나?"

"하녀의 것밖에는 없었습니다. 지문은 그녀의 방에서 채취했습니다."

"범인은 컵을 만질 필요도 없었어요. 컵 안에 약만 떨어뜨리면 되었을 테니까요."

리치가 말했다.

배틀 총경이 먼저 계단을 내려갔고 리치가 그 뒤를 따랐다. 계단의 중간쯤 어울리지 않는 위치에 창이 하나 있고, 끝에 갈고리가 달린 장대가 구석에 세워져 있었다.

"맨 위에 난 창을 끌어내릴 때 저걸 쓰는 거예요. 도난 방지 걸쇠가 있는 창이에요. 내려 봤자 조금밖에 안 내려오거든요. 그리로 들어오기엔 열린 틈새가 너무 좁죠."

리치가 설명했다.

"누가 그리로 들어오리라는 생각은 하고 있지 않았어."

배틀 총경이 말했다. 그의 눈은 생각에 잠겨 있었다.

그는 다음 층에 있는 첫 번째 침실, 오드리 스트레인지의 방으로 들어갔다. 깔끔하고 상쾌한 방이었다. 화장대 위에는 상아로 만든 빗이 놓여 있었고 흐트러진 채 있는 옷은 하나도 없었다. 배틀 총경은 옷장 속을 들여다보았다. 수수한 외투와 치마가 두 벌, 야회복이 두세 벌, 그리고 여름 원피스가 한두 벌 있었다. 싼 것들도 있었고 값비싼 맞춤 옷도 있었지만 새 옷은 없었다. 배틀 총경은 고개를 끄덕였다. 그는 잠시 책상 옆에 서서 압지대 왼쪽에 놓인 펜꽂이를 만지작거렸다.

윌리엄스가 말했다.

"압지나 휴지통이나 흥미를 끌 만한 것은 없군요."

배틀 총경이 말했다.

"맞는 말일세. 이 방엔 볼 것이 없어."

이들은 다른 방으로 갔다.

토머스 로이드의 방은 정돈되어 있지 않았다. 옷들이 여기저기서 뒹굴고 있었고, 파이프와 파이프에서 나온 재들이 탁자 위와 침대 옆에 흩어져 있었다. 침대 옆에 가운데쯤에서 펼쳐진 채 놓여 있는 책은 키플링의 소설 『킴』이었다.

"나가고 난 뒤, 원주민 하인들이 청소해 주는 데 익숙해져 있어. 예전 명작들을 즐겨 읽는군. 보수적인 유형이야."

배틀 총경이 말했다.

메리 올딘의 방은 작지만 아늑했다. 배틀 총경은 책장에 꽂힌 여행 서적들을 둘러보고, 빗살 모양이 고풍스런 은제 빗을 보았다. 방안의 가구들이나 배색은 이 집의 다른 방들에 비해 현대적이었다.

"올딘 양은 그렇게 보수적인 사람은 아냐. 사진도 없어. 과거에 연연하는 유형이 아니야."

배틀 총경이 말했다.

그 밖에 손님들을 위해 말끔히 정리된 서너 개의 빈 방과 두 개의 욕실이 있었다. 다음은 트레실리안 부인이 썼던 커다란 침실이었다. 그런 다음 작은 계단을 세 단 내려가자 스트레인지 부부가 쓰고 있는 욕실이 하나 딸린 두 개의 방이 나왔다. 배틀 총경은 네빌의 방에서 많은 시간을 허비하지 않았다. 그는 열려 있는 여닫이 창의 바깥을 내다보았다. 창의 아래는, 바다가 내려다보이는 깎아지른 듯한 바위 절벽이었다. 창에서 보이는 전망은 서쪽 방향, 스타크 헤드 쪽이었다. 스타크 헤드는 거칠고 위압적인 자세로 바다 위에 솟아 있었다.

배틀 총경이 중얼거렸다.

"오후에는 햇빛이 들어오지만 아침 풍경은 상당히 스산하겠어. 썰물일 때는 역겨운 해초 냄새가 나겠고. 저 곳은 정말 살풍경하군. 자살자들을 매혹하기에 충분해!"

그는 더 큰 방으로 들어갔다. 큰 방으로 들어가는 문은 잠금쇠가 풀려 있었다. 그 방은 아무렇게나 어질러져 있었다. 여기저기 속이 들여다보이는 속옷, 스타킹, 입어 보았다가 벗어 던져 둔 상의 등이 산더미같이 쌓여 있고 무늬가 들어간 여름 원피스가 의자 등받이에 아무렇게나 걸쳐져 있었다. 배틀 총경은 옷장을 들여다보았다. 모피 옷, 야회복, 반바지, 테니스복, 운동복 등으로 가득 차 있었다. 총경은 거의 숭배하는 태도로 옷장 문을 닫았다.

그가 말했다.

"사치스런 취향이야. 남편이 돈깨나 쓰게 만들겠어."

리치가 암울한 어조로 말했다.

"아마도 그래서……."

그는 말을 맺지 않았다.

"그래서 네빌은 10만, 아니 5만 파운드가 필요했다? 그럴 수도 있지. 여기에 대해선 네빌이 뭐라 말하는지 들어봐야겠어."

이들은 서재로 내려갔다. 배틀 총경은 윌리엄스를 보내 하인들에게 집안일을 다시 시작해도 좋다고 이르도록 했다. 사람들은 원한다면 각자의 방에 들어가도 되었다. 이 사실을 통보한 후 리치 경감이 한 사람씩 따로 면담을 하기로 했다. 맨 처음 면담 대상은 네빌 스트레인지로 정했다.

윌리엄스가 방을 나가고 나서, 배틀 총경과 리치는 육중한 빅토리아식 탁자 뒤에 자리를 잡았다. 한쪽 구석에 젊은 경찰 한 사람이 공책과 연필을 준비하고 앉았다.

배틀 총경이 말했다.

"네가 먼저 시작하도록 하지, 짐. 깊은 인상을 남길 수 있도록 해봐."

리치가 고개를 끄덕이자 배틀 총경은 턱을 쓰다듬으며 인상을 찡그렸다.

"젠장, 왜 자꾸 에르퀼 푸아로가 생각나는지 그 이유를 알았으면 좋겠는데 말이지."

"그 벨기에 노인네, 익살맞고 땅딸막한 그 사람을 말씀하시는 건가요?"

"익살맞다니, 무슨 소리야? 검은 맘바 독사나 암표범만큼이나 날쌘 사람이야. 겉보기로야 얼토당토않은 말을 늘어놓지만 진정한 그의 모습은 바로 그것이라고! 그가 여기 있었으면 좋겠어. 그라면 이런 사건쯤 금세 해결할 텐데."

"어떻게요?"

"심리학이지. 진짜 심리학 말이야. 아무것도 모르는 사람들이 마음대로 지껄이는 천박한 얘기들이 아니라 말이야."

앰프리 교장과 실비아 사이에 있었던 일을 기억하며 그는 잠시 분노를 느꼈다.

"그런 협잡이 아니라 진정한 심리학이지. 어떤 일이 일어나게끔 한 진짜 이유가 무엇인지 아는 것. '살인자로 하여금 계속 말하도록 하라.' 이것이 그의 원칙 중 하나야. '그게 누구든 진실을 털어놓게 되는 것은 시간 문제다. 왜냐하면 거짓말을 하는 것보다 진실을 말하는 것이 결국엔 더 쉬운 일이기 때문이다.' 그는 이렇게 말하지.

범인들은 별로 중요하지 않다고 생각하는 부분에서 사소한 실수를 하게 돼. 바로 그런 실수를 통해 범인은 자신을 드러내는 거야."

"그렇다면 삼촌은 네빌이 계속 무슨 말이든 하게 내버려 두실 건가요?"

배틀은 방심한 표정으로 고개를 끄덕였다. 그러고는 아리송하면서도 짜증이 난다는 투로 덧붙였다.

"하지만 정말 궁금한 건 이거야. 무엇이 계속 에르퀼 푸아로를 생각하게 만드는가? 2층. 그건 2층에 있었어. 그런데 거기서 내가 무엇을 보았기에 계속 그 땅딸막한 영감이 생각나는 거지?"

네빌 스트레인지가 들어오면서 두 사람의 대화는 여기서 끝이 났다. 그는 창백하고 근심이 서린 표정이었지만, 아침 식탁에서보다는 훨씬 안정되어 보였다. 배틀 총경은 날카롭게 그를 훑어보았다. 범행의 도구에 자신의 지문을 남겼다는 사실을 알고 있는 사람으로서, 또 경찰에 의해 지문을 채취당한 사람으로서, 격심한 불안도 억지로 태연한 체하려는 태도도 내보이지 않는다는 건 놀라울 따름이었다.

충격과 우려, 슬픔을 내보이면서도 네빌 스트레인지의 모습은 자연스러웠다. 긴장과 불안이 있다면 아주 약간, 이런 상황에서라면 당연한 정도에 불과했다.

짐 리치가 서부 지방 특유의 유쾌한 어조로 말했다.

"몇 가지 질문에 대답해 주셨으면 합니다, 스트레인지 씨. 어젯밤 당신의 행적과 그 밖에 몇몇 특정 사실들에 대한 것입니다. 원하지 않으면 이 질문들에 대답하지 않으셔도 됩니다. 대답하기를 원치 않으시는 경우, 변호사를 배석시킬 수 있습니다."

그는 몸을 뒤로 젖히고 네빌이 이 말에 어떻게 반응하는지 보았다. 네빌 스트레인지는 그저 어리둥절한 표정이었다.

'우리가 무슨 말을 하는 건지 전혀 알지 못하거나 아니면 아주 빈틈 없이 연기를 하고 있어.'

리치가 속으로 생각했다. 네빌이 대답을 하지 않았으므로 그는 입을 열어 그를 재촉했다.

"자, 스트레인지 씨?"

네빌이 말했다.

"물론입니다. 알고 싶은 건 무엇이든 물어보세요."

배틀 총경이 상냥하게 말했다.

"스트레인지 씨, 여기서 당신이 하는 진술은 모두 기록되며 법정에서 증거로 제출될 수 있다는 점을 주지하셔야 합니다."

순간 스트레인지의 얼굴에 불꽃 같은 분노의 표정이 떠올랐다. 그는 날카롭게 물었다.

"지금 저를 협박하는 겁니까?"

"아닙니다, 스트레인지 씨. 경고를 하는 겁니다."

네빌은 어깨를 으쓱했다.

"당신네들 수사 절차상의 일부겠지요. 계속해 보십시오."

"진술할 준비가 되셨습니까?"

"당신들이 쓰는 말이 그거라면."

"그렇다면 어젯밤 당신이 한 일이 정확히 무엇인지 말씀해 주시겠습니까? 그러니까 저녁 식사를 마친 다음부터 말입니다."

"좋습니다. 저녁 식사 후에 우리는 거실로 갔습니다. 거기서 커피를 마셨어요. 라디오를 들었는데 뉴스와 기타 등등이었습니다. 그 다음에 저는 이스터헤드 베이 호텔로 가서 거기 묵고 있는 사람을 만나 보기로 마음먹었어요. 제 친구입니다."

"그 친구의 이름은?"

"라티머. 에드워드 라티머입니다."

"절친한 사이입니까?"

"아, 그럭저럭입니다. 그 친구가 여기 내려온 다음부터 자주 만났습니다. 그 친구가 여기 점심이나 저녁을 먹으러 오기도 했고 우리가 그쪽으로 가기도 했습니다."

배틀 총경이 말했다.

"이스터헤드 베이에 가기엔 좀 늦은 시각이었죠. 아니었나요?"

"아, 거긴 누구나 신나게 노는 뎁니다. 24시간 내내 불이 꺼지지 않는 곳입니다."

"하지만 이곳 사람들은 일찍 잠자리에 드는 편이지요. 그렇지 않은가요?"

"예, 대체로 그렇습니다. 하지만 저는 열쇠를 갖고 나갔습니다. 아무도 자지 않고 저를 기다릴 필요가 없었어요."

"부인이 함께 가겠다고 하지 않았나요?"

네빌에게 약간의 변화가 있었다. 그의 말투가 경직되었다.

"아뇨. 안사람에게는 두통이 있었습니다. 이미 자러 올라간 상태였어요."

"계속 말씀해 보십시오, 스트레인지 씨."

"저는 막 제 방으로 올라가서 옷을 갈아입……."

리치가 말을 가로막았다.

"잠깐만요, 스트레인지 씨. 무얼 갈아입었다는 것이죠? 야회복으로 갈아입었다는 건가요, 아니면 야회복을 벗고 다른 옷을 입었다는 뜻인가요?"

"둘 다 아닙니다. 저는 감색 양복을 입고 있었는데, 제 옷 중에 가장 좋은 것이에요. 비가 내리고 있었는데 나룻배를 타고 가서 나머지는 걷기로 했어요. 아시다시피 그 거리가 1킬로미터 정도 됩니다. 그래서 저는 낡은 옷으로 갈아입었습니다. 회색 줄무늬 양복이었습니다. 이런 것까지 밝혀야 하는 것인가 싶긴 합니다만."

"무엇이든 분명히 하는 편이 좋습니다. 계속 말씀해 보십시오."

리치가 겸손하게 말했다.

"말씀드렸다시피, 윗층으로 올라가고 있었는데 배레트가 와서 트레실리안 부인이 저를 좀 보자신다고 말했어요. 그래서 부인의 방으로 갔고 잠깐 잔소리를 들었습니다."

배틀 총경이 부드럽게 물었다.

"제 생각에, 생전의 부인을 마지막으로 본 사람이 당신이지요?"

네빌이 얼굴을 붉혔다.

"그래요, 그래요. 아마 그럴 겁니다. 그때만 해도 부인은 좋아 보였습니다."

"부인과 얼마나 오래 같이 있었습니까?"

"약 20분에서 30분 정도였을 겁니다. 다음에 저는 제 방으로 갔고, 옷을 갈아입은 다음에 서둘러 집을 나섰습니다. 열쇠는 갖고 갔지요."

"그게 몇 시였습니까?"

"10시 30분쯤 되었다고 생각합니다. 저는 서둘러서 언덕을 내려갔습니다. 막 떠나려던 나룻배를 잡아타고 이스터헤드 쪽으로 건너갔어요. 호텔에서 라티머를 찾아낸 다음에 술을 한두 잔 걸치고 당구를 한 게임 했습니다. 그러면서 시간 가는 줄도 모르고 있었습니다. 돌아오는 마지막 배편을 놓쳤거든요. 마지막 배편은 1시 30분에 있습니다. 친절하게도 라티머가 자기 차를 갖고 와서 저를 태워다주었습니다. 그러자면 아시다시피 살팅턴을 죽 돌아서 와야 하는데 그게 거의 25킬로미터이지요. 호텔을 나섰을 때가 2시였고 여기 오기까지 30분쯤 걸린 것 같습니다. 저는 테드 라티머에게 고맙다고 말하고, 들어가서 술 한잔 더 하지 않겠느냐고 물었는데, 곧장 돌아가는 게 낫겠다고 하더군요. 그래서 저는 집으로 들어와서 곧장 침실로 갔습니다. 이상한 것은 아무것도 보지도 듣지도 못했습니다. 집 전체가 잠이 든 것 같았고 평화로웠어요. 그러고는 오늘 아침에 하녀가 비명을 지르는 걸 들었고……."

리치가 그의 말을 막았다.

"그래요. 그렇습니다. 잠깐 뒤로, 트레실리안 부인과 대화하던 대목으로 돌아가 보지요. 그때 부인의 태도에 뭔가 이상한 점은 없었습니까?"

"그럼요, 전혀 없었습니다."

"당신은 무슨 이야길 했습니까?"

"아, 이런저런 이야기였습니다."

"우호적이었나요?"

네빌이 얼굴을 붉혔다.

"물론입니다."

"그러니까, 가령 말입니다……."

리치가 부드러운 어조로 계속했다.

"격렬한 말다툼은 없었습니까?"

네빌은 즉시 대답하지 않았다. 리치가 말했다.

"사실 그대로 말씀하시는 편이 좋을 겁니다. 두 분의 대화를 들은 사람이 있다는 점을 여기서 말씀드리지요."

네빌은 짧게 말했다.

"약간의 의견 차이가 있었습니다. 하지만 그건 아무것도 아니었습니다."

"무엇에 대한 의견 차이였습니까?"

네빌은 애써 감정을 억눌렀다. 그는 미소 지었다.

"솔직하게 말씀드리지요. 아주머니가 절 화나게 만들었습니다. 이건 자주 있는 일이었어요. 마음에 들지 않는 사람이 있으면 아주머니는 곧장 불러다 야단을 치는 분이었어요. 아시겠지만, 옛날 방식을 고수하는 분이었고 현대적인 것, 현대적인 사고 방식이라면 질색을 하시는 분이었습니다. 이혼이니 뭐니 하는 것들 말입니다. 의견 차이가 있었고, 그러다 보니 제가 언성을 조금 높였을지도 모르지만, 어쨌든 전적으로 우호적인 분위기에서 이야기를 끝냈어요. 서로의 차이를 존중하기로 한 것이죠."

이어지는 그의 말에는 열기가 서려 있었다.

"지금 그렇게 생각하고 계신 모양인데, 아주머니와 말다툼을 벌이다 제가 흥분해서 머리를 내려친 건 절대로 아닙니다!"

리치는 고개를 돌려 배틀 총경을 보았다. 총경은 탁자 위로 천천히 상체를 기울였다. 그가 물었다.

"오늘 아침 당신은 그 골프채가 당신의 것이라고 인정했습니다. 거기서 당신 지문이 발견되었다는 사실을 어떻게든 설명하실 수 있습니까?"

네빌은 총경을 노려보며 날카롭게 말했다.

"아니, 당연히 지문이 있을 수밖에 없어요. 그건 제 골프채입니다. 자주 쓰던 물건이에요."

"제 말은, 지문으로 볼 때 그걸 마지막으로 만진 사람이 당신이라는 사실을 어떻게든 설명하실 수 있느냐는 것입니다."

네빌은 꼼짝 않고 앉아 있었다. 그의 얼굴에서 핏기가 사라졌다. 마침내 그가 말했다.

"그건 사실이 아닙니다. 그럴 수가 없습니다. 저보다 나중에 누군가 만졌을 것입니다. 장갑을 끼었겠지요."

"그렇지 않습니다, 스트레인지 씨. 당신이 말한 대로 들어올려 내리치기 위해 그 골프채를 썼다면 장갑을 끼었더라도 지문은 지워집니다."

침묵이 흘렀다. 아주 긴 침묵이었다.

"오, 세상에."

네빌이 경련하며 말했다. 그는 오랫동안 몸을 떨더니 손으로 얼굴을 감쌌다. 두 경찰은 그를 지켜보았다. 그는 두 손을 얼굴에서 떼더니 자세를 똑바로 하고 앉았다. 그가 조용히 말했다.

"그건 사실이 아닙니다. 절대로 사실일 수가 없습니다. 제가 아주머니를 죽였다고 생각하겠지만, 저는 그러지 않았습니다. 맹세코 그러지 않았습니다. 어디엔가 끔찍한 착오가 있는 겁니다."

"이 지문에 대해 어떻게든 설명하실 수 없는 겁니까?"

"제가 무슨 도리로 설명을 합니까? 도저히 알 수 없는 일입니다."

"당신의 감색 양복 소매와 소매 끝부분에 피가 묻어 있다는 사실은 설명하실 수 있습니까?"

"피라고요?"

그의 말은 공포에 질린 속삭임에 가까웠다.

"그럴 리가 없습니다!"

"가령 말입니다. 당신이 칼에 베었다든지……."

"아니에요. 아닙니다. 그런 일은 없었습니다!"

두 경찰은 잠시 기다렸다.

네빌 스트레인지는 이마에 주름이 잡힌 채 무엇인가 생각하는 듯했다. 마침내 그는 두려움에 질린 눈으로 두 경찰을 쳐다보았다.

"전부 거짓말이에요! 사실 무근입니다. 그 어느 것도 사실이 아니에요."

"밝혀진 것들은 모두 사실입니다."

배틀 총경이 말했다.

"하지만 제가 왜 그런 짓을 하겠습니까? 생각도 할 수 없고 믿을 수도 없는 일입니다! 카밀라 아주머니는 제가 평생을 알았던 분이에요."

리치가 헛기침을 했다.

"스트레인지 씨, 트레실리안 부인이 죽으면 거액의 유산을 상속받게 된다고 했던 게 바로 당신이었던 것으로 기억하는데요?"

"그게 동기라고 생각하시는 겁니까? 하지만 저는 돈을 원하지 않습니다! 필요하지도 않다고요!"

리치가 작게 헛기침을 하고 말했다.

"그건 말이죠. 말이야 얼마든지 그렇게 하실 수도 있는 겁니다, 스트레인지 씨."

네빌이 벌떡 자리에서 일어섰다.

"이봐요, 그건 제가 증명해 보일 수 있습니다. 저한테 그 돈이 필요하지 않다는 사실 말입니다. 제가 거래하는 은행 지점장에게 전화를 하게 해 주세요. 그 사람과 직접 이야기해 보시라고요."

전화를 연결했다. 통화가 붐비지 않아서 몇 분 되지 않아 런던까지 연결될 수 있었다. 네빌이 말했다.

"로널드슨 씨입니까? 여긴 네빌 스트레인지입니다. 제 목소리 기억하시죠. 여기 지금 경찰이 와 있는데 이분들에게 제 재정 상황에 대해 알려 주시겠습니까? 예, 예, 그렇습니다. 예, 그렇게 해 주십시오."

리치가 수화기를 들었다. 그는 조용히 말했다. 수화기를 통해 질문과 대답이 계속되었다. 한참의 시간이 지나고 그가 수화기를 내려놓았다.

"뭐라고 합니까?"

네빌이 진지하게 물었다.

리치가 무표정하게 말했다.

"예금 액수가 상당하며 은행이 당신의 모든 투자를 관리하고 있는데 상황이 양호하다고 하는군요."

"제 말이 사실이란 걸 아셨겠군요!"

"사실인 것 같습니다. 하지만, 스트레인지 씨, 당신은 어떤 계약이라든가 빚, 공갈에 대한 입막음 비용 등 우리가 알지 못하는 이유로 돈이 필요할 수도 있습니다."

"하지만 그런 건 없습니다! 그런 건 없다고 분명히 말씀드릴 수 있어요. 아무리 애를 써도 그런 건 찾아낼 수 없을 겁니다."

배틀 총경이 그 건장한 어깨를 다시 앞으로 기울였다. 그는 마치 아들을 대하듯 따뜻한 어조로 말했다.

"당신도 분명히 동의하겠지만, 우리에게는 당신의 구속 영장을 신청하기에 충분한 증거가 있습니다, 스트레인지 씨. 하지만 우리는 그렇게 하지 않았어요. 아직까지는 말입니다. 우리는 당신이 범인이 아닐 수도 있다고 생각해 보기로 한 겁니다."

네빌이 통렬하게 말했다.

"그러니까 범인은 저라고 결정해 놓고 사건이 그렇게 결말 지어질 수 있도록 충분한 범행 동기를 찾아내려고 했다는 것이죠, 아닙니까?"

배틀 총경은 아무 말 없이 있었다. 리치는 천장을 올려다보았다. 네빌이 절망적으로 말했다.

"끔찍한 악몽 같습니다. 저는 아무 말도, 아무 짓도 할 수 없습니다. 마치 빠져나갈 수 없는 덫에 걸린 것 같습니다."

배틀 총경이 흠칫했다. 반쯤 감긴 그의 눈에서 명석한 빛이 반짝였다.

"아주 좋은 표현이군요. 정말 아주 좋은 표현입니다. 그 말을 들으니 어떤 생각이 나는데……."

VI

존스 경사는 복도를 통해 네빌을 데리고 나간 다음 프랑스식 문을 통해서 케이를 데려왔다. 부부가 마주치지 않도록 하기 위한 배려였다.

"하지만 다른 사람들은 다 볼 텐데요."

리치가 말했다.

"그러면 더 좋지. 아무것도 모르는 상태에서 만나 보고 싶은 건 이 여자뿐이야."

총경이 말했다.

잔뜩 구름이 끼고 쌀쌀한 바람이 부는 날씨였다. 케이는 트위드 스커트에 진홍색 스웨터 차림이었다. 스웨터 위로 흘러내린 그녀의 머리카락은 잘 닦인 구리 사발 같았다. 그녀는 반쯤은 겁에 질리고 반쯤은 흥분한 모습이었다. 그녀의 아름다움과 생기는 책과 안장 모양의 의자들로 가득한 빅토리아식 음침한 배경 속에서 더욱 환하게 돋보였다.

리치는 수월하게 그녀가 간밤의 일을 이야기하도록 이끌었다. 그녀는 두통이 있어서 일찍 잠자리에 들었다. 그녀의 생각으로, 9시 15분쯤이었다. 그녀는 곤히 잤고 아침이 될 때까지 아무 소리도 듣지 못했다. 잠이 깼던 건 누군가의 비명 소리 때문이었다.

배틀 총경이 리치를 대신해 심문을 시작했다.

"그날 밤 외출하기 전에 남편이 부인 방에 들르지는 않았나요?"

"예, 안 들렀어요."

"거실에서 나간 다음부터 오늘 아침까지 남편을 보지 못했다. 이게 사실입니까?"

케이가 고개를 끄덕였다.

총경은 턱을 매만졌다.

"스트레인지 부인, 당신 방과 남편의 방 사이에 있는 문은 잠겨 있었습니다. 누가 잠갔지요?"

케이가 즉시 대답했다.

"제가요."

배틀 총경은 아무 말도 하지 않았다. 그는 구멍에서 쥐가 튀어나오기를 기다리는 늙고 현명한 고양이처럼 그녀가 먼저 말하기를 기다렸다. 질문으로는 할 수 없었을 일을 그의 침묵이 해냈다. 케이가 못 참겠다는 듯 쏟아내기 시작했다.

"아, 알겠어요. 있는 대로 다 털어놔라 이 말이죠? 그 비실대는 허스톨 영감이 차 마시기 전에 우리가 싸우는 걸 들었을 테니, 제가 말하지 않으면 그 사람이 말하겠지요. 아니면 벌써 말했든가. 네빌과 제가 싸웠어요. 한바탕 크게 싸웠죠! 제가 네빌에게 소리소리 질렀어요! 그러고 나서 침대로 가서 방문을 잠갔어요. 여전히 그 사람한테 화가 머리끝까지 난 상태였으니까요!"

"그랬군요. 알겠어요."

배틀 총경이 이해하고도 남음이 있다는 투로 말했다.

"그런데 갈등의 이유는 무엇이었습니까?"

"그게 중요한가요? 아, 말해도 상관없어요. 네빌이 완전히 멍청이 같은 짓만 했기 때문이에요. 하지만 그건 모두 그 여자의 잘못이라고요."

"그 여자라니요?"

"그의 첫 번째 부인 말이에요. 애초에 네빌을 여기 오게 만든 것이 그 여자라고요."

"부인 이야기는, 부인을 만나기 위해 그랬다는 것입니까?"

"그래요. 네빌은 그게 전적으로 자기 생각이었다고 생각해요. 순진하지요! 하지만 그건 그런 게 아니었어요. 어느 날 하이드 파크에서 그 여자를 만나기 전까지 네빌은 그런 건 생각조차 해 본 적이 없어요. 그녀가 네빌을 만나 그런 생각을 주입시키곤 그게 자기 생각이라고 믿게끔 만들었어요. 네빌은 정말로 그게 자기 생각이었다고 믿고 있지만, 저는 처음부터 그의 배후를 조종하는 오드리의 손, 그 섬세한 이탈리아 인의 손을 봤다고요."

"그녀가 그렇게 해야 할 이유가 있습니까?"

배틀 총경이 물었다.

"다시 네빌을 차지하고 싶었기 때문이죠."

케이가 말했다. 그녀는 숨이 가빠질 정도로 빨리 말했다.

"자기를 버리고 저를 선택한 것에 대해 그녀는 결코 네빌을 용서하지 않았어요. 지금 그녀는 복수를 하고 있는 거예요. 그를 조종해서 우리 모두 여기 모이게 해 놓고 이제 그의 마음을 돌려놓으려고 하는 거예요. 우리가 도착하던 바로 그날부터 시작했다고요. 아시겠지만, 그 여자는 똑똑한 여자예요. 불쌍해 보이는 척하면서 빠져나갈 줄 안다고요. 게다가 이런 때 다른 남자를 이용할 줄도 알아요. 토머스 로이드가 있잖아요. 그 여자라면 죽어도 좋다는, 어려서부터 그 여자를 사랑했다는 그 사람 말이에요. 그 사람이 우리가 와 있는 때에 맞추어 오도록 했어요. 그러고는 그 사람과 결혼할 것처럼 행동하면서 네빌을 미치게 하고 있다니까요."

화가 나 씩씩거리면서 그녀가 말을 멈추었다.

배틀 총경은 부드럽게 말했다.

"그분이 오래전부터 알던 친구와, 어, 즐겁게 지낸다면 네빌 씨도 기뻐하지 않을까요?"

"기뻐한다고요? 네빌은 지금 질투로 절절 끓고 있어요!"

"그렇다면 그녀를 아주 사랑하나 보군요."

"아, 그렇고말고요. 그렇게 만든 게 바로 그 여자라니까요!"

케이가 쓰라린 어조로 말했다. 배틀 총경은 미심쩍다는 듯 한 손가락으로 턱을 쓰다듬었다.

"여기로 내려오기로 한 계획에 부인께서 반대할 수도 있었지 않습니까?"

그가 넌지시 물었다.

"제가 어떻게요? 그렇게 했다면 마치 제가 질투하고 있는 것처럼 보였을 거예요!"

"글쎄요. 실제로 질투하셨군요. 아닙니까?"

케이가 얼굴을 붉혔다.

"처음부터 질투했어요! 늘 오드리를 질투했다고요. 거의 처음부터 질투했어요. 집에서도 언제나 그녀가 거기 있는 것처럼 느꼈어요. 마치 그게 제 집이 아니라 그녀의 집인 것 같았어요. 벽지 색도 바꾸고 실내를 모두 새로 단장했지만 아무 소용이 없었어요! 공중에 떠다니는 하얀 유령처럼, 그 여자가 집안 곳곳에 있다고 느끼곤 했어요. 네빌은 자기가 그 여자에게 잘못했다고 생각해요. 그래서 그이가 마음 고생을 했다는 걸 저도 알아요. 그는 그 여자를 완전히 잊을 수는 없었어요. 그 여자가 항상 거기 있었으니까요. 마음 한켠에서 늘 자책하고 있었겠지요. 세상엔 그런 사람들이 있어요. 아시죠? 별로 개성도 없고 흥미를 끌지도 않는 것 같지만, 사실은 어디서든 자기 존재를 느끼게 만드는 사람들이 있다고요."

배틀 총경은 생각에 잠긴 표정으로 고개를 끄덕였다.

"으음, 고마웠습니다, 스트레인지 부인. 그건 이제 됐습니다. 지금부터 할 질문은 트레실리안 부인의 사망시에 부군이 받게 되는 거액의 유산과 관련된 것입니다. 5만 파운드이지요……."

"그렇게 많은가요? 그게 작고한 매튜 경의 유언장에 따라 그렇게 되는 거지요, 아닌가요?"

"그 일에 대해 모두 알고 계십니까?"

"예. 트레실리안 부인이 사망하면 네빌과 그 아내가 공동 상속을 하도록 되어 있어요. 하지만 그렇다고 해서 노부인이 죽었다는 사실에 제가 기뻐한다는 건 아니에요. 그럴 리가요. 노부인을 그다지 좋아하진 않았어요. 아마 그건 부인이 저를 좋아하지 않았기 때문이에요. 하지만 강도가 들어와서 머리통을 박살낸다는 건 생각만으로도 너무 끔찍해요."

그녀는 이 말을 마지막으로 방을 나갔다. 배틀 총경은 리치의 얼굴을 보았다.

"저 여자에 대해선 어떻게 생각하나? 아름다운 데다 매력도 있다고 말해야 할까? 어떤 남자든 쉽사리 빠져들고 말 거야."

리치는 삼촌의 말에 동의했다. 그러나 곧 미심쩍다는 투로 말했다.

"하지만 제가 보기에 그다지 숙녀 같지는 않은데요."

배틀 총경이 말했다.

"요즘 세상에 숙녀가 어디 있나? 그럼, 첫째 부인을 만나 볼까? 아냐, 올딘 양을 보는 게 좋겠어. 이 부부의 갈등에 대해 외부인의 시각이 어떤지 알아보도록 하자고."

메리 올딘은 차분한 자세로 들어와 앉았다. 그러나 겉보기의 침착함과는 달리 눈에는 걱정이 서려 있었다. 그녀는 리치의 질문에 명확하게 답변했고 간밤에 있었던 일에 대한 네빌의 진술이 맞다고 확인해 주었다. 그녀가 잠자리에 든 시각은 10시경이었다.

"그때 스트레인지 씨는 트레실리안 부인과 함께 있었습니까?"

"예, 두 분이 이야기하는 걸 들을 수 있었어요."

"이야기했다고 하시겠습니까, 올딘 양? 아니면 그건 다투는 것이었나요?"

그녀는 얼굴을 붉혔지만 조용히 대답했다.

"글쎄요. 트레실리안 부인은 토론을 즐기시는 분이었어요. 속마음은 전혀 아니면서 신랄한 말투를 쓰실 때가 많았죠. 그리고 무엇이든 당신 뜻대로 하고 사람들 위에 군림하려는 경향이 있었습니다. 그런데 남자는 여자들보다 이런 상황을 잘 받아들이지 못하죠."

'당신은 잘 견뎌 내는데 말이지.'

배틀 총경이 생각했다.

그는 그녀의 명민해 보이는 얼굴을 바라보았다. 침묵을 깨뜨린 것은 그녀였다.

"바보같이 보이고 싶지는 않지만, 경찰에서 우리 중 한 사람에게 혐의를 두고 있다는 사실이 저는 믿어지지 않습니다. 정말 믿어지지가 않아요. 그게 외부인의 소행이 아닐 이유가 있습니까?"

"이유라면 몇 가지가 있지요, 올딘 양. 우선, 아무것도 도난당하지 않았고 강제로 침입한 흔적도 없습니다. 저택의 위치와 주변 지세에 대해 새삼 제가 설명할 필요는 없겠지만, 이 점을 기억하시기 바랍니다. 저택의 서쪽은 바다에 면한 절벽입니다. 남쪽은 담을 두른 테라스가 있는데 여기 역시 바다로 경사져 있지요. 동쪽의 정원은 해변 쪽으로 비스듬히 뻗어 있지만 높은 담으로 둘러싸여 있습니다. 도로로 나갈 수 있는 작은 문이 있는데, 이 문은 오늘 아침 여느 때와 마찬가지로 바깥에서는 열 수 없는 상태로 잠겨 있었습니다. 이것 말고는 역시 도로와 접해 있는 저택의 현관이 유일한 출구입니다. 아무도 담을 넘어 들어올 수 없었다, 또는 현관문을 여분의 열쇠나 열쇠 같은 도구로 열고 들어올 수 없었다고 말하려는 것이 아닙니다. 제가 보기에 아무도 그런 방법으로 저택에 침입하지는 않았다는 것입니다. 범인이 누구이든 간에, 그는 배레트가 매일 밤 센나 차를 마신다는 걸 알고 있었고 거기 약물을 넣었습니다. 이것은 이 집의 사정에 대해 알고 있는 누군가의 짓이라는 걸 뜻합니다. 그 사람은 또 계단 밑의 벽장에 있던 골프채를 꺼내 갔습니다. 이것은 외부인의 소행이 아닙니다, 올딘 양."

"네빌은 아니에요! 결코 네빌일 리가 없어요!"

"어떻게 그처럼 확신할 수 있는 거지요?"

그녀는 안타깝다는 듯 두 손을 들어올렸다.

"전혀 네빌답지 않은 짓이에요. 그게 바로 이유라니까요! 절대로 침대에만 누워 있는 힘없는 노부인을 죽일 사람이 아니라고요! 절대로!"

"그것이 그가 범인이 아니라고 확신할 만한 이유로 보이지는 않습니다만."

배틀 총경이 당연한 사실을 언급하는 투로 말했다.

"사람들이 자기 딴에 충분히 그럴 만하다고 생각해서 하는 일들이 어떤 것인지 알면 매우 놀라실 겁니다. 스트레인지 씨는 아주 급하게 돈이 필요했을 수도 있습니다."

"그랬을 리가 없어요. 네빌은 사치스런 사람이 아니에요. 한 번도 사치를 한 적이 없어요."

"그랬겠지요. 하지만 그의 아내는 아닙니다."

"케이 말씀이신가요? 예, 아마 케이는 낭비벽이 좀 있지만. 아니에요. 이건 말도 안 돼요. 저는 절대로 네빌이 요즘 돈 문제로 고민했을 거라고 생각하지 않아요."

배틀 총경이 헛기침을 했다.

"다른 걱정거리가 있었다고 들었습니다만?"

"케이가 말했나 보군요? 맞아요. 정말 힘겨운 며칠이었어요. 하지만 그것과 이 끔찍한 사건과는 아무 상관이 없어요."

"상관이 있을 수도 있습니다. 어쨌든 그 일에 대해 당신의 이야기를 들어보고 싶군요, 올딘 양."

메리는 천천히 말했다.

"좋아요. 제가 말했듯이, 좀 어려운 상황이었어요. 그게 대체 누구의 생각이었던지는 몰라도⋯⋯."

절묘한 지점에서 총경이 그녀의 말을 가로막았다.

"네빌 스트레인지 씨의 생각이었던 걸로 알고 있는데요?"

"그가 그렇게 말했겠지요."

"하지만 당신은 그렇게 생각하지 않는다는 거군요?"

"그래요. 이건 어쩐지 네빌답지 않아요. 저는 줄곧 다른 누군가가 그런 생각을 그에게 주입시켰을 거라고 생각했어요."

"그게 오드리 스트레인지 부인일 수도 있을까요?"

"오드리가 그런 짓을 한다는 건 상상도 할 수 없어요."

"그렇다면 누가 그랬을까요?"

메리가 전혀 알 수 없다는 듯 어깨를 으쓱했다.

"저도 모릅니다. 이건 그냥 기괴한 일일 뿐이에요."

"기괴하다⋯⋯."

배틀 총경이 신중하게 같은 말을 반복했다.

"이 사건에 대한 제 느낌도 그렇습니다. 기괴합니다."

"모든 게 기괴했어요. 줄곧 어떤 느낌이 떠나지 않았는데 어떻게 설명하는 게 불가능한 느낌이었어요. 무엇인가 공기 중에 떠다니는 듯한, 어떤 위협 같은 것이었어요."

"모두들 긴장하고 불안해했다?"

"맞아요. 바로 그것이에요⋯⋯. 우리 모두 그것 때문에 힘겨워했어요. 심지어 라티머 씨도⋯⋯."

그녀는 말을 멈추었다.

"그렇지 않아도 라티머 씨에 대해 이야기해 보려던 참이었어요. 올딘 양, 라티머 씨에 대해 얼마나 알고 계시죠? 라티머 씨는 어떤 사람입니까?"

"글쎄요. 사실 그 사람을 잘 아는 건 아니에요. 케이의 친구예요."

"스트레인지 부인의 친구라고요. 두 사람은 오랫동안 알던 사이 인가요?"

"예. 결혼하기 전부터 알던 사이예요."

"스트레인지 씨는 그를 좋아하나요?"

"상당히 호감이 있다고 알고 있어요."

"그러니까 아무런 문제가 없는 사이인가요?"

배틀 총경은 상당히 우회적으로 질문했다. 메리는 즉시, 그리고 힘을 주어 대답했다.

"없고말고요!"

"트레실리안 부인은 라티머를 좋아했나요?"

"그리 좋아한 건 아니었어요."

총경은 그녀의 냉정한 어조에서 경계심을 간파하고 화제를 바꾸 었다.

"이제 하녀인 제인 배레트 양에 대해 이야기해 보지요. 그녀는 오랫동안 트레실리안 부인 밑에 있었다면서요? 당신이 보기에 믿을 만한 사람인가요?"

"아, 틀림없는 사람이에요. 트레실리안 부인에게 아주 헌신적이었어요."

총경은 의자 뒤로 몸을 기댔다.

"배레트가 트레실리안 부인의 머리를 내려치고 의심을 피하기 위해 스스로 수면제를 먹었다는 가능성은 일고의 가치도 없다고 하시겠습니까?"

"물론이지요. 도대체 왜 그녀가 그런 짓을 하겠어요?"

"아시겠지만, 그녀는 유산을 상속받습니다."

"그건 저도 마찬가지예요."

그녀는 흔들림 없이 총경을 마주보았다.

"그래요. 올딘 양께서도 유산을 받습니다. 그게 얼마나 되는지 아십니까?"

"트렐로니 씨가 막 도착하셨어요. 그분께서 말씀해 주시더군요."

"전에는 유산에 대해 알지 못했나요?"

"몰랐습니다. 트레실리안 부인이 이따금 하시는 말씀에서 무엇인가 제 몫으로 주시겠구나 하는 생각은 분명 한 적이 있어요. 아시겠지만, 전 재산이라고 할 만한 게 거의 없습니다. 어떤 일이든 일을 하지 않고서는 살 수 없을 정도예요. 저는 트레실리안 부인이 저에게 최소한 연간 100파운드 정도는 물려주시지 않을까 생각했어요. 하지만 부인에게는 사촌들도 있고 해서 부인이 당신 재산을 어떻게 처분하실 생각이었는지는 저도 전혀 몰랐습니다. 물론 매튜 경의 재산이 네빌과 오드리에게 상속된다는 사실은 알고 있었어요."

"그러니까 올딘 양은 트레실리안 부인이 자기에게 얼마나 남겨 줄지를 몰랐던 거군요. 그녀의 말에 따르자면 말이에요."

메리 올딘이 나가고 나서 리치가 말했다.

"그렇다고 말하고 있군."

총경은 조카의 말에 동의했다.

"자, 이제 푸른 수염의 첫째 부인을 만나볼까."

VII

오드리는 연회색 플란넬 상의와 치마를 입고 있었다. 그런 차림이 그녀를 더욱 창백하고 유령처럼 보이게 했다. 배틀 총경은 케이가 했던 말을 상기할 수밖에 없었다.

'집 안 곳곳에서 공중에 떠다니는 하얀 유령.'

그녀는 그의 질문에 간략하고 아무 감정도 드러내지 않는 목소리로 대답했다. 그녀는 10시에 잠자리에 들었다. 메리 올딘이 잠자리에 든 시각과 같았다. 그리고 간밤에 아무 소리도 듣지 못했다.

배틀 총경이 말했다.

"사적인 문제에까지 끼어들게 돼서 죄송합니다만, 정확히 무슨 일로 저택에 오시게 된 것인지 말씀해 주시겠습니까?"

"저는 매년 이맘때 이곳을 다니러 와요. 올해는 제 전 남편이 같은 때에 오고 싶어 했고, 그래도 되겠느냐고 저에게 물었어요."

"그게 그의 제안이었나요?"

"아, 예."

"부인의 제안이 아니라요?"

"아, 아니었어요."

"그런데 동의하셨던 것이고요?"

"예, 그러자고 했어요……. 저는 거절할 마땅한 이유가 없다고 생각했어요."

"그건 왜지요, 스트레인지 부인?"

그녀의 태도는 모호했다.

"누구라도 다른 사람에게 거절하길 좋아하진 않을 거예요."

"상처받은 쪽은 당신이었습니까?"

"무슨 말씀이시죠?"

"부인이 남편으로부터 이혼을 당했던 건가요?"

"그렇습니다."

"죄송합니다만, 그 일로 남편 분에 대해 어떤 적개심을 느끼지는 않으십니까?"

"아니에요. 전혀 아니에요."

"대단히 너그러운 인품을 가지셨군요, 스트레인지 부인."

그녀는 아무 말도 하지 않았다. 총경은 침묵의 방법을 시도했지만, 오드리는 케이가 아니었다. 그녀는 그런 방법으로 입을 열게 할수 없었다. 아무 불편한 기색 없이 줄곧 침묵을 지켰다. 배틀 총경은 자신이 졌음을 인정했다.

"세 분이 한 집에서 모인다. 이것이 부인의 생각이 아니라고 확신하십니까?"

"물론입니다."

"현재 스트레인지 부인과 사이가 좋은 편입니까?"

"그녀는 절 그다지 좋아하지 않아요."

"부인은 그녀를 좋아하시나요?"

"예, 케이는 대단히 아름다운 여자예요."

"그렇군요. 아무튼 고맙습니다. 이제 됐습니다."

오드리는 자리에서 일어나 문 쪽으로 걸어갔다. 그녀는 잠시 주저하다가 돌아섰다. 그러고는 불안한 어조로 재빨리 말했다.

"이것만큼은 말씀드리고 싶어요. 네빌이 범인이라고, 네빌이 돈 때문에 부인을 살해했다고 생각하시죠? 저는 그렇지 않다고 확신해요. 네빌은 한 번도 돈에 연연한 적이 없는 사람이에요. 그건 제가 분명히 말씀드릴 수 있어요. 아시다시피 저는 그 사람과 8년 간 결혼 생활을 했어요. 그 사람이 돈 때문에 누군가를 그런 식으로 죽인다는 건 전혀 상상도 할 수 없는 일이에요. 네빌은 절대로 그럴 사람이 아닙니다. 이런 말이 증거로서 아무 가치도 없다는 것은 알고 있어요. 하지만 제 말을 꼭 믿어 주셨으면 합니다."

그녀는 돌아서서 급히 방을 나갔다.

"저 여자에 대해선 어떻게 생각하세요? 저렇게 감정이 없는 사람은 처음 보네요."

리치가 물었다.

배틀 총경이 말했다.

"감정을 드러내지 않았을 뿐이지, 그렇다고 감정이 없는 건 아냐. 내면에 무언가 있어, 어떤 아주 격렬한 감정이. 그런데 그게 무엇인지 모르겠단 말이야……."

VIII

마지막으로 토머스 로이드가 들어왔다. 그는 울적한 표정에 굳은 자세로, 올빼미처럼 눈을 깜박이며 앉아 있었다.

그는 말레이에서 8년 만에 처음으로 귀향했다. 걸즈 포인트에서 머무는 것은 어린 시절 이래로 연중 행사 같은 거였다. 오드리 스트레인지 부인은 먼 사촌뻘이며, 아홉 살 때부터 그의 집에서 자랐다. 간밤에는 11시 바로 얼마 전에 잠자리에 들었다. 네빌 스트레인지 씨가 집을 나서는 소리를 들었지만 그의 모습을 보지는 못했다. 네빌은 10시 20분경, 아니면 그보다 조금 더 늦게 나갔다. 밤중에는 아무 소리도 듣지 못했다. 트레실리안 부인의 시체가 발견되었을 때, 그는 이미 자리에서 일어난 뒤였고 정원에 있었다. 그는 일찍 일어나는 사람이었다.

잠시 침묵이 흘렀다.

"올딘 양은 이 집에 긴장된 분위기가 있었다고 했습니다. 당신도 그런 분위기를 감지했나요?"

"그랬던 것 같지는 않습니다. 저는 뭘 감지하고 그런 사람이 아니라서요."

'거짓말을 하고 있군. 당신은 상당히 눈치가 빠른 사람이야. 보통 사람들보다 더.'

배틀 총경은 생각했다.

토머스 로이드는 네빌 스트레인지가 어떤 식으로든 돈에 쪼들렸다고는 생각하지 않았다. 분명히 그렇게 보이지는 않았다. 하지만 스트레인지 씨의 재정 상황에 대해 알고 있지는 못했다.

"두 번째 스트레인지 부인과는 얼마나 아는 사이입니까?"

"여기 와서 처음 만났습니다."

배틀 총경은 마지막 카드를 꺼냈다.

"아실지도 모르겠습니다만, 로이드 씨. 저희는 흉기에서 네빌 스트레인지 씨의 지문을 찾아냈어요. 또 간밤에 그가 입었던 양복의 소매에서 핏자국도 찾아냈습니다."

그는 말을 멈추었다. 로이드는 고개를 끄덕였다.

"네빌이 말해 주더군요."

그가 중얼거렸다.

"솔직하게 물어보겠습니다. 네빌이 범인이라고 생각하십니까?"

토머스 로이드는 쫓기듯 대답하는 일을 결코 좋아하지 않았다. 그는 1분 정도 아무 말 없이 있다가 대답했다. 이것은 아주 긴 시간이었다.

"왜 저한테 묻는 겁니까? 이건 제 일이 아닙니다. 당신네들이 할 일이지요. 굳이 말하라면, 그럴 리가 없다는 것뿐이죠."

"그럴 만한 사람으로 심중에 떠오르는 사람이 있습니까?"

토머스는 고개를 저었다.

"그럴 만하다고 생각하는 유일한 사람이 있기는 하지만 불가능합니다. 그러니까 아무도 그런 사람이 없습니다."

"그게 누굽니까?"

그러나 토머스는 더욱 단호하게 고개를 저었다.

"말씀드릴 수 없어요. 개인적인 생각일 뿐인데요."

"당신에게는 경찰에 협조하셔야 할 의무가 있습니다."

"사실이라면 무엇이든 말합니다. 이건 사실이 아니에요. 생각일 뿐이지. 게다가 그건 가능하지도 않아요."

"저 사람에게선 별로 알아낸 게 없군요."

로이드가 나가고 나서 리치가 말했다.

배틀 총경도 동의했다.

"그래, 소득이 없었어. 그런데 저 사람 뭔가 생각하고 있는 게 있어. 무엇인가 상당히 명확한 건데. 그게 무엇인지 알고 싶단 말이야. 이건 정말 아주 이상한 사건이야. 짐……."

리치가 대답하기 전에 전화 벨이 울렸다. 그는 수화기를 들었다. 잠시 말없이 듣고만 있던 그는 '알았어.'라고 말하고 거칠게 수화기를 내려놓았다.

"양복 소매에 묻었던 피는 사람의 것이랍니다. 트레실리안 부인의 혈액형과 동일하다는군요. 이제 네빌 스트레인지가 틀림이 없다고……."

배틀 총경은 창가로 걸어가 상당한 흥미를 갖고 밖을 내다보고 있었다. 그가 말했다.

"저 바깥에 잘생긴 청년이 있어. 아주 잘생겼지만 분명히 어딘가 뒤틀렸다고 할까. 라티머 씨를 두고 하는 말이라네. 글쎄, 그가 어젯밤 이스터베이에 있었다는 건 애석한 일이야. 무죄로 풀려날 수 있다고 생각했다면, 그리고 거기서 무엇인가 얻을 수 있다고 계산했다면, 그는 자기 할머니 머리라도 내려칠 수 있는 유형의 인간이지."

"하지만 그에게 혐의가 갈 만한 점은 하나도 없었어요. 트레실리안 부인의 죽음으로 얻을 수 있는 이득이 전혀 없는 사람인데요."

리치가 말했다.

전화 벨이 다시 울렸다.

"전화가 불이 나는군. 이제 또 무슨 일이지?"

그는 전화를 받으러 갔다.

"여보세요. 아, 박사님이시군요. 뭐라고요? 의식이 돌아왔다고요? 예? 아니, 뭐라고요?"

그가 고개를 돌렸다.

"삼촌, 여기 와서 박사님 말씀 좀 들어 보세요."

배틀 총경이 다가와서 수화기를 받아들었다. 그는 평소처럼 아무 표정도 드러내지 않는 얼굴로 듣기만 했다. 그가 리치에게 말했다.

"네빌 스트레인지를 데려와, 짐."

네빌이 들어왔을 때, 배틀 총경은 막 수화기를 내려놓고 있었다. 창백하고 지친 표정의 네빌은 런던 경시청의 총경을 의아한 표정으로 바라보았다. 그는 그 나무 토막 같은 얼굴 뒤에 숨겨진 있는 감정을 읽어 보려 애쓰고 있었다.

"스트레인지 씨. 혹시 누군가 당신을 몹시 싫어하는 사람을 알고 있습니까?"

배틀 총경이 말했다.

네빌은 그의 얼굴을 잠시 쳐다보더니 고개를 저었다.

"확신하십니까?"

총경은 힘주어 말했다.

"제 말은, 단순히 싫어하는 차원을 넘어서 당신을 원수로 생각할 만한 사람이 있느냐는 것입니다."

네빌은 상체를 똑바로 세우고 앉았다.

"아니요. 아니, 없습니다. 그런 사람은 없어요."

"생각을 해 보십시오, 스트레인지 씨. 어떤 방식으로든 당신이 해를 입힌 사람이……?"

네빌의 얼굴이 상기되었다.

"제가 상처를 주었다고 할 만한 사람이 단 하나 있지만 그녀는 원한을 품을 사람이 아닙니다. 제 첫 번째 아내, 다른 여자 때문에 버리고 갔던 제 아내를 말하는 거예요. 하지만 그녀가 나를 증오하지는 않는다는 걸 확신을 갖고 말씀드릴 수 있습니다. 그녀는 천사예요."

총경은 상체를 탁자 위로 내밀었다.

"이걸 알아 두십시오, 스트레인지 씨. 당신은 아주 운이 좋은 사람입니다. 혐의가 당신에게 가는 것을 보면서 제가 흡족했다고는 말씀드리지 않겠습니다. 그렇지 않았으니까요. 하지만 누가 보더라도 이 사건의 범인은 당신이었어요! 재판은 아무런 문제 없이 진행되었을 것이고, 배심원들이 당신에게 반하는 일이 일어나지 않는 한 당신은 교수형에 처해졌을 겁니다."

"마치 이 모든 게 지난 일이라는 투로 말씀하시는군요?"

"그렇게 되었습니다. 스트레인지 씨, 당신은 순전한 우연에 의해 살아났어요."

네빌은 여전히 의아하다는 표정으로 총경을 보고 있었다.

"간밤에 당신이 노부인의 방에서 나가고 나서 트레실리안 부인이 종을 당겨 하녀를 불렀답니다."

네빌이 자신의 말 뜻을 이해하는 동안 총경은 말없이 그의 얼굴을 바라보았다.

"내가 나가고 난 다음이라고요. 그러니까 배레트가 부인을 보았다는……?"

"그렇습니다. 분명히 살아 있는 모습을 보았어요. 배레트는 부인의 방으로 들어가기 전에 당신이 밖으로 나가는 것도 보았습니다."

"하지만 그 골프채에는……, 제 지문이……."

"부인은 골프채로 맞은 게 아니었어요. 라젠비 박사는 처음부터 그걸 이상하게 여겼습니다. 저도 그 자리에 있었습니다만. 범행에 쓰인 흉기는 다른 것입니다. 누군가 당신에게 혐의를 씌우기 위해 골프채를 거기 두었던 것입니다. 부인과의 말다툼을 엿들은 누군가가 당신을 적당한 희생자로 선택했거나, 아니면……."

그는 말을 멈추었다. 그리고 아까의 질문을 다시 물었다.

"스트레인지 씨, 이 집에서 당신을 증오하는 사람이 누구입니까?"

IX

"질문이 있습니다, 박사님."

배틀 총경이 말했다.

이들은 병원에서 제인 배레트와 짧게 이야기하고 의사의 집에 모여 있었다.

배레트는 아직 약하고 탈진해 있었지만 질문에는 명료하게 대답했다. 트레실리안 부인이 종을 울린 것은 그녀가 센나 차를 마시고 나서 막 침대에 들어가려던 참이었다. 그녀는 시계를 흘끔 보았는데, 시각은 10시 25분이었다. 그녀는 가운을 입고 내려갔다. 그때 아래층 복도에서 무슨 소리가 들리기에 난간 아래로 내려다보았다.

"네빌 씨가 막 바깥으로 나가고 있었어요. 옷걸이에서 비옷을 집어들고 있었죠."

"어떤 양복을 입고 있던가요?"

"회색 줄무늬였어요. 우울하고 근심으로 가득 찬 얼굴이었어요. 어떻게 입든 상관없다는 듯이 급히 비옷에 팔을 꿰어 넣었어요. 그러고는 문을 열고 나가면서 현관문을 쾅 닫았죠. 저는 마님 방으로 들어갔어요. 마님은 몹시 졸린 듯 왜 저를 불렀는지 기억하지 못하고 계셨어요. 가엾은 마님, 간혹 그러실 때가 있거든요. 저는 베개를 제대로 괴어 드리고 시원한 물을 한잔 드리고 나서 편한 자세로 눕혀 드렸죠."

"화가 났거나 어딘가 두려운 듯한 모습은 아니었습니까?"

"단지 피로해 보이셨을 뿐이에요. 저도 피곤했지요. 하품이 막 나왔어요. 저는 제 방으로 올라가서 곧장 잠에 빠져들었죠."

이것이 배레트의 이야기였다. 노부인이 죽었다는 소식에 그녀가 엄청난 충격을 받았으며 슬픔과 두려움을 느끼고 있다는 사실에는 의심의 여지가 없었다.

라젠비 박사의 집으로 돌아왔을 때 배틀 총경은 박사에게 질문이 있다고 말했다.

"물어보세요."

라젠비 박사가 말했다.

"트레실리안 부인이 사망한 시각이 몇 시라고 생각하십니까?"

"말씀드렸지 않습니까. 10시에서 자정 사이라고요."

"그렇게 말씀하신 것은 기억하고 있습니다. 하지만 제 질문은 그게 아닙니다. 저는 박사님이 개인적으로 몇 시라고 생각하시는지 여쭤본 거예요."

"비공식적으로 말하자면, 이런 건가요?"

"그렇습니다."

"좋아요. 제 개인적인 추정으로는 11시 근처입니다."

"제가 듣고 싶었던 게 바로 그 대답이었습니다."

배틀 총경이 말했다.

"듣고 싶은 대답을 해 드렸다니 기쁘군요. 그런데 그건 왜 물으시지요?"

"노부인이 10시 20분 전에 사망했을 가능성은 없다고 처음부터 생각했습니다. 배레트가 먹은 수면제를 생각해 보세요. 그 시각이라면 아직 수면제가 작용하지 않고 있었을 겁니다. 수면제를 놓고 따지자면, 살해는 10시 20분에서 한참 지난 시각에 행해지기로 계획된 것입니다. 한밤중에 말입니다. 저 자신은 자정쯤이었을 거라고 생각합니다."

"자정일 수도 있습니다. 11시라는 건 추정일 뿐이니까요."

"하지만 자정보다 더 늦은 시각일 수는 없다는 것이죠?"

"그럴 수는 없습니다."

"2시 30분 이후일 수는 없겠군요?"

"아이고, 그건 말도 안 되고요."

"그렇다면, 이제 완전히 스트레인지의 혐의가 벗겨질 것 같습니다. 그가 집을 나간 다음의 행적에 대해 확인해 보는 일이 남았군요. 그가 우리에게 했던 말이 사실이라면 그는 혐의를 벗게 되고, 우리는 남은 용의자들을 조사해야 할 겁니다."

"유산을 상속받게 되는 다른 사람들 말씀이세요?"

리치가 물었다.

"그럴 수도 있고……."

배틀 총경이 말했다.

"그런데 말야, 아무래도 유산이 걸린 문제가 아닌 것 같아. 뒤틀린 사람, 그게 내가 찾는 범인일 게다."

"뒤틀린 사람이라니요?"

"비열하게 뒤틀린 사람일 거라고."

의사의 집을 나와서 이들은 선착장으로 갔다. 선착장에 있는 것은 월 반스와 조지 반스 형제 두 사람이 노를 젓는 나룻배 한 척이 전부였다. 반스 형제는 솔트크리크 주민 모두를 얼굴만 보아도 아는 사람들이었고, 이스터헤드 베이에서 오는 사람들도 대부분 알고 있었다. 조지는 어젯밤 10시 30분에 스트레인지 씨가 걸즈 포인트에서 배를 탔다고 즉각 증언했다. 그러나 스트레인지 씨를 다시 걸즈 포인트 쪽으로 태워 주지는 않았다. 배가 마지막으로 이스터헤드 쪽에서 출발했을 때의 시각은 새벽 1시 30분이었고 그때 스트레인지 씨는 타지 않았다.

배틀 총경은 조지에게 라티머 씨를 아는지 물어보았다.

"라티머요? 라티머라. 키 크고 잘생긴 젊은 신사분을 말씀하시는 건가요? 호텔에서 나와서 걸즈 포인트로 가는 양반? 예, 알지요. 그런데 간밤에는 본 적이 없어요. 오늘 아침에는 탔지요. 아까 돌아갔어요."

일행은 배를 타고 이스터헤드 베이 호텔 쪽으로 갔다.

막 건너편에서 돌아온 라티머가 호텔에 있었다. 그는 일행이 탔던 배 바로 전의 배편으로 돌아온 거였다. 라티머는 도움이 된다면 할 수 있는 무엇이든 하겠다고 했다.

"그래요, 네빌이 어젯밤 여기 왔습니다. 뭔지 몰라도 아주 우울해 보였어요. 노부인과 말다툼이 있었다고 하더군요. 듣자하니 케이하고도 사이가 좋지 않다는 것 같던데, 물론 네빌에게 직접 들었던 건 아닙니다. 어쨌든 좀 풀이 죽은 모습이었어요. 저하고라도 어울릴 수 있어서 다행인 것 같았습니다."

"여기 오자마자 당신을 찾지는 못했다면서요?"

라티머가 날카롭게 대답했다.

"왜 그랬는지는 모르겠습니다. 저는 라운지에 앉아 있었어요. 스트레인지는 둘러보았는데 저를 보지 못했다고 하더군요. 하지만 그는 어제 정신이 없는 상태였어요. 그게 아니라면 제가 잠깐 한 5분 정도 정원에 나가 있었을 수도 있죠. 저는 수시로 정원에 나가니까요. 이 호텔, 냄새가 아주 끔찍합니다. 어젯밤에는 바에서도 나고, 심지어 술에서도 냄새가 나더군요! 스트레인지도 냄새가 불쾌하다고 했지요! 같이 진저리를 쳤어요. 뭔가 썩어 가는 불쾌한 냄새예요. 당구장 바닥 아래에 고양이 시체가 있는지도 모르죠."

"두 분은 당구를 쳤어요. 그 다음엔 뭐했습니까?"

"아, 잠깐 이야기를 하다가 술을 한두 잔 더 마셨습니다. 그러고 있다가 네빌이 '이런, 배를 놓쳤군.' 하더군요. 그래서 제가 차를 가져와서 태워 주겠다고 했습니다. 그리고 그렇게 했어요. 도착해 보니 2시 30분쯤 되어 있더군요."

"어젯밤 내내 스트레인지 씨와 함께 있었습니까?"

"아, 물론입니다. 누구에게든 물어보세요. 그렇다고 말할 겁니다."

"고맙습니다, 라티머 씨. 워낙 철저히 조사를 해야 해서요."

웃음을 머금고 평정을 잃지 않는 이 청년과 헤어지고 나서 리치가 총경에게 물었다.

"무슨 생각에서 네빌 스트레인지의 행적을 그렇게 철저히 조사하시는 건가요?"

총경은 미소를 지었다. 리치는 문득 알아차렸다.

"세상에! 삼촌은 저 사람의 행적을 조사하고 있었던 거군요. 그게 삼촌 생각이었던 거예요."

"무슨 생각을 갖기엔 아직 일러. 이제 테드 라티머가 간밤에 정확히 어디에 있었는지 알아내야겠어. 11시 15분부터 자정까지는 네빌 스트레인지와 함께 있었다는 사실이 확인되었지. 하지만 그 전엔 어디 있었던 거지? 스트레인지가 도착하고 나서 그를 찾기 전까지 말이야."

이들은 바텐더, 종업원, 승강기 안내원 등을 모두 만나 집요하게 라티머의 행적을 추적했다. 그가 9시에서 10시 사이에 라운지에 있었다는 게 확인되었다. 10시 15분에는 바에 있었다. 하지만 이때부터 11시 20분까지는 행적이 묘연했다. 그런데 잡역부 중 한 사람이 그가 북부 지방에서 온 뚱뚱한 베도즈 부인과 함께 좁은 도서실에 있었다고 증언했다. 정확히 그게 몇 시였냐고 물었을 때, 잡역부는 11시쯤이었다고 대답했다.

배틀 총경이 우울한 목소리로 말했다.

"라티머 역시 아니군. 그도 여기 있었어. 그 뚱뚱하고 부유한 부인과 함께 있으면서 관심을 끌고 싶지 않았을 뿐이야. 하여간 이제

다른 사람들, 하인들, 케이 스트레인지, 오드리 스트레인지, 메리 올
딘, 그리고 토머스 로이드를 다시 조사하는 수밖에. 그중의 한 사람
이 노부인을 죽였어. 그런데 그게 누구지? 실제 흉기를 찾을 수만
있다면……."

그는 말을 멈추더니 허벅지를 탁 내리쳤다.

"알았어! 짐, 됐다. 이제 내가 왜 자꾸 에르퀼 푸아로를 생각했는
지 알았어. 대강 점심을 먹고 다시 걸즈 포인트로 가자고. 보여 줄
게 있어."

X

메리 올딘은 안절부절못했다. 그녀는 집 안을 들락거리고, 여기저
기서 시든 다알리아 꽃을 꺾다가, 다시 거실로 들어가 쓸데없이 꽃
병의 위치를 옮기기도 했다.

서재에서는 알아듣기 어려운 대화가 들려오고 있었다. 네빌이 거
기서 트렐로니 씨와 이야기를 하고 있었다. 케이와 오드리의 모습
은 보이지 않았다.

메리는 다시 정원으로 나갔다. 저 아래 벽 쪽에서 토머스 로이드
가 평온한 태도로 담배를 피우고 있었다. 그녀는 그쪽으로 다가갔다.

"아, 로이드 씨."

그녀는 어찌할 바를 모르겠다는 듯 긴 한숨을 내쉬면서 그의 옆
에 자리를 잡고 앉았다.

"무슨 문제라도 있나요?"

토머스가 물었다.

메리는 엷게 짜증이 섞인 웃음을 웃었다.

"당신 말고 그런 말을 할 수 있는 사람은 없을 거예요. 집에서 살인 사건이 일어났는데 '문제라도 있나요?'라니."

토머스는 조금 놀란 표정이 되었다.

"다른 뜻으로 들렸나 보군요?"

"아니에요. 무슨 뜻인 줄은 알아요. 당신처럼 느긋하게, 변한 건아무것도 없다는 식인 사람이 곁에 있으니 정말 마음이 편해지지않을 수가 없네요!"

"이러니저러니 흥분해서 좋을 게 없지 않습니까?"

"그럼요, 그럼요. 그게 현명한 태도지요. 하지만 그걸 안다고 해서당신처럼 줄곧 초연할 수 있는 있는 사람들은 많지 않아요."

"아마도 제가 직접 관련되어 있지 않아서 그렇겠지요."

"그것도 맞아요. 네빌이 혐의를 벗었을 때 우리가 얼마나 안도했는지 몰라요. 그런 안도감을 당신은 느끼지 못할 거예요."

"그렇게 돼서 나도 물론 매우 기쁩니다."

로이드가 말했다. 메리가 몸을 떨었다.

"너무 아슬아슬한 일이었어요. 네빌이 방을 나가고 난 뒤 부인이종을 당겨 배레트를 부를 생각을 안 했다면……."

그녀는 말을 끝내지 않았다. 토머스가 그녀를 대신해 말을 이었다.

"그랬다면 네빌은 어쩔 수 없이 살인자가 되고 말았겠지요."

그의 말투에는 묘하게 잔인한 만족감이 서려 있었다. 메리의 나무라는 듯한 시선을 마주하면서, 그는 미소를 짓고 고개를 가로저었다.

"난 정말로 잔인한 사람은 아니에요. 하지만 이제 네빌이 혐의를 벗게 되니, 그가 조금이라도 정신을 차릴 만한 일을 겪었다는 게 기분이 좋습니다. 정나미 떨어지도록 자만에 찬 사람이었잖습니까."

"알고 보면 그렇지 않은 사람이에요, 토머스."

"아닐지도 모르죠. 단지 태도의 문제인지도. 하여간 오늘 아침에는 제대로 겁이 나서 넋이 빠진 모습이더군요!"

"당신은 정말 잔인한 구석이 있다니까요!"

"어쨌든 이제 다 괜찮아졌어요. 메리, 네빌은 이번에도 기막힌 행운으로 살아날 수 있었어요. 다른 불쌍한 친구였다면 이만큼 완벽한 증거가 있는데 이렇게 극적으로 혐의를 벗을 수는 없었을 겁니다."

메리는 또 몸을 떨었다.

"그런 말은 마세요. 난 결백한 사람은 결국 무사하다고 생각하고 싶어요."

"그래요, 메리?"

그의 음성은 부드러웠다. 메리가 갑자기 고백했다.

"토머스, 걱정이 돼요. 정말이지 무섭고 걱정이 돼요."

"으음?"

"트레브스 씨 말이에요."

토머스가 파이프를 돌 위에 떨어뜨렸다. 파이프를 집으려고 몸을 숙이면서 그의 목소리가 바뀌었다.

"트레브스 씨가 왜요?"

"그분이 여기 왔던 그날 밤, 그 이야기 있잖아요. 꼬마 살인자에 대한 이야기! 토머스, 계속 생각해 봤는데요……. 그건 단지 이야기였을 뿐일까요? 아니면 그분이 그 이야기를 해 준 데에 어떤 목적이 있었던 걸까요?"

로이드가 신중하게 말했다.

"그러니까 안에 있던 누군가를 노리고 한 이야기일 수 있다는 건가요?"

메리가 작은 소리로 대답했다.

"그래요."

토머스가 조용히 말했다.

"나도 생각을 해 봤어요. 사실 당신이 오기 전에 여기서 그걸 생각하고 있었어요."

메리가 눈을 반쯤 감았다.

"기억을 계속 되살려 봤어요……. 그분이 그 이야기를 할 때, 기억 나시겠지만 굉장히 의도적인 면이 있었어요. 거의 억지로 그 이야길 화제로 삼았다고 할까요. 그리고 어디서 보든 그 사람을 알아볼 것이라고도 말했죠. 그걸 강조했어요. 마치 그 사람을 알아보았던 것처럼."

"으음, 나도 그때 상황을 다 돌이켜 봤어요."

토머스가 말했다.

"그런데 왜 그가 그랬을까요? 그 이유가 무엇이었을까요?"

메리 올딘의 질문에 로이드가 말했다.

"아마도 일종의 경고였을 겁니다. 어떤 음험한 시도를 하지 말라는 뜻의……."

"그렇다면 카밀라 아주머니가 살해될 것임을 트레브스 씨가 알았다는 건가요?"

"아니, 그런 건 아니지요. 그건 너무 현실성이 없어요. 그렇게 구체적인 것이 아니라 일반적인 경고였을 겁니다."

"생각해 봤는데, 우리가 경찰에게 이 이야길 해 주어야 할까요?"

토머스는 다시 한 번 신중한 태도로 메리의 질문을 생각해 보았다.

"그러지 않는 게 좋을 것 같습니다."

잠시 후, 그가 말했다.

"그게 어떤 식으로든 이 사건과 관련이 있는 것 같지는 않아요. 트레브스 씨가 살아 있어서 경찰에게 뭔가 증언을 할 수 있는 것도 아니고."

"그래요. 그분은 죽었지요!"

그녀는 잠깐 몸을 떨었다.

"너무나 이상해요, 토머스. 어떻게 그렇게 죽을 수가 있지요?"

"심장 마비였어요. 원래 심장이 약했다잖습니까."

"내 말은, 왜 고장 나지도 않은 승강기에 고장 났다는 표시가 걸려 있었느냐는 거예요. 그게 계속 마음에 걸려요."

"나도 그게 아주 이상하긴 합니다."

토머스 로이드가 말했다.

XI

배틀 총경은 침실 안을 둘러보았다. 침대는 정돈되어 있었다. 그
것만 빼면 실내에는 변화가 없었다. 이 방은 처음 보았을 때도 정결
했고 지금도 정결했다.

"바로 저거야."

배틀 총경이 고풍스런 철제 난로의 울타리를 가리키며 말했다.

"저 울타리에 뭔가 이상한 점이 있지 않나?"

짐 리치가 말했다.

"좀 닦아야 할 것 같긴 하지만 제대로 되어 있는데요. 제가 보기
엔 아무것도 이상하지 않은데……. 아 저거, 왼쪽 공이 오른쪽 공보
다 너 반짝이네요?"

"에르퀼 푸아로가 계속 생각났던 게 바로 저것 때문이었어. 균형
이 맞지 않는 사물들에 대해 그가 유별나게 집착한다는 건 너도 알
고 있을 게다. 그의 비상한 두뇌를 자극하는게 바로 그런 것들이야.
나는 무의식적으로 '푸아로 영감이라면 저걸 갖고 고심할 텐데.' 하
고 생각했던 것 같아. 그래서 그 영감 이야길 시작했을 텐데 말이지.
존스, 지문 채취 기구를 갖고 와서 저 두 장식공에 지문이 있나 떠
보게."

존스 경사는 금세 작업을 마치고 보고했다.

"오른쪽 철공에는 지문이 있습니다. 왼쪽 것에는 아무 지문도 없네요."

"그렇다면 우리가 살펴볼 것은 왼쪽 것이야. 오른쪽 공에 묻은 것은 마지막으로 닦았을 때 하녀들이 남긴 것이지. 왼쪽 공은 두 번 닦였어."

존스가 갑자기 생각난 듯 말했다.

"여기 휴지통에 구겨진 사포 조각이 있었습니다. 하지만 거기 무슨 의미가 있을 거라고는 생각하지 않았어요."

"그때는 찾아야 할 것이 무엇인지 몰랐기 때문이야. 자, 이제 저 공을 봉에 연결하는 나사는 쉽게 풀릴 것일세. 그래, 그럴 거라고 생각했어."

금세 연결 나사를 푼 존스 경사가 공을 들어올렸다. 그가 두 손으로 무게를 가늠해 보며 말했다.

"상당히 무거운데요."

리치가 상체를 수그리고 살펴보다가 말했다.

"나사에 뭔가 거무스름한 게 묻어 있습니다."

배틀 총경이 말했다.

"핏자국이야. 아닐 수도 있지만. 공은 깨끗이 닦았지만 나사에 묻은 조그만 얼룩은 눈에 띄지 않았을 테지. 노부인의 두개골을 함몰시킨 흉기는 바로 저 철공이라고 나는 장담하겠네. 하지만 찾아볼 것이 더 있어. 존스, 이 집을 다시 수색해 보도록 하게. 이번엔 찾아야 할 것이 무엇인지 분명히 알고 있겠지?"

총경은 몇 가지 상세한 지침을 전달했다. 창가로 걸어간 그는 창밖으로 고개를 내밀었다.

"저기 담쟁이덩굴 사이에 뭔가 노란 것이 끼워져 있어. 저것이 아마 이 퍼즐에 필요한 또 하나의 조각 그림이 될 거야. 틀림없어."

XII

메리 올딘이 복도를 지나가는 배틀 총경을 불러세웠다.

"잠깐 이야기 좀 할 수 있을까요, 총경님?"

"물론입니다, 올딘 양. 이리로 들어갈까요?"

그는 식당의 문을 열었다. 허스톨이 점심 식탁을 깨끗이 치워 놓은 상태였다.

"여쭤 보고 싶은 게 있습니다, 총경님. 이 끔찍한 범죄가 우리 중 누군가의 소행이라고, 정말로 그렇게 생각하시지는 않으시지요? 그럴 수가 없지 않나요? 분명히 바깥에서 침입한 누군가의 짓이에요! 어떤 미친 사람이 한 짓이라고요!"

"그 점은 상당히 정확한 지적일 수 있습니다, 올딘 양. 제가 잘못 본 것이 아니라면, 이 사건의 범인을 설명하는 아주 정확한 단어가 광기일 테니까요. 하지만 외부인의 소행은 아닙니다."

그녀는 눈이 휘둥그레졌다.

"그렇다면 이 집에 있는 누군가가 미쳤다는 뜻인가요?"

"이렇게 생각하시는군요. 입에 거품을 물고 눈을 희번덕거리는 사람이 미친 사람일 거라고요. 하지만 광기는 그런 것이 아닙니다. 극악한 범죄자 중에는 겉보기로 당신이나 저처럼 멀쩡해 보이는 사람들이 있습니다. 광기란, 보통 강박 관념의 문제입니다. 정신을 장악하는 한 가지 생각이 서서히 정신을 왜곡시키는 것이죠. 나름대로 합리적인 사람들이, 자기는 항상 박해를 받아왔으며 주변 사람들은 모두 자기의 단점을 찾아내지 못해 안달이라는 식으로 말하면서 연민을 호소할 때가 있습니다. 이런 사람들을 만날 때, 때로는 그 모든 이야기가 진실일지도 모른다고 생각하게 되기도 하고요."

"우리 집에 있는 사람 중에 자기가 박해받는다고 여기는 사람은 아무도 없어요."

"그건 하나의 예로 든 것일 뿐입니다. 광기는 여러 다른 형태로도 나타납니다. 하지만 저는 이 사건의 범인이 누구든, 그 사람은 고정 관념에 지배받고 있었을 거라고 생각합니다. 다른 아무것도 상관없고 중요하지도 않은, 그런 정도까지 몰두했던 고정 관념이 있을 겁니다."

메리가 몸을 떨었다.

"말씀드릴 것이 있어요. 총경님이 아셔야 할 것 같아서요."

그녀는 간결하고 명확하게 트레브스 씨가 저녁 식사에 초대되었던 일과 그때 그가 했던 이야기를 총경에게 들려주었다. 배틀 총경은 깊은 관심을 보였다.

"그 사람을 알아볼 수 있다고 말했다고요? 그런데 그게 남자였습니까, 여자였습니까?"

"그 이야길 들으면서 저는 그게 남자아이였을 거라고 생각했어요. 하지만 트레브스 씨가 실제로 그렇게 말한 것은 아니었습니다. 사실 생각해 보면, 트레브스 씨는 성별이나 연령에 대해서는 구체적으로 밝히지 않겠다고 못을 박듯 말했어요."

"그랬나요? 어떤 뜻이 있었던 모양이군요. 어디서 만나든 알아보았다고 확신하게 해 줄 뚜렷한 신체적 특징이 있다고 했다고요?"

"그래요."

"어쩌면 흉터일 수도 있겠군요. 여기 있는 사람들 중에 흉터가 있는 사람이 있습니까?"

메리 올딘이 대답하기 전 약간 멈칫하는 기색을 총경은 놓치지 않았다.

"눈에 띄는 흉터를 가지고 있는 사람은 없었어요."

총경이 미소를 지었다.

"그러실 것 없어요, 올딘 양. 분명히 무엇인가 알아보셨어요. 그렇다면 저 역시 그걸 알아볼 것이라고 생각하지 않습니까?"

그녀는 고개를 저었다.

"아뇨. 흉터라고 할 만한 게 있는 사람은 보지 못했어요."

그러나 총경은 그녀가 놀라고 당황한 것을 보았다. 그의 말이 그녀에게 매우 불쾌한 일련의 연상을 불러일으킨 것이 분명했다. 그게 무엇인지 매우 궁금했지만, 경험으로 보아 이런 때에 다그친다고 해서 그녀가 원하는 답을 하지는 않을 것임을 그는 알고 있었다.

그는 다시 트레브스 씨의 이야기로 돌아갔다.

메리는 그날 밤 있었던 비극적 사건에 대해 말해 주었다. 총경은 사건의 전말을 듣고 나서 조용히 말했다.

"저로서는 새로운 사건입니다. 아직까지 이런 사건은 없었어요."

"그게 무슨 뜻인가요?"

"승강기에 팻말을 거는 정도의 간단한 방법으로 저질러진 살인은 아직 본 적이 없다는 뜻입니다."

그녀는 깜짝 놀랐다.

"정말로 그렇게 생각하시지는……?"

"그게 살인이었다고요? 물론입니다! 신속하고 비상한 방법이에요. 물론 성공하지 못했을 수도 있습니다. 하지만 이 경우 성공했던 거지요."

"트레브스 씨가 그 사람을 알고 있다는 이유만으로……?"

"맞습니다. 노인이 살아 있다면 수사의 초점이 이 집의 특정인에게 집중되도록 했을 겁니다. 사실상, 우리는 아무런 단서도 없는 상태에서 수사를 시작했지요. 하지만 지금은 무엇인가 모습을 드러내고 있습니다. 사건의 전모가 점점 분명히 드러나고 있어요. 이것만은 분명히 말씀드릴 수 있습니다, 올딘 양. 가장 작은 부분까지 사전에 치밀하게 계획된 것이 이 살인 사건이라는 사실입니다. 하나 당부하고 싶은 것은, 아무에게도 지금 하신 이야기를 제게 했다고 말하지 마십시오. 이건 중요합니다. 아무에게도 말해선 안 됩니다."

메리가 고개를 끄덕였다. 그녀는 여전히 멍한 표정이었다. 배틀 총경은 방을 나가 아까 메리 올딘이 붙잡기 전에 하려던 일에 착수했다. 그는 치밀한 사람이었다. 그에겐 얻고자 하는 정보가 있었다. 돌파구가 될지 모를 새로운 정보가 나타났다고 해서 원래의 계획에서 벗어나는 일이란 없었다. 그러나 이 새로운 정보에는 분명 구미가 당기는 구석이 있었다. 그는 서재의 문을 두드렸고 안에서 네빌 스트레인지의 목소리가 들려왔다.

"들어오세요."

네빌은 총경을 트렐로니 씨에게 소개했다. 날카로운 검은 눈에 키가 크고 기품 있는 풍모의 신사였다.

"방해가 되었다면 죄송합니다."

배틀 총경이 사과하는 투로 말했다.

"한 가지 확실하지 않은 것이 있어서요. 스트레인지 씨, 작고한 매튜 경의 유산 중 반은 당신이 상속받습니다. 그런데 그 나머지 반은 누가 상속받지요?"

네빌은 놀란 표정이었다.

"말씀드렸지 않습니까, 제 아내라고."

"그랬지요. 하지만……."

배틀 총경은 마땅찮다는 투로 헛기침을 했다.

"어느 부인입니까, 스트레인지 씨?"

"아, 알겠습니다. 제가 제대로 말씀드리지 못했군요. 그 유산은 오드리가 상속받습니다. 유언장이 작성되던 당시의 제 아내가 오드리이니까요. 제 말이 맞지요, 트렐로니 씨?"

변호사는 그렇다고 했다.

"유산 상속에 대한 부분은 명확히 표현되어 있습니다. 매튜 경의 재산은 그 피후견인인 네빌 헨리 스트레인지와 그의 아내, 결혼 전 성은 스탠디시인 오드리 엘리자베스 스트레인지에게 상속됩니다. 유언장 작성 이후에 발생하는 이혼은 상속에 아무런 영향도 끼치지 않습니다."

배틀 총경이 말했다.

"그렇다면 이 부분은 명확해졌군요. 그런데 오드리 스트레인지 부인도 이 사실을 분명히 알고 있습니까?"

"물론입니다."

트렐로니 씨가 말했다.

"그리고 현재의 스트레인지 부인도 알고 있습니까?"

네빌은 약간 놀란 얼굴이었다.

"케이 말씀이시군요? 아, 아마 그럴 겁니다. 최소한……, 글쎄요. 이 문제에 대해선 자세히 이야기한 적이 없어서……."

총경이 말했다.

"이야기해 보시면 알겠지만 부인께서는 이 문제에 대해 오해하고 있습니다. 트레실리안 부인이 죽고 나면, 당신과 당신의 현재 아내 가 그 재산을 상속받는 것으로 알고 있어요. 최소한 부인이 오늘 아 침 제게 해 준 이야기로는 그렇습니다. 제가 실제 상황을 알아보기 위해 온 이유도 바로 거기 있습니다."

네빌이 말했다.

"그것 참 이상하군요. 하지만 지금 생각해 보니 충분히 그럴 수도 있겠습니다. 한두 번 케이가 '카밀라가 죽고 나면 받게 되는 돈'이란 식으로 말을 한 적이 있어요. 하지만 저는 제 몫의 유산에 대한 얘기라고 여기고 지나간 것 같습니다."

"이상한 일입니다. 한 가지 문제에 대해 여러 번 이야기하는 일이 많은 두 분 사이에 이 정도의 오해가 있다는 게 말입니다. 각기 다른 생각을 갖고 있으면서도 그 차이에 대해 알지 못하다니, 이상한 일이군요."

배틀 총경이 말했다.

"그렇지요."

네빌은 수긍했지만 총경의 말에 그다지 관심이 있는 것 같지는 않았다.

"어쨌든 이 경우엔 오해를 했다고 해서 그게 큰 상관이 있는 건 아닙니다. 우리가 돈에 쪼들리는 것도 아니거든요. 사실 지는 오드리를 생각하면 굉장히 기쁠 뿐입니다. 여태 힘들게 살아왔는데 이제 상황이 아주 달라질 거예요."

배틀 총경이 딱딱한 어조로 말했다.

"하지만 스트레인지 씨, 이혼을 하던 당시에 당신은 부인에게 이혼 수당을 줘야 하셨을 텐데요?"

네빌은 얼굴을 붉혔다. 그는 마지못해 말했다.

"사람들에게는 자존심이란 게 있습니다, 총경님. 저는 오드리가 돈을 받기를 간절히 원했지만, 오드리는 제가 주는 돈을 단 한 푼도 받을 수 없다고 완강히 거절했습니다."

트렐로니 씨가 끼어들었다.

"아주 상당한 액수였습니다. 하지만 오드리 스트레인지 부인께서는 늘 그 돈을 받을 수 없다며 돌려보냈습니다."

"흥미로운 이야기군요."

배틀 총경이 말했다. 그는 그게 무슨 뜻인지 두 사람이 물어보기 전에 서재에서 나왔다. 밖으로 나온 그는 조카와 마주쳤다.

그가 말했다.

"겉으로만 보자면 말야. 이 사건에 관련된 사람들 모두에게 상당한 금전적 동기가 있어. 네빌 스트레인지와 오드리 스트레인지는 각각 5만 파운드를 받게 돼. 케이 스트레인지는 자기에게 5만 파운드의 유산이 상속된다고 생각하고 있어. 메리 올딘은 일하지 않고도 살 수 있을 만한 수입을 얻게 돼. 토머스 로이드에게는 금전적 이득이 없다고 말해야겠지. 하지만 허스톨, 심지어 배레트까지도 금전적 동기가 있다고 할 수 있어. 의심을 피하기 위해 목숨을 걸 수도 있다고 가정한다면 말이야. 그래, 금전적 동기라면 누구에게나 있어. 하지만 내 생각이 맞다면, 이 사건은 전혀 돈에 관련된 것이 아니야. 순수한 증오에서 비롯되는 살인이 있다면, 이게 바로 그것이지. 누가 나타나 방해만 놓지 않는다면, 나는 그 범인을 잡고 말 거야!"

XIII

앵거스 맥휘터는 이스터헤드 베이 호텔의 테라스에 앉아 강물 저편의 험상궂은 스타크 헤드를 바라보고 있었다. 이 순간 그는 자신의 생각과 감정을 꼼꼼히 갈무리하고 있었다.

며칠 되지 않는 마지막 여가의 시간을 이곳에서 보내도록 결심하게 만든 것이 무엇인지 그는 알 수 없었다. 이곳의 무엇인가가 그를 끌어당겼다. 어쩌면 자신을 시험해 보려는 바람이 있었던 것일까? 가슴속에 아직도 그때의 절망이 남아 있는지 한번 보겠다는?

모나? 이제 그는 그녀의 생각을 거의 하지 않았다. 그녀는 다른 남자와 결혼했다. 어느 날 길에서 그녀를 스쳐 지나갔지만 아무 감정도 느낄 수 없었다. 그녀가 그를 떠났을 때의 쓰라린 슬픔과 고통을 기억할 수는 있었다. 하지만 그것도 이제 지난 일이 되었다.

그는 깜짝 놀라 상념에서 빠져나왔다. 온통 물에 젖은 개가 달려들더니, 이곳에서 새로 사귄 친구인 열세 살짜리 소녀 다이애나 브린턴이 비명을 질렀기 때문이다.

"저리 가, 돈. 저리 가! 휴우, 냄새가 정말 끔찍하죠? 저기 해변에서 죽은 물고기 위에서 뒹굴었나 봐요. 몇 미터나 떨어져 있어도 냄새가 코를 찔러요. 물고기가 죽어서 거의 뭉그러진 상태였어요!"

맥휘터의 코는 다이애나의 주장이 맞음을 확인해 주었다.

"바위 틈새 있죠. 거기였어요."

브린턴 양이 말했다.

"바다로 데리고 가서 씻겨 주기까지 했는데, 별로 소용이 없는 것 같아요."

맥휘터도 동의했다. 귀엽고 붙임성 있는 성격에 털이 **빳빳한** 테리어종인 돈은 두 친구가 자기를 근처에 오지 못하게 하자 상처를 받은 표정이었다.

"바닷물은 아무 소용이 없지. 뜨거운 물에 비누로 씻기는 수밖에 없어."

맥휘터가 말했다.

"알아요. 하지만 호텔에서는 그렇게 하기가 힘들잖아요. 우리 방에는 개별 욕실이 없거든요."

맥휘터와 다이애나는 돈을 목 줄로 끌면서 살금살금 옆문을 통해 몰래 호텔 건물로 들어갔다. 맥휘터의 욕실까지 돈을 몰래 데리고 와 깨끗이 몸을 씻겨 주었다. 이 바람에 맥휘터와 다이애나는 둘 다 흠뻑 물에 젖고 말았다. 목욕이 끝나자 돈은 몹시 슬퍼했다. 다른 개들이 모두 부러워할 아주 좋은 향기를 찾아내자마자 이 역겨운 비누 냄새를 맡아야 하다니. 인간들은 누구나 똑같았다. 무엇이 좋은 냄새인지 모르는 것이다.

이 소동으로 맥휘터는 한결 기분이 좋아졌다. 그는 버스를 타고 양복을 맡긴 세탁소가 있는 살팅턴으로 갔다.

'24시간 세탁소'의 여점원은 그를 멍청하게 쳐다보았다.

"맥휘터라고 하셨나요? 아직 세탁이 안 된 것 같은데요."

"분명히 됐을 겁니다."

양복은 그 전날 찾아가기로 되어 있었다. 그렇게 따져도 24시간이 아니라 48시간은 지나 있었다. 그가 왔을 때 있던 직원이 모든 사항을 다 이야기해 주었을 터였다. 맥휘터는 얼굴을 찌푸렸다.

"아직 시간이 안 되었어요."

여점원은 무관심한 웃음을 지으며 말했다.

"말도 안 돼요."

점원은 웃음을 거두면서 쏘아붙이듯 말했다.

"어쨌거나, 아직 안 됐다니까요."

"그럼 그대로 가져갈 테니 그냥 내주세요."

"아무것도 안 한 상태예요."

점원은 나중에 딴말 말라는 투로 말했다.

"가져가겠습니다."

"특별히 편의를 봐 드려서 내일까지는 세탁을 해 놓도록 할 수도 있는데요."

"특별한 편의 같은 것은 받고 싶지도 않아요. 그냥 양복이나 주세요."

불쾌하다는 표정으로 그를 한번 본 점원은 안쪽에 있는 방으로 들어갔다. 그녀는 엉성하게 묶인 옷 꾸러미를 들고 나오더니 카운터 위로 밀쳤다. 맥휘터는 꾸러미를 들고 밖으로 나왔다.

우습게도, 그는 자신이 무슨 승리라도 거둔 듯한 기분이었다. 사실은 다른 세탁소에 양복을 맡겨야 하게 생겼는데도!

호텔로 돌아온 그는 꾸러미를 침대에 던지고 짜증이 난다는 표정으로 바라보았다. 어쩌면 호텔에서 약간 물을 뿌린 후 다림질을 하면 될 것도 같았다. 심하게 더럽혀졌던 건 아니었다. 굳이 세탁을 할 필요까지는 없었을지도?

꾸러미를 끌러 본 그는 짜증 섞인 탄식을 뱉어 내지 않을 수 없었다. '24시간 세탁소'는 말할 수 없이 엉망으로 일하는 곳임에 분명했다. 이것은 그의 양복이 아니었다. 심지어 색깔조차 달랐다. 그가 맡긴 옷은 감색이었다. 일은 제대로 못하면서 뻔뻔하기만 한 병신들 같으니라고.

그는 화가 난 얼굴로 이름표를 보았다. 맥휘터라는 이름만은 맞게 적혀 있었다. 다른 맥휘터인가? 아니면 바보같이 이름표까지 바꿔 달았단 말인가?

구겨진 옷가지를 화난 얼굴로 내려다보다가 그는 갑자기 어떤 냄새를 맡았다. 분명히 그가 아는 냄새였다. 아주 불쾌한 냄새⋯⋯. 어쩐지 개와 연관된 냄새. 맞다, 그것이다. 다이애나와 그 개. 말 그대로, 푹푹 썩어 가는 물고기의 냄새!

그는 수그리고 앉아 옷을 살펴보았다. 양복의 어깨 쪽에 색이 바랜 부분이 있었다. 어깨라⋯⋯.

'아니, 이건 정말 이상한데⋯⋯.'

맥휘터는 생각했다. 어쨌거나 다음 날 그는 '24시간 세탁소'의 여점원에게 몇 마디 따끔하게 말해 줄 참이었다. 가게 운영을 이 따위로 하는 데가 어디 있느냔 말이지!

XIV

저녁을 먹고 나서 그는 호텔 바깥으로 나와 선착장으로 향하는 길을 천천히 걸었다. 하늘은 맑았지만 날씨는 쌀쌀했다. 겨울이 멀지 않았음을 알려 주는 매서운 바람이 불고 있었다. 이제 여름은 다 지나갔다.

맥휘터는 배를 타고 솔트크리크 쪽으로 건너갔다. 스타크 헤드를 찾는 건 이번이 두 번째였다. 이곳에는 그를 매혹시키는 무엇이 있었다. 그는 천천히 걸어 밸모럴 코트 호텔과 절벽의 끝에 서 있는 저택을 지나치면서 언덕을 올라갔다. 걸즈 포인트. 그는 페인트를 칠한 문에 적힌 저택의 이름을 읽었다. 아 그래, 노부인이 살해되었다는 그 집이지. 그가 묵고 있는 호텔에서도 이 살인 사건이 상당한 화제였다. 그의 객실을 맡고 있는 여종업원은 그가 싫다는데도 사건의 전모를 들려주었고 신문은 연일 그 사건을 주요 기사로 다루고 있었다. 맥휘터에게는 탐탁지 않은 일이었다. 그는 세계 각지의 시사 문제를 읽고 싶었지, 범죄에는 관심이 없었다.

그는 계속 나아갔다. 내리막길을 걸어 작은 해변과 이제는 현대화된 고풍스런 어촌의 집들을 지나쳤다. 다시 오르막이 되는 길은 스타크 헤드로 이어지는 조그만 오솔길로 이어져 있었다.

스타크 헤드에서 바라보는 풍경은 음산하고 불길했다. 맥휘터는 절벽의 가장자리에 서서 바다를 내려다보았다. 그날 밤에도 그는 이렇게 서 있었다. 그는 그때 느꼈던 감정을 되살려 보려고 했다. 그

절망, 분노, 피로, 그 모든 것에서 벗어나고 싶다는 갈망. 하지만 되살릴 것은 아무것도 없었다. 모든 것이 이제 사라지고 없었다. 대신 남은 건 싸늘한 분노였다. 나뭇가지에 걸렸던 일, 해안 경비대에 의해 구조되었던 일, 병원에서 말썽꾸러기 어린아이 취급을 받았던 일들. 수치스럽고 모욕적인 일들이었다. 왜 사람들은 그를 내버려 둘 수 없었던 것일까? 그대로 살기보다는 영원히 끝내기를 간절히 바라지 않았던가. 그것은 지금도 마찬가지였다. 다만 그에 필요한 자극이 사라졌다는 것이 다를 뿐.

그때는 모나를 생각하면 얼마나 큰 상처를 입었던가! 이제 그는 평온한 마음으로 그녀를 생각할 수 있었다. 언제나 어리석은 면이 있는 여자였다. 예쁘다고 아부하는 사람이면 누구에게나 쉽게 넘어갔다. 아주 예쁘긴 했지. 그래, 아주 예뻤어. 하지만 생각이 없었다. 이제는 더 이상 한때 그가 꿈꾸었던 이상형의 여자가 아니었다.

하지만 아름다웠어. 물론이지. 상상 속의 모호한 그림 같은 여자. 하얀 옷자락을 물결처럼 날리면서 밤의 어둠 속을 날아가는……. 배의 이물에 새긴 조각 같은. 단지 그처럼 구체적이지 않을 뿐……, 그만큼 구체적이지 않을 뿐…….

그런데 그때 믿을 수 없는 일이 일어났다! 극적이라고 할 만큼 갑자기, 어둠을 헤치며 날아가는 무엇이 나타났다. 한순간 보이지 않다가, 다음 순간엔 거기에 있었다. 하얀 옷의 여인이 달리고 있었다. 그녀는 절벽의 가장자리를 향해 달리고 있었다. 복수의 여신에 이끌려 파멸을 향해 가는 아름답고 절망에 빠진 여자였다! 견딜 수 없는 절망에 빠져 다급하게 달려가는……. 그는 그 절망이 무엇인지 알고 있었다. 그는 그게 무슨 뜻인지도 알고 있었다…….

그는 어둠을 헤치고 달려가 막 절벽 위로 몸을 던지려는 그녀를 붙잡았다! 그는 격렬하게 말했다.

"안 돼요. 이러시면 안 됩니다……."

그의 손아귀에 붙잡힌 그녀는 새 같았다. 그녀는 새가 파닥거리듯 저항했다. 말없이 저항하던 그녀는 갑자기 새처럼 모든 기운을 잃고 가만히 있었다.

그가 절박한 목소리로 말했다.

"죽기 위해 몸을 던지시면 안 됩니다! 그럴 가치가 있는 것은 아무것도 없어요, 아무것도. 더 이상 살아갈 수 없을 정도로 불행하다고 하더라도……."

그녀가 무슨 소리를 냈다. 그것은 아득하게 먼 곳에서 반향되는 웃음소리 같았다.

그가 날카롭게 물었다.

"불행한 것은 아니군요? 그렇다면 무엇 때문에?"

그녀는 낮고 부드럽게 속삭이는 듯한 목소리로 망설임 없이 대답했다.

"두려워요."

"두렵다고요?"

그는 자신이 그녀를 잡고 있던 손을 놓았다는 데 깜짝 놀랐다. 그러나 그것은 한 발짝 물러서서 그녀의 얼굴을 보기 위해서였다. 그리고 그는 그녀의 말이 진실임을 깨달았다. 그녀를 그토록 다급하게 뛰어가도록 했던 것은 공포였다. 작고 하얀 지적인 얼굴이 공허하고 멍청해 보이도록 하는 것도 공포였다. 휘둥그레진 두 눈에 어려 있는 것도 공포였다.

그는 믿을 수 없다는 투로 물었다.

"무엇이 두려운 겁니까?"

그녀는 거의 알아듣기 힘들 만큼 나지막한 목소리로 대답했다.

"교수형을 당하게 되는 것이 두려워요……."

그렇다. 지금 그녀가 하려는 말은 바로 이것이었다. 그는 그녀를 쳐다보고 또 쳐다보았다. 그녀의 얼굴을 보다가 그는 절벽 가장자리로 시선을 돌렸다.

"그게 이유라고요?"

"그래요. 그보다는 차라리 빨리 죽는 편이……."

그녀는 눈을 감고 몸을 떨었다. 그녀는 계속 몸을 떨었다. 맥휘터는 머릿속에서 상황을 논리적으로 종합하고 있었다. 얼마 후, 그가 말했다.

"트레실리안 부인인가요? 살해되었다는 그 노부인과 관련된 일인가요?"

비난하는 투로 그는 말을 이었다.

"그렇다면 당신은 스트레인지 부인이겠군요. 스트레인지 씨의 첫째 부인."

여전히 몸을 떨면서 그녀는 고개를 끄덕였다.

맥휘터는 그 사건에 관해 들었던 내용을 모두 기억하려고 애쓰면서 신중한 목소리로 천천히 말을 이었다. 그의 기억 속에서 소문은 사실과 분리될 수 없는 거였다.

"경찰은 남편을 용의자로 보고 구류시키고 있지요, 아닌가요? 남편에게 불리한 증거가 아주 많았고……, 그러다가 누군가에 의해 증거가 조작되었다는 걸 알아냈다고……."

그는 말을 멈추고 그녀를 보았다. 그녀는 이제 떨고 있지 않았다. 그녀는 거기 서서 얌전한 어린아이처럼 그를 바라보고 있었다. 그에게 그런 그녀의 모습은 견딜 수 없도록 애처로워 보였다. 그가 계속 말을 이었다.

"알겠습니다……. 그래요, 어떤 것인지 알겠어요……. 남편이 다른 여자 때문에 당신을 버렸지요, 아니었나요? 그런데 당신은 그 사람을 사랑했고……, 그래서였군요."

그는 잠시 말을 멈추었다가 다시 말했다.

"이해합니다. 사실 당신 남편처럼 제 아내도 다른 남자 때문에 저를 버리고……."

그녀는 팔을 거칠게 내저었다. 그녀는 혼란과 절망에 빠진 목소리로 띄엄띄엄 말했다.

"그런 게 아니에요. 전혀 그런 게 아니라고요……."

그가 그녀의 말을 가로막았다. 그의 목소리는 단호했고 자신에 차 있었다.

"집으로 돌아가세요. 이제 더 이상 겁내실 필요 없어요. 아시겠어요? 당신은 교수형을 당하지 않을 겁니다! 제가 그렇게 하겠어요."

XV

메리 올딘은 거실 소파에 누워 있었다. 두통이 있는 데다 손끝 하나 까딱 못할 만큼 지친 기분이었다.

심리는 어제 열렸고 형식적인 신원 확인 절차가 끝난 다음 일주일 뒤로 연기되었다.

트레실리안 부인의 장례식은 내일 치를 예정이었다. 오드리와 케이는 장례식에 입을 검정색 옷을 사기 위해 차를 타고 살팅턴에 갔다. 테드 라티머는 두 사람을 따라갔다. 네빌과 토머스 로이드는 산책하리 나갔다. 따라서 하인들을 제외하면 집 안에는 메리뿐이었다.

배틀 총경과 리치 경감은 오늘 이 집에 없었다. 이것 역시 마음 편한 일이었다. 메리에게는 보이지 않던 그림자가 걷힌 듯한 기분이었다. 이들은 예의가 발랐고 사실 유쾌하다고도 할 수 있었다. 하지만 그 끝이 없는 질문, 조용히 면밀하게 진행하는 수사와 단 한 가지 사실도 놓치지 않고 캐내려는 태도는 신경을 극히 날카롭게 만들었다. 이제 그 무표정한 배틀 총경은 지난 열흘 동안 이 집에서 있었던 모든 사건, 모든 말, 심지어 모든 몸짓까지 다 알고 있을 것이다.

그들이 집을 비우자 평화가 찾아왔다. 메리는 휴식을 취하기로 했다. 모든 것을 잊어버려야지. 좀 누워서 쉬어야겠어.

"죄송합니다, 올딘 양."

문간에 허스톨이 서 있었다. 미안한 표정이었다.

"무슨 일이에요, 허스톨?"

"한 신사분이 뵙자고 하십니다. 서재로 안내했습니다."

메리는 믿을 수도 없고 귀찮기도 하다는 표정으로 그를 보았다.

"누구예요?"

"맥휘터 씨라고 하더군요."

"모르는 사람인데요."

"그렇겠지요."

"기자일 거예요. 기자는 들여보내면 안 된다는 걸 아시잖아요, 허스톨."

허스톨이 헛기침을 했다.

"기자인 것 같지는 않습니다. 오드리 부인의 친구라고 하는 것 같았습니다."

"아, 그렇다면 문제가 다르지요."

머리를 매만지고 나서 메리는 지친 몸을 이끌고 나가 복도를 지나서 서재로 갔다. 창가에 서 있던 키 큰 남자가 몸을 돌렸을 때, 그녀는 조금 놀라고 말았다. 전혀 오드리 부인의 친구처럼 보이지 않는 사람이었다.

그러나 그녀는 친절하게 말했다.

"죄송합니다만 오드리 부인은 지금 외출 중이십니다. 부인을 보러 온 용건이라면?"

그는 신중하게 생각에 잠긴 표정으로 그녀를 보았다.

"올딘 양이신가요?"

"그렇습니다."

"당신이 도와주셔도 될 것 같습니다. 밧줄을 좀 찾아봐야겠습니다."

"밧줄요?"

메리가 난데없이 밧줄이냐는 투로 물었다.

"예, 밧줄. 밧줄을 어디에 보관하시죠?"

나중에 메리는 그때 자신이 반쯤 최면에 걸렸다고 생각했다. 만일 이 모르는 남자가 밧줄이 필요한 이유에 대해 조금이라도 설명을 했다면, 그녀는 그렇게 할 수 없다고 거절했을 것이다. 하지만 그럴듯한 구실을 찾아낼 수 없었던 앵거스 맥휘터는 현명하게도 아무런 설명 없이 단도직입적으로 묻기로 작정한 것이다. 그는 밧줄이 필요하다고만 잘라 말했다. 메리는 반쯤 정신이 없는 상태에서 맥휘터 씨를 데리고 밧줄을 찾기 시작했다.

"어떤 밧줄이죠?"

"아무 밧줄이라도 됩니다."

그녀가 자신이 없다는 투로 말했다.

"글쎄, 헛간에 있을까⋯⋯."

"가 볼까요?"

그녀가 그를 안내했다. 헛간에는 애매한 길이의 가느다란 노끈이 있었지만, 맥휘터는 고개를 저었다. 그가 찾는 것은 튼튼하고 큼지막하게 둘둘 말린 밧줄이었다.

"아, 위층에 골방이 있는데."

메리가 망설이듯 말했다.

"거기 있을지도 모르겠군요."

두 사람은 안으로 들어가 위로 올라갔다. 메리가 골방의 문을 열었다. 맥휘터는 문간에 서서 방 안을 들여다보았다. 그는 묘한 만족의 한숨을 쉬었다. 그가 말했다.

"저기 있군요."

문 바로 안쪽에 있는 서랍장 위에 커다란 밧줄 더미가 낡은 낚시 도구, 좀먹은 쿠션들과 함께 놓여 있었다. 맥휘터는 손으로 메리의 팔을 잡고 부드럽게 그 앞으로 끌고 갔다. 두 사람은 함께 밧줄을 내려다보았다. 손으로 밧줄을 만져 보고 그가 말했다.

"올딘 양, 기억을 잘 되살려 주셨으면 합니다. 이 방의 모든 물건들이 다 먼지를 뒤집어쓰고 있는 게 보이시지요? 하지만 이 밧줄에는 전혀 먼지가 쌓여 있지 않습니다. 만져 보세요."

"좀 축축하기까지 하네요."

놀란 듯한 목소리였다.

"그렇지요."

그는 몸을 돌리고 방을 나왔다.

"하지만 밧줄은요? 그게 필요하다고 하시지 않았나요?"

메리가 놀라면서 물었다.

맥휘터는 미소를 지었다.

"그게 거기 있다는 걸 확인하려고 했습니다. 이제 됐습니다. 그런데 저 골방 문을 잠그시고 열쇠를 치워 주셨으면 좋겠는데요? 그래요. 그리고 그 열쇠를 배틀 총경이나 리치 경감에게 전해 주시면 아주 고맙겠습니다. 두 사람이 열쇠를 간수하는 것이 좋을 듯합니다.”

계단을 내려가는 동안 메리는 정신을 수습하려고 애썼다. 1층의 중앙 복도에 이르자 그녀가 말했다.

“하지만 정말이지 이해할 수가 없는걸요.”

맥휘터가 단호하게 말했다.

“이해하실 필요는 없어요.”

그는 그녀의 손을 잡고 진심으로 고맙다는 듯 흔들었다.

“협조해 주셔서 대단히 고맙습니다.”

이 말을 마지막으로 그는 곧장 현관문을 통해 나갔다. 메리는 자신이 꿈을 꾼 건 아닌가 생각했다!

잠시 후 네빌과 토머스가 집 안에 들어왔고, 곧 이어 차가 도착했다. 메리 올딘은 케이와 테드를 보며 부러운 생각이 들지 않을 수 없었다. 두 사람은 서로 웃고 농담하면서 상당히 즐거워 보였다. 하긴, 그러지 말라는 법이 어디 있겠는가? 메리는 생각했다. 트레실리안 노부인은 케이에게 아무 의미도 없는 사람이었다. 이런 비극적 사건은 젊고 발랄한 미인에게 단지 아주 성가신 일일 뿐이다.

경찰이 도착한 것은 이들이 점심 식사를 끝낸 직후였다. 배틀 총경과 리치 경감이 거실에 와 있다고 전하는 허스톨의 목소리에는 어딘지 모르게 두려움이 배어 있었다.

이들에게 인사하는 배틀 총경의 얼굴은 상당히 온화했다.

"귀찮게 하지는 않았는지 모르겠습니다."

그가 변명하듯이 말했다.

"한두 가지 알아내야 할 것이 있어서 말입니다. 우선, 이 장갑입니다. 이게 누구 것이지요?"

그가 장갑을 내밀었다. 가죽으로 된 자그마한 노란색 장갑이었다. 그가 오드리에게 물었다.

"부인 것입니까?"

그녀는 고개를 저었다.

"아니에요. 아니, 제 것이 아니에요."

"올딘 양?"

"제 것도 아닌데요. 그런 색 장갑은 없어요."

"좀 볼까요?"

케이가 손을 내밀었다.

"아니에요."

"한번 껴 보시지요."

케이는 장갑을 껴보았다. 하지만 그녀의 손에는 너무 작았다.

"올딘 양?"

메리도 장갑을 껴보았다.

"역시 너무 작군요."

배틀 총경이 말했다. 그는 다시 오드리를 보고 말했다.

"부인에게는 꼭 맞을 것 같습니다. 다른 두 숙녀분에 비해서 부인의 손이 작으니까요."

오드리는 총경에게서 장갑을 건네받아 오른손에 껴 보았다. 네빌이 날카롭게 말했다.

"아니, 이봐요, 총경님. 오드리는 자기 장갑이 아니라고 말했지 않습니까?"

"아, 글쎄요."

총경이 말했다.

"잘못 알았을 수도 있지요. 잊어버렸을 수도 있고."

오드리가 말했다.

"제 것인지도 모르겠어요. 장갑이란 게 다 비슷하게 생겨서. 안 그래요?"

배틀 총경은 말했다.

"어쨌거나 그 장갑은 부인 방의 창 바깥에서 발견되었습니다. 담쟁이덩굴 속에 끼워져 있었지요. 다른 짝도 함께 있었습니다."

잠시 침묵이 흘렀다. 오드리는 입을 열어 무엇인가 말하려다가 다시 입을 다물었다. 흔들림 없는 총경의 시선 앞에서 오드리는 눈을 내리깔았다.

네빌이 갑자기 앞으로 나섰다.

"이보세요, 총경님……."

"스트레인지 씨, 따로 이야기해도 될까요?"

배틀 총경이 가라앉은 목소리로 말했다.

"물론입니다, 총경님. 서재로 오시지요."

그는 앞장서서 두 경찰과 함께 서재로 갔다.

문을 닫자마자 네빌이 날카롭게 물었다.

"제 아내 방 창 바깥에서 장갑이 발견되었다니, 이게 대체 무슨 소립니까?"

배틀 총경은 조용히 말했다.

"스트레인지 씨, 우리는 이 집에서 아주 이상한 물건을 찾아냈습니다."

네빌은 얼굴을 찡그렸다.

"이상하다고요? 이상하다니, 그게 무슨 뜻입니까?"

"보여 드리지요."

총경이 고개를 끄덕여 지시하자, 리치는 방 바깥으로 나가 아주 이상하게 생긴 물건을 들고 들어왔다.

배틀 총경이 말했다.

"보시다시피, 이것은 빅토리아식 난로 울타리에 붙어 있는 강철 공입니다. 무게가 상당한 강철 공이죠. 그 밑의 것은 테니스 라켓의 손잡이입니다. 라켓의 머리 부분을 잘라낸 다음에 공을 손잡이 부분에 끼워넣은 것이죠."

그가 말을 멈추었다.

"트레실리안 부인의 살해에 사용된 흉기가 바로 이것입니다. 전혀 의심의 여지가 없습니다."

"끔찍하군요!"

네빌이 전율하며 말했다.

"이, 이 흉측한 물건을 어디서 찾아냈습니까?"

"강철 공은 깨끗이 닦여서 다시 울타리에 끼워졌습니다. 하지만 살인자는 나사 부분을 닦는 일을 소홀히 했더군요. 나사에 피가 묻은 흔적이 있었습니다. 마찬가지로 테니스 라켓의 손잡이와 머리 부분은 외과에서 사용하는 석고를 이용해 다시 붙여졌습니다. 그런 다음에 계단 아래에 있는 벽장 속에 아무렇게나 던져졌지요. 수많은 다른 라켓들과 뒤섞여 있었기 때문에, 꼭 그렇게 생긴 라켓을 찾으려고 하지 않았다면 눈에 띄지 않았을 것입니다."

"대단하십니다, 총경님."

"수사상의 절차일 뿐이지요."

"지문은 없었나요?"

"무게로 볼 때, 라켓은 케이 스트레인지 부인의 것입니다. 부인과 스트레인지 씨 두 분이 라켓을 사용했고 따라서 두 분의 지문이 묻어 있습니다. 하지만 이후에 장갑을 낀 누군가가 라켓을 사용했다는 틀림없는 흔적이 있습니다. 이것들 말고는 단 하나의 지문만이 있는데, 이것은 실수로 남겨진 것 같습니다. 라켓을 다시 이어 붙이면서 사용한 수술 붕대에 묻은 것입니다. 여기서 그 지문이 누구의 것인지는 말씀드리지 않겠습니다. 그보다 우선 말씀드리고 싶은 것이 있습니다."

배틀 총경은 잠시 멈추었다가 다시 말을 이었다.

"마음의 준비를 하시기 바랍니다, 스트레인지 씨. 먼저 질문을 하고 싶습니다. 이 집에서 세 분이 모이기로 한 것이 스트레인지 씨 본인의 생각이었다고, 그것이 사실은 오드리 스트레인지 부인의 제안이 아니었다고 여전히 확신하십니까?"

"오드리는 결코 그런 일을 한 적이 없어요. 오드리는……."

문이 열리더니 토머스 로이드가 들어왔다. 그가 말했다.

"참견해서 죄송합니다. 하지만 이 문제에 대해선 저도 할 말이 있을 것 같습니다."

네빌은 지치고 귀찮다는 표정으로 그를 보았다.

"무슨 소릴 하려고? 우린 사적인 이야길 하는 중이었어."

"그래도 상관없어. 바깥에서 듣기론 누군가의 이름이 거론되던데."

토머스는 잠시 멈추었다가 내뱉듯 말했다.

"오드리였지."

"도대체 오드리의 이름이 당신하고 무슨 상관이 있다는 거야?"

네빌이 화가 치미는 얼굴로 따지듯 물었다.

"아니, 그렇게 따지자면 그 이름이 당신하곤 무슨 상관이 있다는 건가? 아직 오드리에게 분명히 말한 것은 아니지만, 나는 그녀에게 청혼할 생각으로 여기에 왔어. 그건 그녀도 알고 있다고 생각해. 나는 오드리와 결혼할 거라고."

배틀 총경이 헛기침을 했다. 네빌은 총경 쪽으로 휙 몸을 돌리며 말했다.

"죄송합니다, 총경님. 이렇게 방해를……."

총경이 말했다.

"상관없습니다, 스트레인지 씨. 한 가지 더 물어볼 것이 있습니다. 살인이 있었던 날 밤 당신이 입었던 감색 양복, 그 양복의 목깃과 어깨 부분에 금발 머리카락이 묻어 있더군요? 그게 어떻게 거기 묻게 되었는지 아십니까?"

"제 머리카락이겠지요."

"아닙니다. 당신 머리카락이 아니에요. 여자의 머리카락입니다. 그리고 소매 부분에는 붉은색 머리카락이 붙어 있었습니다."

"그건 제 아내, 케이의 머리카락일 겁니다. 다른 머리카락은, 지금 그렇게 생각하시나 본데, 맞습니다. 오드리의 머리카락일 겁니다. 그렇겠네요. 어느 날 밤 테라스에 나가 있다가 제 소매 단추가 그녀의 머리카락에 끼었던 적이 있어요. 기억 납니다."

리치 경감이 웅얼거리듯 말했다.

"그렇다면 그 금발 머리카락은 소매 쪽에 있겠지요."

"그럼 지금 대체 무슨 소릴 하는 겁니까?"

네빌이 외치듯 물었다. 배틀 총경이 말했다.

"외투의 목깃 안쪽에는 화장분이 묻었던 흔적도 있습니다. 프리마베라 나투렐 1번 제품입니다. 아주 향기가 좋고 비싼 화장분이지요. 스트레인지 씨, 당신이 그 화장분을 사용한다고 말씀하셔도 아무 소용이 없습니다. 그래봐야 당신 말을 믿지 않을 테니까요. 스트레인지 부인은 오키드 선 키스를 사용합니다. 그런데 오드리 스트레인지 부인이 쓰는 화장분은 프리마베라 나투렐 1번입니다."

"도대체 무슨 말을 하려는 겁니까?"

네빌이 다시 물었다.

배틀 총경은 몸을 앞으로 내밀었다.

"제가 하려는 말은, 언젠가 오드리 스트레인지 부인이 그 외투를 입었다는 것입니다. 그것이 머리카락과 화장분이 거기 묻어 있다는 사실을 합리적으로 설명할 수 있는 유일한 방법입니다. 방금 전에 제가 꺼냈던 장갑을 보셨지요? 그건 그녀의 장갑이 맞습니다. 그것은 오른손 짝이었습니다. 여기 왼손 짝이 있습니다."

그는 주머니에서 장갑을 꺼내 탁자 위에 올려놓았다. 장갑은 구겨질 대로 구겨지고 녹물이 묻은 듯 갈색 얼룩이 져 있었다.

네빌은 두려움 섞인 목소리로 물었다.

"거기 그게 뭡니까?"

"피입니다, 스트레인지 씨."

배틀 총경이 단호하게 말했다.

"잘 보시기 바랍니다. 이건 왼손 짝입니다. 오드리 스트레인지 부인은 왼손잡이지요. 아침 식탁에서 커피 잔은 오른손에, 담배는 왼손에 들고 있는 모습을 보면서 가장 먼저 알아차린 게 바로 그 점이었습니다. 책상 위의 펜꽂이도 왼손 쪽으로 놓여 있더군요. 모든 게 꼭 들어맞습니다. 강철 공은 그녀의 방 난로 울타리에 있던 것이고, 장갑은 그녀의 창 바깥에서 발견되었습니다. 당신의 외투에 묻어 있던 머리카락과 화장분은 그녀의 것입니다. 트레실리안 부인은 오른쪽 관자놀이를 맞았지요. 하지만 침대의 위치로 보아 누구도 그 반대편에 서 있을 수는 없었습니다. 트레실리안 부인을 그렇게 내려치는 것은, 오른손잡이에게는 상당히 어려운 일이었을 것이라고 추론할 수 있지요. 하지만 왼손잡이인 사람에게는 그렇게 하는 것이 자연스러운 것입니다……."

네빌이 경멸하듯 웃었다.

"오드리가 이렇게 치밀하게 계획을 짜서 그 노부인을 살해했을 거라고 말하는 겁니까? 오래도록 알아왔던 카밀라 아주머니를 단지 돈을 노리고?"

배틀 총경은 고개를 저었다.

"그런 이야길 하려는 게 아닙니다. 미안합니다만, 스트레인지 씨. 이게 어찌된 일인가를 당신도 잘 이해하셔야 할 겁니다. 이 살인은 처음부터 끝까지 당신을 노리고 행해진 범죄입니다. 당신이 그녀를 버리고 떠나간 다음부터, 오드리 스트레인지는 복수의 방법을 생각해 왔을 겁니다. 그러다 결국 그녀는 정신적 균형을 잃고 말았어요. 아니, 어쩌면 한 번도 정신적으로 강인한 사람은 아니었을지도 모릅니다. 어쩌면 당신을 죽이는 방법도 생각해 보았겠지만 그것만으로는 충분하지 않았을 겁니다. 그러다 마침내 생각해 낸 것이 살인 혐의로 당신이 교수형에 처해지도록 하는 것이었습니다. 그녀는 당신이 트레실리안 부인과 말다툼을 벌였던 그날 밤을 선택했습니다. 그녀는 당신의 침실에서 외투를 가져다가 노부인을 내려칠 때 그 옷을 입었습니다. 피를 묻히기 위해서였지요. 그녀는 당신의 골프채를 방바닥에 두었습니다. 그 머리 부분에 피와 머리카락을 묻힌 다음에 말이지요. 우리가 거기서 당신의 지문을 발견할 것임을 알고 있었던 겁니다. 여기 내려와 있는 동안 당신 내외와 함께 지내고 싶다는 생각은 그녀의 것이었고, 그렇게 하자고 부추긴 것도 그녀입니다. 당신을 구원한 건, 그녀가 미처 생각하지 못했던 한 가지 사실입니다. 트레실리안 부인이 배레트를 부르기 위해 종을 울릴 수도 있었다는 것이죠. 실제로 부인은 종을 울렸고, 배레트가 집을 나서는 당신을 본 덕분에 당신은 살아날 수 있었던 겁니다."

네빌은 두 손으로 얼굴을 감쌌다. 그가 말했다.

"그렇지 않아요. 그럴 리가 없다고요! 오드리는 한 번도 저에게 원한을 품은 적이 없어요. 전부 다 틀린 말이에요. 그녀는 가장 정직하고 가장 진실한 사람이에요. 손톱만큼도 나쁜 생각을 품지 못하는 사람이라고요."

배틀 총경은 한숨을 쉬었다.

"그럴 수도, 아닐 수도 있습니다. 하지만 당신과 논쟁을 벌이는 건 제가 할 일이 아닙니다, 스트레인지 씨. 저는 단지 마음의 준비를 하시기를 바랐을 뿐입니다. 스트레인지 부인에게는 제가 사실을 알리고 동행을 요청할 것입니다. 영장도 가지고 있습니다. 부인을 위해 변호사를 수임하는 일에 대해 생각해 보시는 게 좋겠습니다."

"도대체 말도 안 돼요. 모두 다 거짓말이라고요."

"사랑은 당신이 생각하는 것보다 훨씬 더 쉽게 증오로 바뀌기도 합니다, 스트레인지 씨."

"이건 다 잘못되었습니다. 터무니없다는 겁니다."

토머스 로이드가 끼어들었다. 그의 목소리는 조용했고 밝았다.

"말도 안 된다는 소리만 자꾸 하지 마, 네빌. 정신을 차려야지. 지금 오드리를 도와줄 수 있는 유일한 방법은, 당신의 그 기사도 정신

따위는 내다 버리고 진실을 말하는 것이란 걸 모르겠어?"

"진실이라니? 그게 무슨……?"

"오드리와 에이드리언 사이에 있었던 일이지."

로이드가 경찰들을 향해 몸을 돌리고 말했다.

"총경님, 모두 그동안 잘못된 사실을 알고 계셨다는 걸 말씀드리고 싶습니다. 네빌이 오드리를 버리고 떠난 것이 아닙니다. 오드리가 네빌을 버렸어요. 오드리는 내 동생 에이드리언과 함께 도망을 쳤다고요. 그랬는데 에이드리언이 교통 사고로 죽었습니다. 네빌은 오드리에게 신사적으로 대했습니다. 오드리가 자기에게 이혼당한 것으로 하여 모든 비난을 자기가 감수하는 쪽으로 일을 처리해 주었어요."

"그녀의 이름이 더럽혀지는 걸 볼 수 없었기 때문이야. 그걸 아는 사람이 있는지는 몰랐어."

네빌이 화난 음성으로 중얼거렸다.

"에이드리언이 편지를 썼어. 사고가 있기 직전이었지."

토머스가 짧게 설명했다. 그는 계속 말을 이었다.

"모르시겠어요, 총경님? 총경님이 생각하는 그런 동기는 없는 겁니다! 오드리에게는 네빌을 증오할 아무런 이유가 없습니다. 그 반대로, 오히려 어떻게 보든 고마워해야 할 처지라고요. 네빌은 이혼 수당을 주려고 애를 썼지만 오드리는 받으려 들지 않았어요. 그러다 보니 네빌이 여기 와서 케이와 함께 지내자고 했을 때 오드리에게는 거절할 마땅한 이유가 없었던 겁니다."

네빌도 진지한 말투로 끼어들었다.

"맞습니다. 그녀에게는 동기가 없어요. 토머스의 말이 맞습니다."

배틀 총경의 무표정한 얼굴에는 아무 변화도 없었다.

"동기가 전부는 아닙니다. 그 부분에 대해서는 제가 잘못 판단했을 수도 있지요. 하지만 사실은 전혀 별개입니다. 지금 모든 사실이 그녀의 유죄를 입증해 주고 있어요."

네빌이 의미심장하게 말했다.

"이틀 전만 해도 모든 사실이 내가 유죄임을 입증했을 텐데요!"

총경은 약간 놀란 표정이었다.

"그건 사실이지요. 하지만 스트레인지 씨, 지금 당신 주장대로라면 누군가 두 사람 모두를 증오하는 사람이 있어서, 만일 당신을 겨냥한 계획이 실패할 경우, 오드리 스트레인지에게 혐의가 가도록 하는 두 번째 경로까지 마련해 놓았다는 말이 됩니다. 그렇다면 스트레인지 씨, 그게 누구인지 짐작할 수 있습니까? 당신과 당신의 전 부인을 증오하는 사람이 누구인지?"

네빌은 다시 두 손으로 얼굴을 감쌌다.

"그런 식으로 말씀하시면 이건 현실적으로는 일어날 수 없는 사건이 되고 맙니다!"

"실제로 이건 현실적으로 일어날 법하지 않은 사건입니다. 어쨌든 사실에 근거해 일을 처리할 수밖에 없습니다. 스트레인지 부인이 어떤 식으로든 설명할 수 있다면……."

"저는 어떻게든 설명할 수 있었던가요?"

네빌이 물었다.

"소용 없는 일입니다, 스트레인지 씨. 저는 제가 할 일을 해야 합니다."

총경은 불쑥 자리에서 일어났다. 그와 리치 경감이 먼저 방을 나갔다. 네빌과 로이드는 두 사람의 뒤를 따라갔다. 그들은 복도를 지나 거실로 들어갔다. 거기서 그들은 걸음을 멈추었다.

오드리 스트레인지가 자리에서 일어섰다. 그녀가 그들이 서 있는 쪽으로 걸어왔다. 그녀는 배틀 총경의 얼굴을 똑바로 쳐다보았다. 그녀의 입술이 흡사 웃음 짓는 것처럼 살짝 벌어졌다. 그녀는 아주 부드러운 목소리로 말했다.

"저를 체포하러 오신 거지요, 아닌가요?"

총경은 대단히 사무적인 어조가 되었다.

"스트레인지 부인, 9월 12일 월요일에 있었던 카밀라 트레실리안의 살해 혐의로 당신을 체포하기 위한 영장이 여기 있습니다. 앞으로 당신이 말하는 것은 모두 기록되며 공판에서 증거로 사용될 수 있다는 사실을 알려드립니다."

오드리는 한숨을 쉬었다. 작고 윤곽이 또렷한 그녀의 얼굴은 평화로웠고 세공된 보석처럼 순수해 보였다.

"이제야 마음이 놓여요. 일이 다 끝나서 정말 다행이에요……!"

네빌이 앞으로 나섰다.

"오드리, 아무 말도 하지 마. 입을 다물어야 해."

그녀는 그를 향해 웃어 보였다.

"아니 왜, 네빌? 다 사실인걸. 그리고 나는 너무 지쳤어."

리치는 깊게 숨을 들이마셨다. 그래, 결국 이렇게 해서 사건이 해결되었군. 범인이 저런 여자일 줄은 상상도 못했던 게 사실이지만, 어쨌든 이제 홀가분하게 되었어! 그러면서 그는 의아한 눈길로 삼촌을 쳐다보았다. 배틀 총경은 마치 유령이라도 본 것처럼 얼빠진 얼굴로 서 있었다. 자기 눈을 믿을 수 없다는 표정으로 이 가련한 미친 여인을 바라보고 있었다. 뭐, 그럴 수도 있지. 이건 참 흥미로운 사건이었으니까. 리치 경감은 느긋하게 생각했다.

누구도 예상치 못한 반전이 일어난 것은 이때였다. 허스톨이 거실의 문을 열더니 말했다.

"맥휘터 씨가 오셨습니다."

맥휘터는 성큼 걸어 들어왔다. 그는 곧장 배틀 총경에게 다가갔다. 그가 물었다.

"트레실리안 부인 사건을 담당하고 있는 경찰이십니까?"

"맞습니다."

"그렇다면 긴히 드릴 말씀이 있습니다. 진작 찾아뵈었어야 했지만, 지난 월요일 밤 제가 목격했던 장면의 의미를 지금에야 깨달아서 말입니다."

그는 재빨리 방 안을 둘러보았다.

"어디 다른 데서 말씀드릴 수 없을까요?"

배틀 총경은 리치를 돌아보고 말했다.

"스트레인지 부인은 네가 보호하고 있어야겠군."

리치가 사무적으로 대답했다.

"알겠습니다."

그리고 그는 몸을 앞으로 숙이면서 배틀 총경의 귀에 뭐라고 속삭였다. 총경은 맥휘터 쪽을 보고 말했다.

"이쪽으로 오시지요."

그는 앞장서서 서재로 갔다.

"자, 무슨 일이지요? 제 동료가 당신을 본 적이 있다고 말하는데, 지난 겨울이라고요?"

"맞습니다. 자살 미수예요. 그건 제 이야기입니다."

"계속 말씀해 보시지요, 맥휘터 씨."

"지난 1월에 저는 스타크 헤드에서 투신 자살을 하려고 했어요. 이번에 그 장소를 다시 찾아가 보고 싶은 생각이 들었습니다. 월요일 밤에 그쪽으로 갔지요. 한참 동안 서 있었습니다. 바다를 내려다보다가 이스터헤드 베이 쪽을 보다가 했지요. 그러고는 고개를 왼쪽으로 돌렸어요. 그러니까 이 저택 쪽을 보았다는 얘기입니다. 달빛이 환해서 상당히 분명하게 볼 수 있었습니다."

"그랬군요."

"그날 밤 여기서 살인이 있었다는 사실을 오늘에야 알게 되었습니다."

그는 몸을 앞으로 기울였다.

"제가 본 게 무엇인지 말씀드리겠습니다."

XVI

배틀 총경이 다시 거실로 돌아오는 데는 약 5분밖에 걸리지 않았지만, 거실에 있던 사람들에게 그 시간은 훨씬 길게 느껴졌다. 그 사이 케이가 갑자기 자제력을 잃고 오드리를 향해 소리쳤다.

"그게 당신인 줄 나는 알았어. 계속 알고 있었어. 무엇인가 노리고 있다는 걸 죽 알고 있었단 말야······."

메리 올딘이 재빨리 말했다.

"그러지 말아요, 케이."

네빌이 날카롭게 말했다.

"입 닥쳐, 케이. 제발 가만히 좀 있어."

테드 라티머가 케이 쪽으로 왔다. 그녀는 울고 있었다.

"흥분하지 마."

그가 따뜻하게 말했다. 그는 네빌을 향해 화를 냈다.

"케이가 얼마나 힘들었는지 모르고 있는 모양이군요! 조금이라도 신경을 써 줄 수는 없는 겁니까, 스트레인지?"

"괜찮아."

케이가 말했다.

"지금 당장이라도 이 사람들이 당신을 더 이상 모욕하지 못하도록 해 주겠어!"

테드가 말했다.

리치 경감은 "흠흠." 하고 목청을 가다듬었다. 이런 시기에, 관련된 사람들이 분별 없는 말을 많이 한다는 사실은 그도 잘 알고 있었다. 이들이 미처 생각하지 못하는 점은, 그런 말들이 나중에 불리한 방향으로 기억될 때가 많다는 사실이었다.

배틀 총경이 방으로 돌아왔다. 그의 얼굴은 무표정했다.

"몇 가지 소지품을 좀 챙기시겠습니까, 스트레인지 부인? 리치 경감이 방까지 따라갈 겁니다."

메리 올딘이 말했다.

"저도 같이 올라가지요."

두 여인이 경감과 함께 방을 나가자 네빌이 초조한 투로 말했다.

"아까 그 사람은 왜 왔습니까?"

배틀 총경은 천천히 말했다.

"맥휘터 씨가 대단히 이상한 이야기를 해 주었습니다."

"오드리에게 도움이 되는 겁니까? 여전히 오드리를 체포하실 생각인가요?"

"말씀드렸지 않습니까, 스트레인지 씨. 저는 제 임무를 수행해야 합니다."

네빌은 몸을 돌렸다. 얼굴에 서려 있던 진지한 표정이 사라졌다.

"트렐로니 씨에게 전화를 하는 편이 좋겠군요."

"그 일은 서두를 필요가 없겠습니다, 스트레인지 씨. 맥휘터 씨의 진술을 확인하기 위해 한 가지 실험을 해 봐야겠습니다. 지금 오드리 부인을 내보낸 것은 부인을 먼저 떠나보내기 위해서일 뿐입니다."

오드리가 계단을 내려왔다. 리치 경감이 그 옆에 서 있었다. 그녀의 얼굴은 여전히 초연하고 평온한 표정이었다.

네빌이 그녀의 앞으로 다가가 손을 뻗었다.

"오드리……."

그녀는 생기 없는 눈으로 그를 보았다. 그녀가 말했다.

"괜찮아, 네빌. 나는 상관하지 않아. 어떻게 되든 아무 상관없어."

토머스 로이드는 마치 못 나가게 막기라도 하려는 듯 현관 문가에 서 있었다. 아주 희미한 미소가 오드리의 입가에 떠올랐다.

"진실한 토머스."

그녀가 중얼거렸다.

그 역시 웅얼거리는 목소리로 말했다.

"내가 도울 수 있는 게 있다면……."

"아무도 도와줄 수 없어."

오드리가 말했다.

그녀는 머리를 꼿꼿이 들고 밖으로 나갔다. 존스 경사가 타고 있는 경찰 차가 밖에서 대기중이었다. 오드리와 리치가 그 차에 탔다.

테드 라티머가 만족한다는 투로 중얼거렸다.

"아름다운 퇴장이야!"

네빌은 격분하며 그를 향해 돌아섰다. 배틀 총경은 그 우람한 몸집으로 민첩하게 두 사람 사이를 떼어 놓으면서 달래는 듯한 목소리로 말했다.

"말씀드렸다시피 한 가지 실험을 해야겠습니다. 맥휘터 씨가 선착장에서 기다리고 있습니다. 우리는 10분 안에 그곳으로 갈 것입니다. 모터보트를 타야 하므로 숙녀분들께서는 옷을 따뜻하게 입으시기 바랍니다. 10분 안에 가야 합니다. 서둘러 주십시오."

그는 무대 위의 배우들을 지휘하는 감독 같았다. 그는 사람들의 당혹한 표정은 전혀 개의치 않았다.

0시

I

물 위의 날씨는 쌀쌀했다. 케이는 입고 있던 작은 모피 재킷을 꼭 여몄다. 모터보트는 걸즈 포인트 아래의 강을 타고 내려가 걸즈 포인트와 험악한 풍경의 스타크 헤드를 갈라놓는 자그마한 만의 안쪽으로 들어갔다.

한두 차례 누군가 질문을 시도했지만, 그럴 때마다 배틀 총경은 포장된 햄 같은 커다란 손을 쳐들면서 아직 질문을 할 때가 아님을 알려주었다. 따라서 모터보트가 갈라놓는 물소리를 제외하면 침묵이 계속 이어졌다. 케이와 테드는 나란히 서서 물을 내려다보고 있었다. 네빌은 구부정한 자세로 다리를 쭉 뻗고 앉아 있었다. 메리 올딘과 토머스 로이드는 함께 이물 쪽에 앉아 있었다. 모두들 이따금 호기심 어린 눈을 들어 고물 쪽에서 바람을 맞으며 서 있는 후리후리한 맥휘터를 바라보았다. 그는 그중 누구에게도 시선을 돌리지 않았다. 등을 돌리고 어깨를 수그린 채 서 있을 뿐이었다.

스타크 헤드의 험상궂은 벼랑 아래에 가서야 배틀 총경은 엔진의 속도를 줄이고 이야기를 시작했다. 그는 자의식이 배제된, 그리고 다른 어느 때보다 더욱 사색적인 어조로 이야기했다.

"이번 사건은 대단히 기묘한 사건입니다. 제가 일찍이 맡았던 사건 중에서 가장 기묘한 사건에 속할 만합니다. 여기서 저는 일반적으로 살인이라는 주제에 대한 이야기를 먼저 하고 싶습니다. 지금 제가 하려는 이야기는 독창적인 것이 아닙니다. 사실 왕실 변호사인 다니엘스 씨가 비슷한 이야기를 하던 걸 우연히 들었던 적이 있지요. 다니엘스 씨도 또 다른 누군가에게서 들었던 이야기일 겁니다. 그 양반은 곧잘 그런 재주를 피우니까요! 그 이야기는 이런 겁니다! 살인 사건에 대한 기사, 또는 살인 사건에 바탕을 둔 소설을 읽을 때, 이야기가 살인 그 자체에서 출발하는 경우가 대부분입니다. 이것은 모두 틀린 겁니다. 살인은 이미 오래전부터 시작합니다. 살인은 수많은 다른 정황들이, 주어진 시각에 주어진 지점에서 한데 합쳐지면서 그 정점에 달해 발생하는 사건입니다. 지구상의 여기저기에 있던 사람들이 알 수 없는 이유로 모여들어 살인 사건에 연루됩니다. 여기 로이드 씨는 말레이에서 왔지요. 맥휘터 씨는 한때 자신이 자살을 시도했던 장소를 다시 방문하려는 생각으로 이곳을 찾았습니다. 살인은 그 자체로는 이야기의 종결입니다. 그것은

'0시'이지요."

그는 말을 멈추었다.

"지금이 바로 0시입니다."

다섯 개의 얼굴이 그를 바라보고 있었다. 맥휘터가 고개를 돌리지 않았으므로, 총경을 바라보는 얼굴은 다섯이었다. 다섯 개의 당혹한 얼굴.

메리 올딘이 말했다.

"트레실리안 부인의 죽음이 오래전부터 있었던 일련의 정황들이 극점에 달해 빚어진 사건이라는 뜻인가요?"

"아닙니다, 올딘 양. 트레실리안 부인의 죽음이 그렇다는 뜻이 아닙니다. 트레실리안 부인의 죽음은 살인자가 목적을 이루는 데 필요한 부수적인 사건이었을 뿐입니다. 여기서 제가 말하는 살인은 오드리 스트레인지의 살해입니다."

그는 사람들이 거칠게 숨을 들이마시는 소리를 들었다. 그는 갑자기 겁에 질리는 사람은 없을지 잠깐 생각했다…….

"이 범죄는 상당히 오랜 시간 전에 계획되었습니다. 이르면 지난 겨울이었을 겁니다. 가장 세세한 부분까지 치밀하게 계획되었습니다. 살인의 목적은 단 하나였습니다. 오드리 스트레인지가 교수형을 당해 죽어야 한다는 것이었죠……. 이것은 스스로 대단히 영리하다고 자부하는 자가 빈틈 없이 세운 계획입니다. 살인자들이란 대개 허영심이 강한 족속입니다. 맨 먼저, 우리 앞에는 네빌 스트레인지에게 혐의가 가도록 하는 피상적인 증거들이 나타났습니다. 우리는 이 증거에 만족할 수 없었고, 따라서 철저히 조사를 해야 했지요. 첫 번째 증거가 조작되었음을 밝히고 나자 두 번째 증거는 틀림없는 것처럼 보였습니다. 하지만 다시 생각해 본다면, 오드리 스트레인지에게 혐의가 가도록 하는 증거 역시 조작될 수 있었다는 것을 여러분도 아실 것입니다. 흉기는 그녀의 방 난로 울타리에 있던 것입니다. 그녀의 장갑의 왼손 짝이 피범벅이 되어 그녀의 방 창 바깥의 담쟁이덩굴 속에 숨겨져 있었습니다. 그녀가 사용하는 화장분이 외투의 목깃 안쪽에 묻어 있었고, 역시 그녀의 머리카락이 그 부분에 달라붙어 있었습니다. 그녀의 지문이 접착 붕대에 묻어 있었는데, 이 역시 그녀의 방에서 가져온 붕대이므로 상당히 자연스러운 일이지요. 왼손잡이의 범행으로 보이게 만든 부분 역시 마찬가지입니다. 마지막으로 스트레인지 부인 자신에 의한 결정적 증거가 있었습니다. 우리가 그녀를 구인하려 했을 때 그녀의 반응을 보고서 그녀가 무죄라고 생각했을 사람은 이중에 아마 없을 겁니다. 진범이 누구인지 아는 사람을 빼고요. 그녀는 자신의 혐의를 인정하다시피 했습니다. 저 역시 개인적인 경험이 없었다면, 여기서 그녀의 무죄를 믿지 못했을 것입니다……. 저는 그녀를 보고, 또 그녀의 말을 듣고, 갑자기 깨달을 수 있었습니다. 어떤 여자아이가 그녀와 똑같은 일을 하는 것을, 말하자면 자신에게 잘못이 없는데도 잘못을 인정하는 것을 본 적이 있습니다. 오드리 스트레인지는 그 아이와 똑같은 눈으로 저를 보고 있었습니다……. 저는 임무를 수행해야 했습니다. 그게 경찰의 의무입니다. 경찰은 증거에 입각해서 조치를 취하는 것이지 자신의 느낌이나 생각에 따라 행동해서는 안 됩니다. 하지만 그 순간 저는 기적이 있기를 간절히 바랐다는 사실을 여러분에게 말씀드릴 수 있습니다. 기적이 있지 않고서는 이 가엾은 부인을 구해 낼 도리가 없음을 알았기 때문입니다. 그런데 기적은 일어났습니다. 바로 그 순간 기적이 있었던 것입니다! 여기 있는 맥휘터 씨가 자신이 목격한 광경을 우리에게 들려주었습니다."

그는 말을 멈추었다.

"맥휘터 씨, 저택에서 했던 얘기를 다시 해 주시겠습니까?"

맥휘터가 몸을 돌렸다. 그는 바로 그 간결함 때문에 설득력을 갖는, 짧고 명료한 문장으로 자신의 이야기를 들려주었다. 그는 지난 1월 절벽에서 자살을 기도하다 구조되었으며 이후 이곳을 다시 찾고 싶었다고 말했다.

"월요일 밤에 절벽에 올라갔습니다. 깊은 생각에 잠겨 그곳에 서 있었지요. 11시 근방이었던 듯합니다. 나는 고개를 돌려 저쪽 낭떠러지 위에 있는 저택을 보았습니다. 나중에 알게 된 대로 걸즈 포인트였지요."

그는 잠시 말을 멈추었다가 다시 이었다.

"저택의 바다 쪽으로 면한 창에 밧줄이 드리워져 있었습니다. 그리고 저는 그 밧줄을 타고 올라가는 한 남자를 보았습니다……."

사람들이 그 말을 이해하는 동안 짧은 시간이 흘렀다. 메리 올딘이 경악한 목소리로 외쳤다.

"그러니까 결국 외부인의 소행이군요? 우리하고는 아무 상관이 없는 일이었어요. 평범한 강도 사건이었다고요!"

"그렇게 속단하시면 안 됩니다."

배틀 총경이 말했다.

"그 사람은 강의 저쪽 편에서 온 사람이었습니다. 그래요, 헤엄쳐서 건너온 것이죠. 하지만 집 안의 누군가가 그를 위해 밧줄을 내려뜨려 놓아야 했습니다. 따라서 집 안의 누군가가 관련되어 있는 것입니다."

그는 천천히 말을 이었다.

"그리고 우리는 그날 밤 강의 저쪽 편에 있었던 사람을 알고 있습니다. 10시 30분경부터 11시 15분 사이의 행적이 파악되지 않은 사람이며, 따라서 강을 건너 저택으로 갔다 올 수도 있었던 사람입니다. 그리고 저택에 친구가 있을 수도 있는 사람이지요."

그가 덧붙였다.

"음, 라티머 씨?"

테드는 한 걸음 뒤로 물러섰다. 그는 날카롭게 소리쳤다.

"하지만 나는 수영을 못해요! 내가 수영을 못한다는 건 모두 알고 있어요. 케이, 내가 수영할 줄 모른다고 얘기해 줘."

"당연해요. 테드는 수영을 못한다니까요!"

케이가 말했다.

"그렇습니까?"

배틀 총경은 유쾌한 어조로 말했다.

그가 테드를 향해 다가가자 테드는 뒷걸음질을 쳤다. 그가 잠시 허둥거리는가 싶더니 풍덩 하는 소리가 들렸다.

"저런, 라티머 씨가 물에 빠졌어요."

총경이 걱정이 담긴 목소리로 말했다.

네빌이 라티머를 따라 물속으로 뛰어들려고 하는데 총경이 그의 팔을 꽉 움켜쥐었다.

"아, 괜찮습니다 스트레인지 씨, 당신까지 물에 들어갈 필요는 없습니다. 제 부하 두 명이 바로 곁에 있습니다. 저기 작은 배에서 낚시를 하고 있지요."

네빌은 총경이 말하는 쪽을 보았다.

"정말이군요."

총경은 흥미롭다는 투로 말했다.

"라티머 씨는 수영을 못합니다. 괜찮습니다. 제 부하가 그를 건져 냈습니다. 사과를 드리고 싶습니다. 하지만 수영을 못한다는 사실을 분명히 확인하기 위한 단 한 가지 방법은 물에 빠뜨리고 보는 것뿐이니까요. 아셨겠지만, 스트레인지 씨, 저는 철저히 조사하는 것을 좋아합니다. 저로서는 일단 라티머 씨를 배제해야 했습니다. 여기 로이드 씨는 한쪽 팔이 온전하지 못하지요. 밧줄을 타고 올라가는 일 같은 건 할 수 없습니다."

총경의 목소리에는 고양이가 그르렁거릴 때와 비슷한 만족감이 서려 있었다.

"따라서 남는 것은 당신입니다, 스트레인지 씨. 뛰어난 운동 선수인 데다가 등산을 즐기며 수영도 썩 잘하시지요. 당신이 그날 밤 10시

30분 배를 타고 건너갔다는 사실은 분명히 확인되었습니다. 하지만 라티머 씨를 찾아다녔다는 당신의 이야기와는 별개로, 11시 15분까지 이스터헤드 베이 호텔에서 당신을 보았다고 증언할 수 있는 사람은 아무도 없었습니다."

그는 한쪽 팔을 거칠게 휘저었다. 그리고 고개를 뒤로 젖히며 웃었다.

"총경님은 제가 강을 건너와서 밧줄을 타고 올라갔다고 주장하시려나 본데요……."

"그 밧줄은 당신이 미리 당신 방 창을 통해 내려놓았던 것이죠."

배틀 총경이 말했다.

"그리고 트레실리안 부인을 죽인 다음 다시 헤엄쳐 호텔로 갔다고요? 왜 제가 그런 터무니없는 짓을 해야 했을까요? 그리고 제게 혐의가 오게끔 단서를 마련한 건 누굽니까? 제가 저에게 혐의가 오게끔 했다는 건가요?"

"정확합니다. 게다가 그건 그리 나쁜 생각이 아니었어요."

배틀 총경이 말했다.

"왜 제가 카밀라 아주머니를 죽이고 싶어 한단 말입니까?"

"트레실리안 부인을 살해하고자 한 건 아닙니다. 당신은 당신을 버리고 다른 남자에게 갔던 여인을 교수형에 처하고 싶었던 겁니다. 당신 스스로 아시겠지만, 당신은 정신적으로 불안정한 상태에 있습니다. 어린아이였을 때부터 그랬지요. 참고로 저는 오래전 있었던 그 활과 화살 사건에 대해서 알아보았습니다. 당신이 보기에, 누구든 당신에게 상처를 입힌 사람은 처벌을 받아야 합니다. 죽음은 그들이 치러야 할 당연한 대가입니다. 하지만 당신이 사랑했던 오드리에게는, 죽음으로 충분하지 않았습니다. 맞습니다. 당신은 그 사랑이 증오로 변하기 전에는 그녀를 진심으로 사랑했으니까요. 당신은 특별한 죽음을 생각해 내야 했습니다. 오랜 시간을 두고 꼼꼼히 준비한 특별한 죽음. 그 계획을 생각해 냈을 때, 그것의 실현을 위해서 당신에게 어머니나 다름없었던 여인을 죽일 수밖에 없다는 사실쯤은 당신에게 전혀 문제가 되지 않았습니다……."

네빌이 말했다. 그의 목소리는 상당히 누그러져 있었다.

"다 거짓말입니다! 거짓말이라고요! 저는 미치지 않았어요. 저는 미치지 않았다고요."

총경은 경멸 어린 투로 말했다.

"부인이 다른 남자 때문에 당신을 버렸을 때 생살이 벗겨지는 것처럼 상처를 받았지요? 당신의 허영심이 일격을 당한 것입니다! 당신은 오드리가 당신을 버릴 수 있으리라고는 생각할 수도 없었을 겁니다. 다른 사람들에게 당신이 오드리를 버린 것처럼 행동함으로써 당신은 당신의 자만심을 지킬 수 있었습니다. 그런 믿음에 더욱 확신을 주기 위해서 당신은 당신과 사랑에 빠져 있던 여인과 결혼을 했습니다. 겉보기로는 그랬지만, 속으로 당신은 오드리를 어떻게 처벌할 것인지 계획하고 있었습니다. 당신이 생각해 낸 가장 가혹한 처벌이 바로 이것, 살인 혐의로 인한 교수형이지요. 뛰어난 착상이었죠. 더 잘 실행할 만큼 뛰어난 두뇌를 갖지 못했다는 게 유감입니다!"

트위드 상의를 입고 있는 네빌의 어깨가 기묘하게 뒤틀렸다. 배틀 총경은 계속 말을 이었다.

"유치하지요. 골프채를 포함해 증거로 준비된 것들 말입니다! 당신을 범인으로 지목하는 그 엉성한 단서들 말이에요! 오드리는 당신이 노리는 게 무엇인지 분명히 알고 있었을 겁니다! 혼자 있을 때마다 몰래 웃었을 겁니다! 제가 당신을 의심하지는 못할 거라 생각하면서 말입니다! 살인자들은 참으로 웃기는 족속입니다! 그렇게 잘난 척을 할 수가 없지요. 언제나 자신이 똑똑하며 필요한 모든 수단을 갖추고 있다고 생각하지요. 사실은 가련할 정도로 유치하기 짝이 없는데도 말입니다……."

그 순간, 네빌의 목에서 터져나온 것은 기묘한 비명이었다.

"그건 분명히 뛰어난 발상이었어요. 정말 완벽한 계획이었다고요. 절대로 풀 수 없었을 겁니다. 절대로! 저 건방진 스코틀랜드 녀석이 끼어들지만 않았다면, 당신은 결코 범인이 누구인지 알 수 없었습니다. 저는 하나도 빠뜨리지 않고 계산에 넣었어요. 단 하나도 빠뜨리지 않았다고요! 제 뜻대로 되지 않았던 건 저도 어쩔 수 없었습니다. 오드리와 에이드리언 사이에 있었던 일을 로이드가 알고 있는 줄 내가 어떻게 알았겠습니까? 오드리와 에이드리언……. 더러운 오드리. 그녀는 교수형을 당해야 합니다. 목을 매달아야 한다고요. 나는 그녀가 겁에 질려 죽어갔으면 좋겠어. 그녀는 죽어야 해. 죽어야 한다고……. 가증스런 여자야. 그래, 나는 그녀가 죽기를 간절히 바라……."

그의 새된 울부짖음이 차츰 잦아들었다. 네빌은 주저앉듯 몸을 웅크리더니 조용히 흐느끼기 시작했다.

"오, 세상에."

메리 올딘이 말했다. 그녀는 입술까지 하얗게 질려 있었다. 배틀 총경은 부드럽고 나지막한 목소리로 말했다.

"미안합니다. 하지만 그를 끝까지 몰아붙일 수밖에 없었습니다……. 아시다시피, 증거가 워낙 빈약했기 때문입니다."

네빌은 여전히 흐느끼고 있었다. 그는 어린아이 같은 말투로 말했다.

"그녀가 교수형을 당했으면 좋겠어요. 그녀는 교수형을 당해야 해요."

메리 올딘은 몸을 떨면서 토머스 로이드를 보았다.

그는 자신의 손으로 그녀의 손을 감싸주었다.

II

"계속 두려웠어요."

오드리가 말했다.

두 사람은 테라스에 앉아 있었다. 오드리는 배틀 총경의 바로 곁에 있었다. 다시 휴가를 즐기게 된 총경은 이제 경찰이 아니라 친구로서 걸즈 포인트에 와 있었다.

"계속 두려웠어요, 언제나."

오드리가 말했다. 총경은 고개를 끄덕이며 말했다.

"처음 보았던 그 순간에 부인이 극도로 겁에 질려 있다는 걸 알수 있었어요. 부인은 무표정한 데다 말이 없고 행동을 조심하는 편이었습니다. 보통, 사람들이 어떤 강한 감정을 억누르고 있을 때 그렇게 행동할 때가 많지요. 그건 사랑일 수도 증오일 수도 있었지만 실제로는 공포였던 겁니다. 그렇지요?"

그녀는 고개를 끄덕였다.

"결혼을 하고 얼마 되지 않았을 때부터 저는 네빌이 두려웠어요. 그런데 무서운 것은, 왜 그가 두려운지 그 이유를 알 수 없다는 거였지요. 그래서 내가 미쳤나 보다 하고 생각하기 시작했어요."

"미친 건 당신이 아니었지요."

배틀 총경이 말했다.

"결혼하던 당시 네빌은 아주 건강하고 정상적인 사람이었어요. 언제나 사람을 기분 좋게 해주는 쾌활하고 상냥한 사람이었죠."

"재미있군요. 그는 훌륭한 운동 선수의 역할을 했던 겁니다. 테니스 경기에서 그처럼 감정을 잘 억제할 수 있었던 것도 그 때문이지요. 훌륭한 운동 선수의 역할이 그에게는 경기를 이기는 것보다 더 중요했던 겁니다. 하지만 물론 그건 그에게 상당한 부담이었을 겁니다. 어떤 역할을 한다는 건 늘 부담이 되는 일이지요. 그의 마음속 깊은 곳은 더욱 뒤틀리게 되었던 거예요."

"마음속 깊은 곳."

오드리가 몸을 떨며 가냘픈 목소리로 말했다.

"그건 언제나 마음속 깊은 곳의 문제였어요. 절대로 파악할 수 없는, 포착할 수 없는 것이죠. 이따금 말 한마디, 또는 어떤 표정 때문에 저는 생각을 하게 되고 그러고는 그게 다 상상에 불과하다고 여기게 되는 거지요……. 이상한 무엇. 그러고는 말씀드렸다시피, 제가 이상한 사람이라고 생각하곤 했어요. 그리고 점점 더 두려워지기 시작했죠. 이유를 알 수 없는 두려움이에요. 그 때문에 몸이 아플 수도 있는 그런 두려움이죠! 저는 내가 미쳤나 보다 하고 생각했어요. 하지만 그걸 막을 수는 없었죠. 그 사람에게서 벗어날 수만 있다면 무슨 일이든 할 것 같은 심정이었어요! 그런데 에이드리언이 왔고 저를 사랑한다고 말했죠. 그래서 에이드리언과 함께 어디 먼 데로 갈 수 있다면 좋겠다고 생각했고, 그리고 그는……."

그녀가 말을 멈추었다.

"무슨 일이 일어났는지 아세요? 에이드리언을 만나러 갔어요. 하지만 그는 오지 않았어요……. 죽었죠……. 어쩐지 그 사고마저도 네빌이 준비한 것이 아니었을까 생각했어요."

"그랬을지도 모르죠."

배틀 총경이 말했다.

오드리는 놀란 표정으로 그를 보았다.

"아니, 그렇게 생각하세요?"

"이제 와서 알아낼 수는 없습니다. 하지만 자동차 사고는 충분히 조작될 수 있어요. 하지만 그 일에 대해서는 더 이상 깊이 생각하지 마세요, 스트레인지 부인. 조작된 사고일 수도 있지만, 아닐 수도 있으니까요."

"저는 몸도 마음도 제대로 추스를 수가 없었어요. 그래서 목사관으로 돌아갔어요. 에이드리언의 집이었죠. 에이드리언이랑 같이 그의 어머니에게 편지를 쓰려고 했는데, 미처 그렇게 하지 못했어요. 그래서 저는 어머니가 우리 사이에 대해 모르고 계시니까 아무 말도 하지 않는 편이 낫겠다고 생각했어요. 말을 한다면 어머니에게도 큰 고통이 되었겠지요. 거기 도착하고 거의 바로 네빌이 왔어요. 아주 친절하고 상냥했는데, 그 사람과 이야기하는 내내 두려움 때문에 속이 울렁거릴 정도였어요! 네빌은 아무도 에이드리언과 저 사이에 있었던 일을 알 필요가 없다고, 그가 저에게 보내 줄 증거를 토대로 이혼을 하겠으며 그 다음에 자신은 재혼을 하겠노라고 말했어요. 무척 고마웠지요. 그 사람이 케이에게 끌린다는 걸 저도 알고 있었고, 모든 일이 다 제대로 되기를, 그리고 제가 갖고 있는 이 이상한 강박 관념을 떨칠 수 있기를 바랐어요. 그때까지도 그런 생각이 전적으로 제 탓이라고 여겼거든요. 하지만 그 강박 관념을 완전히 떨칠 수는 없었어요. 한 번도 그 사람에게서 완전히 도피했다고 느낀 적이 없어요. 그러다가 어느 날 하이드 파크에서 네빌을 만났는데, 케이와 함께 모두 친구로 지내기를 간절히 바란다면서 9월에 여기서 모이자는 제안을 했어요. 저는 거절할 수가 없었죠. 어떻게 거절할 수 있었겠어요? 그 사람이 그토록 좋은 일을 많이 해 주었는데."

"제 방으로 잠깐 들어오시겠습니까? 거미가 파리에게 말했다."

배틀 총경이 한마디했다.

오드리는 몸을 떨었다.

"예, 바로 그랬던 거예요……."

총경이 말했다.

"그 점에 있어서는 아주 영리했어요. 보는 사람에게마다 그건 자기 생각이었다고 떠벌리고 다닌 것 말이죠. 누구라도 즉각 그게 사실이 아닐 거라는 인상을 받았을 겁니다."

오드리가 말했다.

"그래서 여길 왔는데, 이건 마치 악몽 같았어요. 뭔가 끔찍한 일이 일어날 것을 저는 알고 있었어요. 네빌이 그런 일을 계획하고 있다는 걸 알고 있었죠. 그리고 그 대상이 저라는 것도요. 하지만 그게 무엇인지는 알 수 없었어요. 글쎄요, 실제로 저는 거의 정신을 놓아버릴 뻔했지요! 공포로 마비되었던 거예요. 꿈에서 무슨 일이 일어날 것인지 알면서도 꼼짝도 할 수 없을 때……."

배틀 총경이 말했다.

"늘 이런 생각을 했어요. 뱀이 새를 홀려서 날아가지 못하도록 하는 광경을 한번 보았으면 좋겠다고요. 하지만 지금은 그렇게 확신할 수가 없군요."

오드리가 계속 말을 이었다.

"트레실리안 부인이 살해당했을 때도, 그게 무슨 뜻인지 알지 못했어요. 당황하고 어리둥절했어요. 네빌을 의심하지도 않았어요. 그 사람이 결코 돈에 연연하지는 않는 걸 알고 있었으니까요. 5만 파운드의 유산을 위해 부인을 죽인다는 건 있을 수 없는 일이었어요. 트레브스 씨가 저녁 식사를 하던 밤에 하셨던 이야기를 거듭 생각했어요. 그러면서도 그 이야기가 네빌과 무슨 관계가 있으리라고는 생각하지 못했죠. 트레브스 씨는 오래전에 아이였던 그 사람을 알아볼 수 있는 신체적 특징이 있다고 말했어요. 저는 귀에 흉터가 있지만, 그 밖에 누구에게 알아볼 만한 특징이 있다고는 생각하지 않았죠."

"올딘 양은 흰머리가 있어요. 토머스 로이드는 한쪽 팔이 온전하지 않은데, 그게 전적으로 지진으로 인한 사고 후유증은 아닐 수도 있지요. 테드 라티머 씨는 머리가 좀 이상하게 생겼습니다. 그리고 네빌 스트레인지는……."

그가 말을 멈추었다.

"네빌에게는 확실히 아무런 신체적 특징이 없질 않나요?"

"아, 아닙니다. 있어요. 왼손 새끼 손가락이 오른손 새끼 손가락보다 짧아요. 그건 대단히 이상한 거지요, 스트레인지 부인. 정말 대단히 이상한 특징입니다."

"그러니까 트레브스 씨가 말한 특징이 그것인가요?"

"그렇지요."

"승강기가 고장이라는 팻말을 단 것도 네빌?"

"그래요. 로이드와 라티머가 그 노인에게 술을 대접하고 있는 동안 재빨리 다녀온 것이죠. 영리하고 아주 간단한 방법이었습니다.

그게 살인이었음을 입증할 수는 없을 겁니다.”

오드리는 또 몸을 떨었다.

“자, 자. 이제 다 끝난 일입니다. 계속 얘기나 해 보세요.”

“총경님은 참 대단하세요……. 지금처럼 말을 많이 하는 건 몇 년 만에 처음 있는 일이에요!”

“대단하다니요! 제 불찰로 부인이 희생될 뻔했는데요. 살인의 대가 네빌의 속셈이 무엇인지 처음 깨달은 건 언제였습니까?”

“정확히는 모르겠어요. 갑자기 떠올랐거든요. 네빌은 혐의가 풀렸고, 남은 사람들이 수사의 대상이 되었죠. 그런데 갑자기 저를 보고 있는 그의 얼굴을 봤어요. 무엇인가 흡족하다는 표정이었죠. 그때 알았던 거예요! 그때 저는…….”

그녀는 갑자기 말을 멈추었다.

“그때……?”

오드리가 천천히 말했다.

“저는 빨리 벗어나는 게 최선의 방법이라고 생각했어요…….”

배틀 총경은 고개를 저었다.

“절대로 굴복하지 말아라. 이게 제 신조입니다.”

“예, 맞아요. 하지만 그처럼 오랫동안 겁에 질려 있는 게 사람을 어떻게 만드는지 총경님은 모르실 거예요. 사람을 마비시키죠. 생각을 할 수도 없고 계획을 세울 수도 없어요. 단지 무엇인가 끔찍한 일이 일어나기를 기다릴 뿐이에요. 그리고 마침내 그런 일이 일어나면…….”

그녀는 갑자기 웃음을 지어 보였다.

"그 안도감에 놀랄 거예요! 더 이상 기다릴 필요도 두려워할 필요도 없게 되거든요. 올 것이 왔으니까요. 총경님이 저를 살인죄로 체포하러 오셨을 때 아무렇지도 않았다고 말씀드린다면, 총경님은 제가 제정신이 아니라고 생각하시겠지요. 네빌은 그 잔혹한 계획을 성사시켰고 모든 일이 다 끝난 상태였어요. 리치 경감과 함께 나가면서 이제 나는 안전하구나 하고 안도했답니다."

"먼저 나가시게 한 부분적인 이유가 바로 그것이었습니다. 부인이 그 미친 사람의 손이 닿지 않는 곳에 계시도록 해야 했지요. 게다가 그가 범인이었음을 밝힌 후 충격을 받은 그가 어떤 반응을 보일 것인지도 감안해야 했지요. 그는 자기 계획이 의도대로 성사되는 것을 보았습니다. 아니, 그렇게 생각하고 있었지요. 따라서 충격은 더욱 클 수밖에 없었던 겁니다."

오드리는 나지막한 목소리로 말했다.

"그 사람이 그렇게 무너지면서 자백하지 않았다면, 어떤 다른 증거가 있었을까요?"

"많지는 않지요. 달빛 속에서 한 남자가 밧줄을 타고 올라가는 것을 보았다는 맥휘터의 증언이 있지요. 그리고 그의 이야기를 입증해 주는 밧줄도 있습니다. 밧줄은 여전히 좀 축축한 채로 둘둘 말려서 다락방에 처박혀 있었죠. 아시다시피, 그날 밤엔 비가 왔습니다."

그는 말을 멈추고, 그녀가 무슨 말인가 해 주길 기대한다는 듯이 오드리의 얼굴을 한참 바라보았다. 그녀가 흥미롭다는 표정을 지을 뿐 아무 말도 없자 그는 계속 말을 이었다.

"그리고 그 줄무늬 양복이 있습니다. 네빌은 물론 어둠 속에서 이스터헤드 베이 쪽의 바위가 삐쭉 나온 지점에서 옷을 벗었습니다. 그리고 그 양복을 바위 틈새에 쑤셔넣었죠. 그런데 그것이 그만 조류에 휩쓸려온 썩은 고기 위에 놓였던 것입니다. 그 때문에 어깨 부분에 얼룩이 졌고 냄새도 지독했던 것이죠. 이스터헤드 베이 호텔에 갔을 때, 사람들이 호텔의 하수구가 잘못되었다는 이야기를 하고 있다는 걸 알 수 있었습니다. 그 이야기를 퍼뜨린 것도 네빌이었어요. 그는 양복 위에 비옷을 걸치긴 했지만 냄새가 지독했지요. 이것 때문에 깜짝 놀라 부랴부랴 세탁소에 양복을 갖다 맡기면서 바보처럼 자기 이름을 말하지 않았습니다. 아무렇게나 둘러댄 이름이 사실은 호텔의 명부에서 보았던 이름이었습니다. 이렇게 해서 부인의 친구가 네빌의 양복을 찾아오게 된 것이죠. 맥휘터 씨는 머리가 좋은 사람이어서, 그 양복이 그날 밤 밧줄을 타고 올라가던 남자와 관계가 있으리라고 생각했어요. 썩은 물고기를 밟을 수는 있지만, 밤에 수영을 하기 위해 옷을 벗지 않는 한 그 위에 양복의 어깨 부분을 갖다댈 수는 없습니다. 그리고 9월의 비 오는 밤에 즐기기 위해 수영을 할 사람은 아무도 없지요. 그는 모든 정황이 어떻게 들어맞는 것인지 알아보았던 것입니다. 맥휘터 씨는 아주 비상한 사람이에요."

"비상하다뿐이겠어요."

오드리가 말했다.

"으음, 그렇겠지요. 그 사람에 대해 알고 싶으신가요? 제가 해 줄 수 있는 이야기도 있습니다."

오드리는 총경의 이야기를 귀기울여 들었다. 총경이 보기에 오드리는 다른 사람의 말을 아주 잘 들어 주는 사람이었다.

"그 사람에게 큰 빚을 졌어요. 총경님에게도요."

"저한테 빚을 졌다고 생각하지는 마십시오. 바보가 아닌 이상 종을 보고 그게 무슨 뜻인지 알 수 있어야 했으니까요."

"종이라고요? 무슨 종을 말씀하시는 건가요?"

"트레실리안 부인의 방에 있는 종 말입니다. 종을 보고 무엇인가 수상하다는 생각을 계속 품고 있었습니다. 사실 그게 무엇인지 거의 알 뻔도 했지요. 3층에서 내려오면서 창문을 열 때 쓰는 장대를 보았을 때였습니다. 종이 울렸던 건 바로 네빌 스트레인지에게 알리바이를 주기 위해서였어요. 노부인이 왜 종을 울렸는지 기억하지 못했던 건 당연한 일입니다. 왜냐하면 부인은 종을 울린 적이 없기 때문이지요! 네빌은 복도에 나와 그 기다란 장대로 천장 위로 지나가는 끈을 잡아당겨 종을 울렸습니다. 그래서 배레트가 나와 네빌 스트레인지가 아래층으로 내려가서는 바깥으로 나가는 걸 보았던 것이죠. 그리고 그녀가 부인 방으로 들어갔을 때 부인은 말짱했습니다. 이 하녀와 관련해서 모든 일이 수상쩍었어요. 살인이 자정 전에 저질러지는데 그녀에게 약을 먹이는 게 꼭 필요한 일이었을까요? 그 시각까지 약효가 발휘되지 않았을 가능성이 아주 큽니다. 하지만 이렇게 해서 살인은 내부인이 저지른 것으로 고정되고, 네빌이 최초의 용의자 역할을 할 만한 시간도 적절히 주어지지요. 배레트가 정신을 차리고 나서 증언을 하고, 네빌은 완벽히 혐의를 벗게 됩니다. 아무도 그가 정확히 몇 시에 호텔에 갔는지 캐묻지 못합니다. 그가 돌아올 때 배를 타지 않았다는 것, 그리고 그가 스스로 배를 몰고 나가지도 않았다는 것을 우리는 알고 있었어요. 하지만 헤엄을 쳐서 올 수도 있었습니다. 그는 아주 수영을 잘하는 사람이니까요. 하지만 그럼에도 주어진 시간은 짧았습니다. 그는 침실 창문 바깥으로 내려놓은 밧줄을 타고 올라갔고 그 때문에 침실 바닥에는 상당한 양의 물이 떨어져 있었던 거지요. 그때는 그 의미를 몰랐습니다만. 그리고 그는 감색 양복과 바지로 갈아입고 트레실리안 부인의 방으로 갔던 겁니다. 이후의 일은 말씀드리지 않아도 되겠지요. 집에 들어왔다가 다시 나가기까지 걸린 시간은 채 몇 분도 되지 않았을 겁니다. 물론 강철 공도 미리 준비해 두었겠죠. 그런 다음 다음에 자기 방으로 와서 옷을 벗고 밧줄을 타고 내려가 다시 이스터헤드로 갔던 겁니다."

"그랬다가 만약 케이가 방에 들어왔다면요?"

"장담하건대, 그녀에게도 약간의 약물을 먹였을 겁니다. 사람들은 그녀가 저녁 식사 때부터 줄곧 하품을 하더라고 증언했지요. 게다가 그는 그녀와 싸움을 벌이기까지 했어요. 그녀가 자기 일을 방해하는 일이 없도록 방문을 걸어잠그고 있도록 하기 위한 것이었습니다."

"난로 울타리에서 강철 공이 없어진 걸 제가 알아보았는지 어쨌는지 생각해 봤어요. 그랬던 것 같지가 않아요. 언제 다시 끼워 둔 것일 까요?"

"다음 날 아침 소란이 벌어지고 난 다음이었겠지요. 테드 라티머 의 차로 저택에 돌아오고 나서, 그에게는 범행 흔적을 없애고 주변 정리를 하는 데 꼬박 하룻밤의 시간이 있었습니다. 아, 그리고 그는 노부인을 백핸드로 내리쳤어요. 왼손잡이의 범행인 것처럼 보인 이 유가 거기 있었던 겁니다. 기억하시겠지만, 스트레인지는 언제나 백 핸드가 강점이었던 선수입니다!"

"아니, 아니, 더 이상 말씀하시지 마세요."

오드리가 두 손을 모아쥐면서 말했다.

"더 이상은 듣지 못하겠어요."

그는 그녀를 향해 웃어보였다.

"어쨌든 이렇게 모든 일을 터놓고 이야기한 것이 부인에게는 도 움이 되었을 겁니다. 스트레인지 부인, 제가 할 일은 아니겠습니다 만 한 가지 조언을 해도 될까요?"

"예, 그럼요."

"부인은 범죄적 정신 병자와 8년을 함께 살았어요. 누구라도 기 력이 소진하기에 충분한 세월입니다. 하지만 이제 다 떨쳐 버려야 합니다, 스트레인지 부인. 이제 더 이상 두려워할 필요도 없어요. 이 사실을 스스로 깨달으셔야 합니다."

오드리는 그에게 웃음을 지어 보였다. 얼어붙은 듯한 표정은 그 녀의 얼굴에서 사라지고 없었다. 조금은 겁먹었지만 상냥하고 상대

방을 깊이 신뢰하는 얼굴이었다. 미간이 넓은 두 눈에는 감사의 마음이 깊이 서려 있었다.

그녀는 잠시 망설이다가 말했다.

"여자아이가 있었다고, 바로 저처럼 행동한 여자아이가 있었다고 말씀하셨지요?"

배틀 총경은 천천히 고개를 끄덕였다.

"제 딸입니다. 아시겠지요, 부인. 정말이지 기적이 일어나야 했습니다. 이런 일에서 우리는 교훈을 얻어야 합니다!"

III

앵거스 맥휘터는 짐을 꾸리고 있었다.

그는 세 벌의 셔츠를 꼼꼼하게 여행 가방에 넣은 다음, 세탁소에서 찾아온 감색 양복을 그 위에 놓았다. 두 사람의 다른 맥휘터가 두 벌의 양복을 두고 가는 일은 세탁소 여점원이 처리하기엔 너무 어려운 일이었다.

문을 두드리는 소리가 들렸고 그는 말했다.

"들어와요."

오드리 스트레인지가 들어왔다. 그녀가 말했다.

"고맙다는 말씀을 드리려고 왔어요……. 짐을 싸는 중이신가 보군요?"

"예. 오늘 밤 여기를 떠납니다. 내일모레 배를 탈 예정입니다."

"남아메리카로 가신다고요?"

"예. 칠레로 갑니다."

"제가 꾸려 드릴게요."

그는 괜찮다고 했지만, 그녀는 한사코 도와주겠다고 했다. 그는 능숙하고 꼼꼼하게 짐을 꾸리는 그녀를 바라보았다.

"다 됐네요."

그녀가 일을 다 끝내고 말했다.

"아주 잘하시네요."

맥휘터가 말했다.

한동안 침묵이 흘렀다. 그러다 오드리가 말했다.

"당신은 제 생명의 은인이세요. 그 광경을 당신이 보시지 못했더라면……."

그녀는 잠시 멈추었다가 다시 말을 이었다.

"그날 밤 절벽에서 몸을 던지려던 저를 막았을 때, 당신은 '집으로 돌아가세요. 교수형을 당하지 않을 겁니다.'라고 말씀하셨지요. 당신이 중요한 증거를 갖고 있었다는 걸 그때도 알고 있었나요?"

"정확히 말하자면, 아닙니다. 증거는 생각해 내야 했지요."

"그렇다면 어떻게 그런 말을 하실 수 있었던 거지요?"

자신의 지극히 단순한 사고 과정을 다른 사람에게 설명하는 일은 맥휘터에게는 언제나 성가신 일이었다.

"바로 그런 뜻이었어요. 당신이 교수형을 당하는 일이 일어나지 않도록 하겠다는 뜻이었지요."

오드리의 뺨이 발갛게 물들었다.

"제가 범인일 거라고 생각하면서요?"

"그건 아무 상관이 없었습니다."

"그때는 제가 범인이라고 생각하셨나요?"

"그 문제에 대해선 깊이 생각하지 않았습니다. 당신이 결백하다고 믿고 싶었지요. 설령 당신이 범인이었다고 해도 제가 취한 행동은 다르지 않았을 겁니다."

"그런 후에 밧줄을 타고 올라가는 남자를 기억했던 건가요?"

맥휘터는 잠시 침묵했다. 그리고 목청을 가다듬고 나서 말했다.

"그건 당신도 아실 거라고 생각하는데요. 밧줄을 타고 올라가는 남자를 실제로 보았던 건 아닙니다. 그럴 수가 없었지요. 제가 스타크 헤드에 갔던 것은 월요일이 아니라 일요일 밤이었으니까요. 양복을 근거로 월요일 밤 일어났던 일을 추측한 것이고, 제 추측은 다락방에 있던 젖은 밧줄을 찾아냄으로써 맞는 것으로 확인되었던 겁니다."

발갛던 오드리의 얼굴이 하얗게 질렸다. 그녀는 믿을 수 없다는 듯 물었다.

"그럼 당신의 이야기는 모두 거짓말이었다는 건가요?"

"추측이라고 말했다면 경찰은 제 이야기를 받아들이려 하지 않았을 겁니다. 저로서는 그런 광경을 보았다고 말해야 했던 거지요."

"하지만 법정에 증인으로 출석해야 했을 수도 있는데요."

"그렇지요."

"그래도 그렇게 하셨을까요?"

"그럼요."

오드리는 그 말을 믿을 수 없다는 듯 외쳤다.

"하지만 당신은 직장을 잃고 절벽에서 몸을 던지려 했던 사람이에요. 진실을 감추고 사람들을 속일 수는 없다는 이유로!"

"저는 진실을 소중히 여기는 사람입니다. 하지만 진실보다 더 소중한 것들이 있다는 걸 알게 되었지요."

"가령?"

"당신입니다."

맥휘터가 말했다. 오드리는 고개를 숙였다. 맥휘터는 당황스럽다는 듯이 목청을 가다듬었다.

"저한테 빚을 졌다거나 무엇인가 감사의 뜻을 표해야겠다고 느끼실 필요는 없습니다. 오늘 이후로는 저에 대한 소식을 들을 일도 없을 테니까요. 경찰은 스트레인지의 자백을 받아냈으니 제 증언을 들을 필요도 없을 겁니다. 어쨌거나 듣자하니 네빌의 건강이 극도로 악화되어 법정에 출두하기 전에 죽을지도 모른다더군요."

"잘된 일이에요."

오드리가 말했다.

"한때는 그를 사랑하셨다면서요?"

"제가 그 사람이라고 생각했던 사람을 사랑했던 거지요."

맥휘터가 고개를 끄덕였다.

"우리는 둘 다 같은 경험을 했군요."

그는 말을 이었다.

"모두 잘되었어요. 배틀 총경은 제 말을 믿어 주었고, 그 덕에 진범을 잡을 수 있었지요."

오드리가 끼어들었다.

"당신 말을 믿어 주었던 건 사실이에요. 하지만 총경님을 속일 수 있었던 건 아니에요. 총경님은 고의로 모르는 척했던 것이죠."

"그렇게 말씀하시는 이유는?"

"저한테 얘기할 때, 달빛 속에서 당신이 그런 광경을 보았던 게 다행이었다고 말씀하셨죠. 그러고는 뭐라고 한두 문장쯤 덧붙이셨는데, 그날 밤 비가 왔다는 얘기였어요."

맥휘터는 깜짝 놀랐다.

"맞아요. 월요일 밤이었다면 아무것도 볼 수 없었을 겁니다."

"상관없어요. 총경님은 당신이 보았다고 말하는 일이 실제로 일어났던 일임을 알고 계셨던 거죠. 네빌을 체포하기 전에 그를 몰아세웠던 것도 이걸로 설명이 돼요. 저와 에이드리언의 관계에 대한 이야기를 토머스에게서 듣고 난 직후부터 총경님은 네빌을 의심했어요. 그때 총경님은 만일 이 범죄가 어떤 종류인지에 대한 당신의 생각이 맞다면, 필요한 것은 네빌에게 불리한 증거임을 알았던 거죠. 이미 다른 사람이 범인인 것으로 완전히 결정된 상태였으니까요. 당신이 말했듯이, 총경님이 원한 것은 기적이었어요. 그리고 그렇게 바랐던 기적에 대한 대답이 바로 당신이었던 거예요."

"그건 배틀 총경에게는 좀 어울리지 않는 말이군요."

맥휘터가 별다른 감정이 없는 목소리로 말했다.

"아시겠어요?"

오드리가 말했다.

"당신은 기적이에요. 저를 위해 나타난 특별한 기적이지요."

맥휘터는 진지하게 말했다.

"저한테 굳이 고마워할 필요는 없습니다. 저는 이제 당신의 인생과는 아무런 상관없는 사람이 될 것이고……."

"꼭 그래야만 하나요?"

오드리가 물었다.

그는 그녀의 얼굴을 바라보았다. 다시 그녀의 얼굴이 귀와 관자놀이까지 발갛게 물들었다. 그녀가 말했다.

"저와 함께 가시지 않겠어요?"

"지금 그게 무슨 뜻인지 모르니까 그런 말을 하시는 겁니다!"

"아니에요. 무슨 뜻인지 알아요. 굉장히 어려운 일을 하겠다고 하는 거지요. 하지만 제게 그 일은 죽고 사는 것보다도 더 중요해요. 시간이 얼마 없다는 것을 잘 알고 있어요. 참, 저는 보수적인 사람이에요. 떠나기 전에 결혼했으면 좋겠어요!"

상당히 충격을 받은 맥휘터가 말했다.

"당연히 제가 다른 걸 바라리라고 생각하진 않으시겠죠."

"제 생각과 같으리라고 생각했어요."

"저는 당신에게 맞는 사람이 아니에요. 저는 당신이 그토록 오랫동안 당신을 사랑해 왔다는 그 조용한 사람과 결혼할 거라고 생각했어요."

"토머스? 토머스는 정말 진실한 사람이에요. 너무 진실해서 흠이 될 정도죠. 토머스는 오래전에 사랑했던 그 소녀의 이미지를 항상 간직해 왔어요. 하지만 그가 진정 원하는 사람은 메리 올딘이에요. 아직 자기도 모르고 있을 뿐이죠."

맥휘터는 한 걸음 그녀에게 다가섰다. 그는 단호한 어조로 말했다. "지금 하는 말이 진심인가요?"

"그럼요……. 항상 당신과 함께 있고 싶고 결코 당신을 떠나지 않을 거예요. 당신이 떠난다면 앞으로는 당신과 같은 사람을 결코 찾을 수 없을 것이고, 남은 평생을 외롭게 지낼 거예요."

맥휘터는 한숨을 쉬었다. 그는 지갑을 꺼내더니 조심스럽게 안에 든 돈을 헤아렸다. 그가 중얼거렸다.

"특별 허가서는 돈이 많이 듭니다. 내일 아침 일어나자마자 은행에 가야겠군요."

"제가 돈을 빌려 드릴 수도 있어요."

오드리가 속삭였다.

"그렇게 할 수는 없습니다. 제가 결혼을 하는데, 허가서는 제 돈으로 내는 겁니다. 아셨지요?"

오드리가 부드러운 목소리로 말했다.

"그렇게 단호한 표정을 짓지 않으셔도 돼요."

그는 그녀에게 더욱 가까이 다가오면서 말했다.

"지난번에 당신을 잡았을 때 당신은 꼭 새 같았어요. 도망치려고 애쓰는 새. 이제 당신은 결코 도망칠 수 없을 거예요⋯⋯."

"저는 결코 도망치고 싶어 하지 않을 거예요."

〈끝〉

옮긴이 | 이선주

경희대학교 영문과와 한국외국어대학교 통역대학원 한영과를 졸업했다. 현재는 전문 번역가로 활동중
이다. 역서로는 『슬픔을 넘어서』 외 다수가 있다.

애거서 크리스티 에디터스 초이스

0시를 향하여

1판 1쇄 펴냄 2013년 12월 31일
1판 17쇄 펴냄 2024년 1월 24일

지은이 | 애거서 크리스티
옮긴이 | 이선주
발행인 | 박근섭
편집인 | 김준혁
펴낸곳 | 황금가지

출판등록 | 2009. 10. 8 (제2009-000273호)
주소 | 06027 서울 강남구 도산대로 1길 62 강남출판문화센터 5층
전화 | 영업부 515-2000 **편집부** 3446-8774 **팩시밀리** 515-2007
홈페이지 | www.goldenbough.co.kr

도서 파본 등의 이유로 반송이 필요할 경우에는 구매처에서 교환하시고
출판사 교환이 필요할 경우에는 아래 주소로 반송 사유를 적어 도서와 함께 보내주세요.
06027 서울 강남구 도산대로 1길 62 강남출판문화센터 6층 민음인 마케팅부

© ㈜민음인, 2013. Printed in Seoul, Korea

ISBN 978-89-6017-777-2 04840
ISBN 978-89-8273-108-2 04840 (set)

㈜민음인은 민음사 출판 그룹의 자회사입니다.
황금가지는 ㈜민음인의 픽션 전문 출간 브랜드입니다.